Die Farbe des Nordmeers

Als ich dich suchte

Sandra Effert als

Juna Honigmond

Die FARBE des NORDMEERS

ALS ICH DICH SUCHTE

JUNA HONIGMOND

IMPRESSUM

Bibliografische Information der Deutschen Nationalbibliothek:
Die Deutsche Nationalbibliothek verzeichnet diese Publikation in der Deutschen Nationalbibliografie; detaillierte bibliografische Daten sind im Internet über dnb.dnb.de abrufbar.

DIE FARBE DES NORDMEERS
Erstausgabe Juni 2025

Bücher & Schreibberatung
Wenn Geschichten aus Gedanken sprießen
und Worte sie in Farbe tauchen …

Texte: Sandra Effert | Blumen im Kopf – Bücher & Schreibberatung
Neuenkamp 37 | 59071 Hamm
hello@blumenimkopf.com | www.blumenimkopf.com

Cover & Buchsatz: Viktoria Sabo – Covered in Colours
www.covered-in-colours.de | unter Verwendung von:
Adobe Stock | fadfebrian, Victoria und
Freepik Premium | kdpshafiq16, leodanda39

Druck: epubli – ein Service der neopubli GmbH, Berlin
Kontaktadresse nach EU-Produktsicherheitsverordnung:
produktsicherheit@epubli.com

Für Nils,
meinen Berg im Sturm.

TRIGGERWARNUNG

Die Geschichte ist nicht nur durch Liebe und Freundschaft gekennzeichnet, sondern ebenso durch Leid, Ängste und Tod.

VORWORT

Liebe Leserin, lieber Leser,

Norwegen ist ein Ort, an dem die Seele atmen kann. Dort, wo die Ruhe von selbst zu einem findet und man die wirklich wichtigen Dinge entdecken kann.

Mit dieser Geschichte möchte ich meine Liebe zu diesem rauen, einsamen Ort mit dir teilen. Verliere dich in der Schönheit der Berge und Fjorde und erlebe ein Abenteuer, das nur das Leben schreiben kann.

Und bevor du fragst: Nicht alle Daten und Fakten entsprechen der Wahrheit – und doch fügt es sich so gut, dass jede Zeile meine Wahrheit spricht.

Deine Fantasie ist unendlich, auch wenn du es nicht bist!

Juna Honigmond
– Blumen im Kopf

Prolog

NORWEGEN – 1067 N. CHRISTUS

»Alle Mann an die Riemen!«, schrie Olav. Er hastete über das Deck des Drachenschiffs. Seine breiten Schultern versteiften. »Rudert, Männer! Wir müssen in den Fjord.«

Der Trommelschlag donnerte über die Planken. Schneller und schneller schlug ein Wikinger auf die Tierhäute ein, bis das Ächzen der Ruderer nicht mehr zu hören war.

Judith stockte. Nie zuvor hatte sie so eine dunkle Wolkenwand gesehen. Wirbel fegten bis zur Meeresoberfläche, verfingen sich in den Wogen, die umher klatschten. Die Härchen auf ihrer Haut zwirbelten, so sehr war die Luft elektrisch aufgeladen. Mit jeder Faser ihres Körpers konnte sie die Gefahr spüren, die sie nun in die Gegenwart zerrte. Mit den Händen gegen den Wind rannte sie voran, packte Olavs Schulter. »Der Sturm wird das Schiff umreißen«, kreischte sie ihm ins Ohr.

»Bind dich am Mast fest.« Olav stolperte mit ihr über das Deck bis zum Holzmast, wo er sie mit einer Schlaufe vertäute. »Hier bist du sicher. Ich muss den Schatz …« Die restlichen Worte wehte der Wind mit sich, während er die Nässe von ihren Wangen strich. »Wenn nicht ihn, dann wenigstens sein Vermächtnis.«

»Aber …« Judith blieb zurück, ohne dass sie gehört wurde. Wasser klatschte in ihr Gesicht, ließ sie nach Luft schnappen. Ihr Wollmantel verfing sich um ihre Beine. Sie schloss kurz die Augen und dachte: *Dieser verfluchte Schatz! Hätte ich ihn bloß in England gelassen.*

»Vorwärts, Männer. Vorwärts!«, brüllte Olav jetzt.

Die Männer krallten sich an die Riemen. Schreie wechselten sich mit den Trommelschlägen ab und spielten eine unheilvolle Melodie. Olav rannte zurück zu den schwitzenden Ruderern. Er schnappte sich einen Riemen und paddelte gegen den Sturm. Sein Blick war starr auf den Vordermann gerichtet. Vor und zurück legte er seine ganze Kraft gegen die Strömung. Die Dunkelheit des Himmels trübte seinen Blick.

Judith beobachtete die Finsternis in seinen Augen. Angst kroch in ihrem Inneren empor und ließ sie zittern. Würde sie nun die Strafe für ihren Verrat erhalten? Der Arktische Ozean wirbelte umher; das Tosen wurde lauter. Wassermassen klatschten gegen den Bug, dass Judith umhertaumelte.

»Wir müssen anlanden«, schrie sie nun. Sie wirbelte herum; das Tau rutschte über ihre nasse Haut. Mit klammen Fingern griff sie an ihren Hals, wo es jetzt an ihr zerrte.

Olav brüllte: »Noch nicht! Rudert, Männer. Im Fjord sind wir sicher.« Judith klammerte sich an den Mast, während die Wellen zu Riesen anschwollen.

Die Männer stöhnten. Sie stemmten sich mit aller Kraft gegen die Elemente; Blut tropfte von ihren Händen. Schlag um Schlag ruderten sie den Drachenkopf voran, bis sie endlich in den Fjord glitten.

Atemlos wartete Judith auf das Gefühl der Sicherheit. War der Sturm fort? Die Männer schnaubten; die Trommel erstarb. Bis auf das Rauschen der See herrschte eine Stille, wie sie nur der Tod heraufbeschwören konnte.

»Geht's dir gut?«, rief Olav herüber, während er sich die Gischt aus den Augen wischte.

»Mir geht's gut. Aber das Seil …« Judith griff an ihren Hals, blickte in die Ferne. Der Himmel brodelte.

Sie weitete die Augen, als eine Böe sie erfasste. *Das darf doch nicht wahr sein!* Der Sturm folgte ihrer Spur durch die Berge hindurch. Schwarze Wolken verhängten die Gipfel. Selbst das sonst so tiefe Grün verging jetzt in der Dunkelheit. Schutt rollte von den Hängen. Es war noch nicht vorbei.

Gott wollte sie bestrafen – da war sie sich sicher. Das Schiff zitterte erneut, brachte Judiths Herzschlag zum Pumpen. Der Wind sauste; das Meer brauste. Immer wieder riss sie an dem Seil, das ihr zusätzlich die Luft abdrückte.

»Rudert, Männer, rudert!«, brüllte Olav über die Planken. Die Ruderer kämpften gegen die neuen Wogen an; der Trommler fand seinen Rhythmus.

Judith verlor sich kurz im Chaos, als ein Knacken laut wurde. Sie drehte sich um und sah das Holz des Masts Stück für Stück bersten.

Nein, nein, nein! Ihr Herzschlag stockte. »Olav!«

Der stolperte zum Ruder, riss es herum. Der Wind peitschte das Wasser auf. Die Männer ächzten zum Takt der Trommel.

Mit jedem Ton versuchten sie, vor dem Wind in Richtung Heimat zu fliehen. Woge um Woge umspülte das Meer das Schiff.

»Schneller, Männer, schneller!«, brüllte Olav.

Das Knacken wurde lauter. Judith zerrte an dem Seil, bis sie zu ersticken drohte.

Sie griff unter ihr Kleid und zog einen Dolch hervor. Der Wollmantel flatterte ihr ins Gesicht; das Knacken wurde lauter. Sie musste sich befreien, bevor der Mast endgültig brach.

»Vorsicht!« Ein Wikinger zeigte in die Höhe, klammerte sich an das Paddel.

Judith befreite sich vom Umhang, sah wieder zum Holz. Wie im Zickzack lüftete sich eine Kluft, die den Mast entzweite.

Jedes Reich, das mit sich selbst uneins ist, wird verwüstet, und ein Haus fällt über das andere, dachte sie an Lukas 11,17, als die Kluft immer größer wurde. Sie hielt den Dolch fest umklammert, schnitt so schnell sie konnte.

»Wir müssen das Schiff verlassen!«, schrie Olav, bevor er das Ruder gehen ließ. Mit einem Sprung hechtete er über das Deck, während Judith immer noch an dem Seil schnitt. »Judith!«

»Ich hänge fest!«, schrie sie zurück.

Der Wind heulte auf, drückte das Drachenschiff gegen die Felswand. Ein Donnern wie von Thor Odinson selbst ließ das Kiel erzittern. Die Ruderer erstarrten, blickten sich gegenseitig an. Judiths Puls rauschte in die Höhe.

Geschrei wurde laut. Der Wind pfiff wieder durch die Wandung; das Holz knarzte. Mit einem Knacken brach der Mast und schlug durch das Deck.

»Bei Odin, runter vom Schiff«, schrie Olav und rannte ihr entgegen.

Das Meer brach schlagartig über ihnen zusammen, drückte Judith in die Tiefe. Wie im freien Fall riss das Seil sie mit, ohne sie loszulassen. Jetzt würde sie ihre Strafe bekommen und in den eisigen Fluten verrotten. Mit einem letzten Funkeln glitt der Dolch zum Meeresboden. Ihre langen Haare strömten vor ihrem Gesicht. Sie verlor sich in ihrem Glanz, während die Luft aus ihren Lungen trat.

Olav schwamm ihr hinterher, griff nach ihrer Hand.

Luftblasen wirbelten um sie herum. Sie packte ihn, zog ihn zu sich. *Bitte, geh nicht!* Ein Gurgeln wurde laut, als das Seil sich fester um ihren Hals legte.

Bleib bei mir, sagte sein Blick, während er mit geweiteten Augen an den Schlingen fummelte. Tiefer und tiefer zog das Gewicht sie nach unten. Der Druck stieg, bis die Schwärze des Fjords sie endgültig umhüllte.

Kapitel 1

DEUTSCHLAND, MÜNSTER – 20 JAHRE ZUVOR

Als der Wind aus Norden wehte und der Regen fiel, hopste Lea die Treppe ins Wohnzimmer hinunter. Sie liebte das raue Herbstwetter. Wenn die Blätter in allen Farben leuchteten und der Sturm gegen die Fensterscheiben peitschte, war es fast so, als würde ihre Seele tanzen. Nicht mehr lange und sie hatte Geburtstag.

Ein Kribbeln fuhr durch ihren Bauch. Es war der einzige Tag im Jahr, an dem ihre Mutter definitiv zu Hause war. Ansonsten reiste sie oft nach Norden und ließ Lea allein mit ihrem Vater zurück – jedenfalls war es die letzten Jahre so gewesen. Doch nicht an ihrem Geburtstag: An diesem Tag hatten Lea und ihre Eltern ein festes Ritual.

Es war wie ein unausgesprochenes Gesetz, dass ihre Mutter den Kuchen backte, den sie sich wünschte. Und nachdem Lea diesen vernascht hatte, kuschelte sie sich in eine Decke, beobachtete den Herbst und lauschte den Geschichten ihrer Mutter. Über die Gipfel im Norden, die Trolle und die Schweinswale in den Fjorden – es waren die alten Geschichten aus der Heimat ihrer Mutter, die Lea in eine andere Welt entführten. Sie schmeckte beinahe schon die Süße des Kuchens auf ihrer Zunge, während ein Strahlen auf ihr Gesicht trat.

»Mama, ich hab ihn! Meinen Wunschzettel. Und ganz oben steht …« Lea sah ihrer Mutter hinterher, die durchs Wohnzimmer rannte. Sie stopfte eine Tasche mit Anziehsachen voll, drehte sich um, suchte den Raum ab.

»Mama?«

»Gleich, Schatz«, erwiderte sie, sah ihr noch nicht einmal in die Augen, als ein Poltern laut wurde.

Lea zuckte zusammen.

Ihr Vater stürmte ins Haus, nass vom Regen, und warf die Tür zurück ins Schloss. »Was …« Er sah zu ihrer Mutter, dann zu Lea; sein Lid zuckte.

Ihre Mutter erstarrte; der Blick verfinsterte sich, als sie ohne ein Wort vor ihrem Vater stand.

Warum guckt sie so seltsam?, fragte sich Lea, die nicht verstand, was hier gerade vor sich ging. Sollte sie lieber gehen? Oder …

»Was hast du vor?«, fragte ihr Vater und zerschnitt damit die Stille.

Ihre Mutter wendete sich ab. »Ich gehe zurück.«

»Was? Nein, das tust du nicht«, erwiderte ihr Vater und schmiss seine Jacke auf einen Stuhl.

»Ich muss – und du weißt das. Ich kann nicht …« Sie schnaubte, drehte sich wieder ab, stopfte einen Regenmantel in die Tasche.

»Was kannst du nicht?« Er nahm seine beschlagene Hornbrille ab und ging einen Schritt auf sie zu.

Lea sah von einem zum anderen, während es in ihr immer kälter wurde. Sie ließ das Blatt Papier sinken, auf dem sie die Wünsche für ihren Geburtstag notiert hatte. Doch jetzt … Irgendetwas stimmte hier nicht. Warum verhielten sich ihre Eltern nur so komisch?

»Ich kann hier nicht nur rumstehen und abwarten, bis es zu spät ist – so wie du. Du wusstest, was da passiert, und hast nichts getan. Nichts!« Ihre Mutter riss den Reißverschluss ihrer Tasche zu.

»Rina!« Ihr Vater griff nach ihrer Hand. »Du kannst jetzt nicht gehen. Ich weiß, ich hätte etwas sagen sollen, aber … Verdammt noch mal, das ist mein Job. Und was ist mit Lila?«

Lea sah zu ihrer Mutter, als sie verstand, dass sie ihre Entscheidung längst gefällt hatte. Ihr Blick wurde starr, beinahe von Trauer durchsetzt, und doch brannte dort ein Feuer, das Lea die Angst ins Mark trieb.

»Rina, deine Familie ist hier, nicht irgendwo in der Nordsee oder was auch immer. Hör zu …«

»Nein, Thomas, es reicht. Ich … Ich kann das jetzt nicht. Ich werde nicht lange wegbleiben.« Sie raffte die Tasche und wendete sich ab.

»Aber …« Die Panik in der Stimme ihres Vaters brachte Lea

zum Zittern. Ein Kloß stopfte sich in ihren Hals. *Hatte sie etwas falsch gemacht?*

Ihre Mutter kam auf sie zu, kniete sich hin. »Lila, mein Schatz, hör zu. Ich muss für eine Weile weg. Es …«

»Aber … du hast versprochen, dass du nicht mehr weggehst. Du wolltest bei mir bleiben.« Tränen füllten Leas Augen, als der Schmerz sich um sie legte.

»Ich weiß, aber …«

»Und was ist mit meinem Geburtstag?« Lea hob das Blatt Papier in die Höhe, das sie immer noch in der Hand hielt. »Du hast es mir versprochen!«

Ihre Mutter legte den Kopf schief und starrte sie mit müden Augen an. »Ich weiß, mein Schatz. Es tut mir schrecklich leid, aber …« Sie nahm ihr das Blatt Papier aus der Hand und überflog die Zeilen mit einem Lächeln. »Ich wollte auch gar nicht wieder fort, aber dieses eine Mal muss ich noch weg. Nicht lange, okay?«

Lea schluchzte laut auf, als die Worte ihrer Mutter ihr Herz zerbrachen. Warum ließ ihre Mutter sie nur wieder allein? Warum konnte sie nicht bei ihr bleiben, wie sie es zuvor gesagt hatte? Sie hatte doch bald Geburtstag. Was hatte sie falsch gemacht? Alles in ihr drehte sich, als sie sich in die Arme ihrer Mutter schmiss.

»Schhh. Alles wird gut, hörst du?« Sie küsste Lea auf den Scheitel, dass diese aufblickte.

Das blonde Haar umrahmte das Gesicht ihrer Mutter, glänzte wie das Funkeln des Wassers. Das Bild verankerte sich in

Leas Unterbewusstsein, während eine Leere von ihr Besitz ergriff. Ihre Mutter drückte sie wieder ein Stück von sich weg, schielte ein letztes Mal auf die Zeilen.

»Ich mache dir einen Vorschlag«, sagte sie und lächelte. Lea nickte, während die Tränen über ihre Lider rollten.

»Ich verspreche dir, dass ich spätestens zu deinem Geburtstag wieder da bin, okay? Und dann backe ich dir deinen Apfelkuchen mit ganz viel Zimt und Streuseln, wie du dir das wünschst.«

»Und dann essen wir den im Baumhaus, auch wenn es schneit?«, fragte Lea und schluchzte.

»Auf jeden Fall!«, erwiderte ihre Mutter und zwinkerte. »Und wenn wir Lust haben, naschen wir auch nur die Streusel und die Rosinen vom Kuchen und Papa muss den Rest essen.«

Lea weitete die Augen. »Ehrlich?« Ein kleiner Funken Vorfreude entzündete sich in ihrem Leib, als sie den Wunschzettel an ihr Herz drückte.

»Ehrlich! Doch bis dahin …« Sie griff sich an den Nacken, zog eine Kette mit goldenem Herzanhänger hervor.

»Diese Kette hat mir meine Oma geschenkt, weißt du? Sie sieht aus wie eine Kette mit einem Herzen, aber eigentlich sind es zwei – zwei Ketten mit je einer Herzhälfte.«

Mit einer Bewegung entzweite sie die Kette und legte Lea die andere Hälfte um den Hals. »Damit unsere Herzen für immer verbunden sind, mein Schatz.«

Lea schmunzelte, während sie an sich hinunter guckte und das Gold durch ihre Tränen glänzte. Mit einer Hand befühlte sie das Metall, tastete die Konturen ab, die sich in ihre Haut drückten.

»Aber jetzt …« Ihre Mutter stand auf, trennte die Verbindung, die Lea gerade noch beruhigt hatte. »Vergiss nie: Ich liebe dich. Papa passt auf dich auf, solange ich weg bin.«

Sie strich Lea die Haare aus der Stirn und küsste sie auf die Wange, bevor sie sich mit einem Ruck abwandte.

»Ich gehe jetzt«, sagte sie zu ihrem Vater gerichtet. »Der Einkaufszettel hängt am Kühlschrank. Pass auf sie auf.«

»Mama, nein, bitte geh nicht.« Lea ließ die Kette auf ihre Brust fallen. Sie wollte keine Versprechen mehr, nur ihre Mutter, die nun zur Tür ging. Mit wackeligen Knien stolperte Lea hinterher, als ihr Vater sie einfing.

»Rina, bitte, bleib hier!« Ihr Vater hielt Lea fest umschlungen. »Bitte!«

Lea weinte, schrie aus vollem Hals. Sie wollte ihre Mama – nur sie! Ihre Mutter riss die Tür auf, drehte sich noch einmal um. »Es tut mir leid, mein Schatz.«

»Mama, nein! Bitte, geh nicht. Ich bin auch lieb. Bleib bei mir!«, schrie Lea, während sie sich mit ganzer Kraft gegen die Arme ihres Vaters stemmte.

Ihre Mutter verzog die Mundwinkel und stockte. Einen kurzen Moment verharrte sie in der Tür. Sie krallte sich an ihre Tasche und verschwand schließlich in der Dunkelheit.

Der Regen prasselte vor der Tür, der Wind wehte aus Norden – ihr Vater erstarrte. Allein sein Herz raste an Leas Wange, während er sie noch fester an sich drückte.

Leas Schreie wurden zu einem Schluchzen. Sie sackte zusammen, als Regen und Wind die Reste des Kusses von ihrer Wange nahmen. Ihre Mutter war weg.

Warum hat sie mich nur allein gelassen?

Kapitel 2

DEUTSCHLAND, MÜNSTER – GEGENWART

Dunkle Wolken näherten sich. Bereits von Weitem konnte Lea den Sturm riechen. Das Salz zwiebelte mehr als sonst in ihrer Nase und mit jeder Böe von Norden kribbelte eine Gänsehaut über ihren Nacken.

Lea blickte zur Tür und zog die Augenbrauen zusammen. Ihre Mutter war gerade noch dort gewesen. *Wo ist sie hin?*

Sie eilte voran, während ihr der Arktische Ozean ins Gesicht spritzte. Der Wind wirbelte um sie herum, ließ den Boden unter ihren Füßen schwanken.

Sie stolperte, hielt sich mit beiden Händen am Türrahmen fest. Niemals zuvor hatte sie solch eine Angst in ihrem Herzen gespürt. Es polterte in ihrer Brust, während sie den goldenen Glanz ihrer Mutter suchte.

»Vergiss nie!«, flüsterte eine Stimme in ihr Ohr.

Lea zuckte zusammen, sah in alle Richtungen. Sie taumelte über die Treppenstufen und platschte ins Nass. Kälte durchfuhr sie wie eine Welle.

»Mama?«, schrie sie und legte die Arme um sich, als der Wind ihre langen Haare nach hinten riss. »Wo bist du?«

Die Dunkelheit verschlang Leas Blick. Nichts schien so lebendig wie der Sturm, der in ihr tobte. Ein Zittern ließ ihren Körper beben, während sich die Angst mehr und mehr in ihr ausbreitete.

»Vergiss nie!«, ertönte wieder das Flüstern, als hätte der Wind mit ihr gesprochen.

Lea legte den Arm vor die Augen, lehnte sich gegen die nächste Böe. »Was denn, verdammt noch mal?«

Ein Grollen donnerte aus der Dunkelheit, während der goldene Schein ihrer Mutter durch die Nacht blitzte.

»Ich wollte dich nicht mehr!«, schrie die Stimme und zerschnitt Leas Herz in zwei.

* * *

»Mama?« Lea schrak hoch. Der Atem eilte durch ihre Brust; Schweiß tropfte von ihrer Stirn.

Die Bilder des Traums waberten immer noch durch ihren Kopf und formten einen dunklen Schleier. Sie hatte die Stimme ihrer Mutter erkannt. Jede Pore ihres Körpers erinnerte sich an die Worte; Tränen füllten ihre Lider. Sie sah sich um und fand sich in einem fremden Bett wieder.

»Was zur Hölle …« Die Sonne schien durch die dunklen Vorhänge. Überall lagen Anziehsachen verstreut; Bierdosen und Pizzakartons stapelten sich in einer Ecke. *Wo bin ich?*

»Alles okay bei dir?«, hörte sie ein Raunen.

Lea zuckte zusammen, schluckte die Tränen hinunter.

»Was …«

Die Laken bewegten sich – ein rothaariger Mann kam zum Vorschein. Er lächelte sie an, während er über ihren Arm streichelte.

Mit einer Bewegung rückte sie von ihm ab und suchte ihr Smartphone. *Shit, ich muss hier weg!*

Sie durchwühlte die Laken, griff unters Kissen und zog ihren Tanga hervor. Der Rothaarige setzte sich auf, entblößte seine weiße Brust.

»Hattest du einen Albtraum?«

Lea sah ihn an und seufzte, als sie sich wieder an die Stimme ihrer Mutter erinnerte. »Könnte man so sagen.«

»Du hast von deiner Mama geredet.«

Sie stockte. »Ich habe keine Mutter!«

Das Lächeln des Rothaarigen erstarb. »Oh, das tut mir leid. Ich wusste nicht …«

»Musst du auch nicht.« Lea hüpfte in ihre schwarze Jeans und schlüpfte in ein Bangles-T-Shirt. Sie drehte sich um, suchte das fremde Schlafzimmer nach ihrer Tasche ab.

»Vielleicht könnten wir mal …«

Lea bückte sich unter das Bett, fand ihre Tasche. »Ich muss jetzt gehen.«

»Was? Nein, warte.« Mit einem Hops sprang der Rothaarige aus den Laken direkt vor sie.

Lea stoppte, verfolgte seine Konturen bis zu seinem Penis, der steil nach oben stand.

Mit einem breiten Grinsen starrte der Rothaarige sie an.

»Sorry, ich muss los.« Sie drängte sich an ihm vorbei und griff in ihre Tasche nach dem Smartphone. *10:48 Uhr – fuck!* Mit einer Bewegung prüfte sie ihre Nachrichten.

Wo bleibst du? Heute ist der Brunch mit den Professoren.
Ich will dich hier sehen. Beeil dich.
Papa

Lea verdrehte die Augen, während sie weiter zur Tür ging.

»Warte!« Der Rothaarige rannte hinter ihr her, stellte sich vor die Tür. »Kriege ich wenigstens deine Nummer?«

Sie schmunzelte. »Hör zu: Es war bestimmt nett mit dir …«, sagte sie und blickte noch einmal auf seinen Schritt, dass er lächelte. »… aber ich bin nur ein Mädchen für eine Nacht. Sorry, mehr Spaß gibt's bei mir nicht.«

Sie griff an den Knauf und riss die Tür auf, dass er davon stolperte. Mit einem letzten Blick lächelte sie ihm zu, während sein Glied sich langsam zu einem *Goodbye* senkte.

Kapitel 3

DEUTSCHLAND, MÜNSTER, UNIVERSITÄT

Herzlich willkommen zum 125. Frühstück der Archäologischen Gesellschaft, las Lea die Worte auf dem Schild vor dem großen Saal im Schloss der Universität. Sie seufzte bei dem Gedanken an Häppchen und Gespräche über den Westfälischen Frieden als Vorbild für die Weltordnung.

Nichts in ihr war gerade friedlich gestimmt. Der Traum der letzten Nacht verfolgte ihre Gedanken. Immer wieder hörte sie die Stimme ihrer Mutter, die Leas Herz zerriss.

Sie fuhr sich durchs Haar und betrat das braune Parkett des Saals. Vor ihr erhoben sich die weiß getünchten Wände. Die Lichter blendeten sie; Besteck klirrte gegen Porzellan. Sie straffte ihre Schultern und hielt gleichzeitig die Henkel ihrer Tasche fest umklammert. Warum wollte ihr Vater nur, dass sie hierhergehörte?

Lea mochte die Archäologie, allerdings nicht so sehr, wie ihr Vater es tat. Er war der Professor für Skandinavistik und nordische Archäologie – ein Experte in seinem Fachgebiet mit unzähligen Publikationen und Auszeichnungen. Sie war nur die mit dem Bangles-T-Shirt, die Geschichten der Vergangenheit liebte und ein Talent für Sprachen hatte.

Sie schüttelte den Kopf, als ihre Gedanken sich überschlugen. Anzugträger lächelten sie an und nickten – der Druck in ihrem Inneren erhöhte sich. Kostümträgerinnen zwinkerten ihr zu. Alles in ihr krampfte sich zusammen. Das Gemurmel der Stimmen staute sich zu einem Tosen.

Lea blickte entlang des Buffets zum Ende der Tafel, wo sie ihren Vater fand.

Er trug wie jeden Tag einen karierten Anzug mit Baumwollweste und hob sich so vom allgemeinen Beige, Blau und Grau ab. Seine Hornbrille saß fest auf der geraden Nase und sein Bart war stoppelfrei rasiert.

Er nickte nach rechts, lächelte nach links – ganz der Star der Archäologie, den sich eine Universität wünschen konnte. Doch er sah sie nicht.

Eine Mauer baute sich in Leas Inneren auf. Sie machte eine Abbiegung und leitete Lea direkt zur Bar. *Ich brauche einen Drink – jetzt!*

Sie lehnte sich an den Tresen und winkte die Kellnerin herbei. »Ein Diesel, bitte.«

»Ich nehme das gleiche wie die Dame hier.«

Die Kellnerin nickte.

Lea drehte sich um. »Sind Sie sicher?«, fragte sie und betrachtete den älteren Mann, der ohne Taschenuhr oder Rundbrille nicht wie ein Mitglied der Archäologischen Gesellschaft aussah. »Das ist ein Bier mit Cola, also süß.«

»Hm. Interessant.« Er lächelte. »Sie haben die Sommersprossen ihrer Mutter und die Haare ihres Vaters.«

Lea verzog die Augenbrauen und sah kurz zu ihrem Papa, dessen dunklen Haare im Sonnenlicht glänzten. »Sie kennen meinen Vater?«

Er lachte, während die Kellnerin das Bier vor ihn stellte. »Kennen ist beinahe untertrieben. Wir arbeiten seit Jahren zusammen.«

Lea nahm ihr Bier entgegen, trank einen großen Schluck, um ihre Gefühle zu betäuben. »Ach, wirklich? Ich wusste gar nicht, dass mein Vater mit jemandem zusammenarbeitet.«

»Na ja, es ist auch eher so, dass ihr Vater für mich arbeitet«, erwiderte er mit nordischem Akzent, bevor er einen Schluck Bier nahm und das Gesicht verzog.

Lea schmunzelte. »Ich sagte ja, dass das nicht das richtige Getränk für sie ist.«

Er hustete. »Darf ich mich vorstellen? Mein Name ist Agnar Hansen. Ich komme aus Norwegen und betreibe dort die Kong Hansen Lachszucht.«

»Also keine Archäologie?«

Hansen drehte das Glas in der Hand und beäugte es. »Nein, nicht direkt. Ich sammle Antiquitäten, und ihr Vater ist einfach ein ausgezeichneter Finder verlorener Schätze.«

Lea drehte sich ab und schnaubte. »Ach, ist er das?«, fragte sie wie beiläufig.

Warum hat er dann meine Mutter nie gefunden?!

»Und ich hörte, dass Sie eine ebenso gute Archäologin sind?«

Lea hustete. »Sagt er das?«

»Na ja, er redet nicht viel, aber manchmal sagt ein Schweigen ja mehr, als Worte es könnten.«

Lea lächelte und trank den Rest des Bieres auf Ex, während sie ihren Vater beobachtete. *War ja klar, dass er nichts über mich erzählt.* »So kann man es auch sehen.«

»Nun ja, ich wollte Sie auch gar nicht bei ihrem …« Er sah wieder auf sein noch volles Bier-Cola-Gemisch. »… stören. Aber wenn Sie mal nach Norwegen kommen und einen Job brauchen, besuchen Sie gerne den Rovdefjord. Meine Türen stehen Ihnen offen«, sagte er mit einem Lächeln auf dem Gesicht, während er sich nah zu ihr beugte.

Lea nickte. »Vielen Dank. Ich werde es mir …«

»Lila!« Ihr Vater hastete die letzten Schritte zu ihr, ein Funkeln in den Augen. »Da bist du ja.«

»Brinkmann! Eine wundervolle Tochter haben Sie da. Genauso wortkarg wie Sie, aber so schön wie ihre Mutter.«

Ihr Vater verengte die Augen zu Schlitzen und fauchte: »Was machst du hier an der Bar? Hör auf zu trinken – es ist erst halb zwölf. Du bist hier, um einen Doktorvater zu finden.«

Der Druck in Lea raste ein weiteres Mal in die Höhe. Jede Pore in ihr dampfte und erhitzte ihre Wangen. »Jetzt bin ich ja hier.«

Ihr Vater stöhnte. »Und wie du aussiehst?!« Er zupfte an ihrem Shirt. »Hättest du dich nicht noch umziehen können?«, fragte er, bevor er die Lippen zusammenkniff. »Warst du wieder bei einem deiner Männer?«

Lea weitete die Augen und sah zu Hansen, bevor sie wieder ihren Vater anstarrte. »Hast du sie noch alle?«

»Oh, das ist hier wohl eine Familiensache. Da hab ich nichts zu suchen.« Hansen nickte ihrem Vater zu.

»Frau Brinkmann, denken Sie an mein Angebot«, sagte er zum Abschied und zwinkerte ein letztes Mal in ihre Richtung, bevor er verschwand.

»Ich wollte gar nicht hier sein. Du wolltest das. Erinnerst du dich?«, zischte Lea vor Wut.

Ihr Vater griff nach ihrem Ellenbogen und führte sie die Theke entlang.

»Lila, das hier ist der Augenblick, der deine Zukunft bestimmt. Hier könntest du deine Doktorstelle finden. Deine Mutter hätte gewollt …«

Lea schepperte das leere Glas zurück auf den Tresen und weitete die Augen.

»Meine Mutter ist abgehauen. Sie ist weg, Papa, und zwar schon eine Ewigkeit. Sie hat mich angelogen, mich zurückgelassen, auf mich geschissen!« Ihre Atmung rauschte durch sie hindurch bis zu ihrem gebrochenen Herzen. »Hast du das vergessen?«

»Lila, bitte, sei ein bisschen leiser«, erwiderte er in einem ruhigen Tonfall, während er die Hände vor sich hielt.

Die Wut rauschte mehr und mehr durch ihre Adern, gesellte sich zu dem Traum, der ihr immer noch die Gedanken verdunkelte.

»Ich habe nicht vergessen, wie sie mich hat sitzen lassen … mit dir. Nichts habe ich vergessen. Also komm mir nicht mit, was Mama gewollt hätte.« Lea entriss ihm den Arm und griff nach ihrer Tasche. »Es ist mir scheißegal, was sie gewollt hätte«, schrie sie, während sie unter den neugierigen Blicken der Gesellschaft in Richtung Ausgang stapfte. »Und mit wem ich in die Kiste springe, ist immer noch mein Ding!«

Kapitel 4

DEUTSCHLAND, MÜNSTER, ALTSTADT

Deine Mutter hätte gewollt ... Dieser Satz ging Lea nicht mehr aus dem Kopf. Wen interessierte es, was ihre Mutter gewollt hätte? Sie rannte beinahe über das Kopfsteinpflaster der Altstadt in Richtung Neutor.

Kein Wort wollte sie mehr von ihrer Mutter hören – und doch floh immer wieder ihre Stimme durch Leas Gedanken, während der Wind sich in ihren Haaren verfing.

Warum konnte ihr Vater es nicht sein lassen?

Ihre Mutter war weggegangen. Vor langer Zeit hatte sie Lea zurückgelassen und war niemals wiedergekommen. Wahrscheinlich hatte sie nun eine neue Familie. Eine bessere Tochter als die, die Lea einst war. Sie schnaubte.

Mit schnellen Schritten stürmte sie über die Straße.

Ein Hupen wurde laut; Reifen quietschten. »Ey, pass doch auf, du Schlampe!«

Lea zeigte den Mittelfinger und eilte weiter. Sie hatte sich oft gefragt, warum ihre Mutter niemals zurückgekehrt war. Sie hatte es versprochen. Lea schnaubte erneut. *So eine Heuchlerin*, dachte sie und blickte zum Himmel. Dichte Wolken verfinsterten das Blau; Krähen stoben davon.

Sie hatte lange auf ihre Mutter gewartet. Zu lange hatte sie gehofft, dass ihr Vater sie findet, aber ... *Finder verlorener Schätze – dass ich nicht lache*. Sie schüttelte den Kopf. Nichts hatte er gefunden. Ihr Vater war auf die Suche gegangen, aber ohne eine Antwort zurückgekommen. Stattdessen benutzte er jetzt die Stimme ihrer Mutter, um Lea zu Dingen zu treiben, die sie eigentlich gar nicht wollte.

Und obwohl sie das alles wusste, verstand sie es nicht. Warum hatte ihre Mutter sie allein gelassen? Wie hatte sie sich einfach so in Luft auflösen können? Und vor allem: Was hatte Lea falsch gemacht?

Die immer gleichen Gedanken schwirrten durch ihren Kopf und ließen die Wut anschwellen. Sie zog ihre Tasche noch enger an sich heran, als sie in die Hedwigstraße einbog. Ein Heulen wurde laut – der Wind pfiff durch die Bäume.

Wut staute sich mehr und mehr in ihrem Magen. Wieder schossen die Bilder des Traums durch ihren Kopf, den sie nicht das erste Mal geträumt hatte.

Ein Teil ihrer Mutter verfolgte sie bis in den Schlaf und raubte ihr den letzten Rest innerer Ruhe, den sie noch übrighatte.

Sie blickte nach oben, von wo nun der Regen auf sie herabtropfte. So wie der Himmel sich verfinsterte, hatte sich auch in ihr eine Dunkelheit breit gemacht – vor genau zwanzig Jahren.

Ihre Mutter war gegangen, ja, aber sie hatte Lea etwas zurückgelassen: eine Leere, die sich wie eine Schlinge um Leas Herz legte.

Sie wischte das Nass aus ihrem Gesicht und stapfte weiter zur Treppe ihres Hauses. Der Regen prasselte wie Granatsalven auf sie nieder. Im Schutz des Mauerweins fummelte sie ihre Schlüssel aus der Tasche. Mit einem Dreh öffnete sie die Tür und stolperte hinein.

Einen kurzen Moment atmete sie durch, bevor sie wieder das Pfeifen des Windes hörte. *Hatte er etwa wieder die Fenster aufgelassen?*

Die Läden klapperten; eine Tür knallte ins Schloss. Sie verdrehte die Augen, warf ihre Tasche in die Ecke und lief durchs Haus. Zimmer für Zimmer schloss sie die Fenster, eilte an dem Einkaufszettel ihrer Mutter vorbei, der wie eine Warnung seit zwanzig Jahren am Kühlschrank hing.

Sie hastete weiter bis zum Büro ihres Vaters, wo die Blätter bereits vom Schreibtisch fegten. Das Heulen wurde lauter. Lea eilte zum Sprossenfenster und knallte es ins Schloss. Mit einem Seufzer lehnte sie sich an die kalte Mauer. Irgendwann hatte sie dieses stürmische Wetter einmal geliebt, aber nicht mehr heute.

»Ach, Papa. Warum muss bei dir immer ein einziges Chaos herrschen?«, fragte sie laut, obwohl keiner im Raum war. Mit einem Ruck stieß sie sich von der Wand ab und bückte sich nach den verstreuten Zetteln. Einen nach dem anderen pflückte sie auf, bevor ihr Herz stockte. Stille brach über sie herein.

Dort stand es – schwarz auf weiß. Als hätte die Antwort die ganze Zeit vor ihrer Nase gelegen, las sie die großen Lettern immer und immer wieder:

RINA IN ROVDE (NORWEGEN) GEFUNDEN!

Ihr Vater hatte gelogen …

* * *

Der Frühlingssturm drückte sich immer noch gegen die Fenster, während Lea wie erstarrt auf dem Bürostuhl ihres Vaters saß. *Er hat mich angelogen*, dachte sie wieder und wieder. Der Zettel mit den Druckbuchstaben knisterte zwischen ihren Händen. Er hatte sie gefunden, hatte gewusst, wo sie sich versteckte, aber sie niemals zurückgeholt. Warum nicht?

»Du weißt es also?«, erklang die Stimme ihres Vaters.

Lea sah auf, während in ihr ein Tumult ausbrach.

»Ich habs in deinem Chaos gefunden. Wie konntest du mir verheimlichen, dass du Mama gefunden hast?«

Ihr Vater nahm die Hornbrille von der Nase und seufzte. »Es ist nicht so einfach, Lila. Ich …«

Lea stand mit einem Ruck auf, dass der Bürostuhl durch den Raum rollte. »Nicht so einfach? Du hast mich angelogen.«

»Das habe ich nicht. Ich dachte, ich hätte eine Spur gefunden, aber … das habe ich nicht«, erwiderte er. »Deswegen bin ich damals nach Norwegen gereist. Aber da war nichts. Sie ist verschwunden, Lila.« Er ging einen Schritt auf sie zu.

»Aber … was ist mit Rovde?«, fragte sie, fuhr sich durch die Haare. »Kommt da nicht auch dieser Hansen her, für den du arbeitest?«

»Sie war nicht da, Lila. Glaub mir. Ich habe alles abgesucht. Als Letztes wurde sie in einer Bar in Bergen gesehen. Sjøboden hieß die, oder so. Die gibt es wahrscheinlich lange nicht mehr. Da hat sich damals ihre Spur verloren.«

»Heißt das, du warst gar nicht in Rovde?«, fragte sie, als ihre Gedanken hin und her sprangen.

Er ging noch einen Schritt näher. »Sie will nicht gefunden werden, Lila. Ich habs versucht.«

Ein Kloß stopfte sich in ihren Hals.

»Du hast es versucht?«, fragte sie und überkreuzte die Arme. »Wie kann es sein, dass du überall irgendwelche archäologischen Schätze auftreiben kannst, aber Mama …«

»Lila, es ändert nichts. Sie ist weg. Ich möchte nicht, dass du der Vergangenheit nachhängst«, sagte er und griff nach ihrer Hand. »Denk lieber an deine Zukunft. An dein Studium. Deine Mutter hätte …«

Lea schüttelte den Kopf. »O nein, vergiss es. Komm mir nicht so«, raunte sie und stolperte zurück. »Du verstehst es einfach nicht! Ich kann nicht weitermachen, ohne dass ich weiß, was passiert ist. Du hast mir nie etwas erzählt. Ich meine … ist sie meinetwegen weg?«

Ihr Vater seufzte. »Bitte, Lila. Tu dir das nicht an.«

Sie ließ das Blatt zu Boden sinken, während die Stimme ihrer Mutter in ihr nachhallte: *Vergiss nie!*

Ein Schauer ergriff Lea, als sie wie von selbst nach der Kette griff, die ihre Mutter ihr zurückgelassen hatte. Die Konturen schnitten sich in ihre Haut und befeuerten ihre Entscheidung. Alles in ihr drängte sie hinaus in den Sturm, denn es gab nur eine Option für sie: Sie musste ihre Mutter finden, um endlich eine Antwort auf ihre Frage zu bekommen.

Warum hat sie mich nur allein gelassen?

Sie ballte die Fäuste. Ohne weiter darüber nachzudenken, sagte sie: »Ich muss. Und wenn du sie nicht suchst, dann tue ich es.«

Kapitel 5

NORWEGEN, BERGEN, ALTSTADT

Möwen kreischten über Leas Kopf, als sie vor dem Hanseviertel Bryggen stand. Sie blickte entlang der Reihe bunter Holzhäuser und roch die salzige Luft, die vom Meer zu ihr strömte.

Aus der Ferne hallten Stimmen vom Fischmarkt zu ihr herüber, während das Plätschern des Wassers an die angetauten Jollen zu einem Singsang wurde.

Sie straffte ihren Rücken und ging in die erste Gasse. In ihrer Enge stauten sich die Touristen. Souvenirläden mischten sich hier mit ehemaligen Handelskontoren. Stockfische baumelten an einem Gerüst. Lea folgte den Holzplanken wie über ein Schiffsdeck und fand die Adresse, die sie suchte.

Sjøboden, las sie auf einem Schild, das von Nässe und Kälte verwittert war. Sie schluckte ein letztes Mal die Wut hinunter, als sie wieder die Worte ihres Vaters in ihrem Inneren hörte:

Lila, deine Mutter ist weg … Mit zusammengekniffenen Augen strich sie sich das Cranberries-Shirt glatt. Ohne weiter zu verharren, betrat sie die Bar.

Im Inneren staute sich die Dunkelheit. Wenige Bootslaternen beleuchteten die starren Holzbänke. Eine Theke erstreckte sich am Ende des Raumes, wo ein Fischernetz Fotos und Andenken an der Wand hielt.

Lea setzte sich auf einen Barhocker, als ihr zwei Schemen in der Dunkelheit auffielen. Mit undurchsichtigen Gesten unterhielten sie sich; ein bärtiger Mann zeigte auf ein Blatt Papier. Sie flüsterten beinahe über ihren zwei Bierkrügen, während Lea das Blitzen in ihren Augen sah. *Seltsame Kerle*, dachte sie und wandte sich wieder ab.

»Was darfs sein?«, fragte eine Frau mit kurzen blonden Haaren, die nicht älter war als sie selbst.

Lea lächelte. »Was Starkes wäre gut.«

»Ein Aquavit also. Kommt sofort.« Die blonde Frau drehte sich um, ging die Reihe der Alkoholflaschen entlang bis zu einer goldenen Flüssigkeit. Mit einer schnellen Handbewegung schüttete sie zwei Finger breit in ein Glas und ließ es vor Lea auf die Theke knallen. »Das Wasser des Lebens, wie man sich erzählt. Sieht so aus, als würdest du es brauchen«, sagte sie und zeigte auf Leas Gesicht.

Sie strich sich die Müdigkeit aus den Augen, die sich seit der Überfahrt von Hirtshals nach Bergen in ihr gestaut hatte.

»Sieht man mir das so deutlich an?«, fragte Lea mit einem Schmunzeln, während sie das Glas auf Ex trank.

»Na ja, du siehst … scheiße aus«, erwiderte die Barfrau und nickte zu Leas zitternden Händen. »Aber keine Angst: Alkohol habe ich hier genug.« Sie schüttete Lea noch einen großen Schluck ein, bevor sie sich umdrehte und ging.

Lea schnaufte. Alles in ihr schrie nach Ruhe, die sie nicht finden konnte. Sie war endlich an dem Ort, an dem ihre Mutter zuletzt gesehen wurde, und doch fühlte sie sich keinen Schritt weiter.

Mit festem Griff umschloss sie das Glas, ließ ihr Zittern stocken. Es war ein Mix aus Aufregung und Müdigkeit, die ihr eine innere Unruhe bescherte. Sie kannte diese Momente bereits. Es waren genau diese Zeitpunkte, in denen ihr Körper schlafen wollte. Doch die Angst vor dem Traum, die die Stimme ihrer Mutter mit sich trug, lähmte sie jedes Mal aufs Neue. Sie wollte weder von ihren Gedanken gejagt noch von ihren Fragen geplagt werden. Alkohol und Männer halfen ihr über diese Momente hinweg. Gleichzeitig bauten sie eine innere Mauer auf und verdunkelten den Rest, der von ihr übrig war.

Mit einem Hieb schluckte sie den Aquavit hinunter, als ihr Blick über die Fotos im Fischernetz strich. Dort waren Männer mit Dorschen abgebildet, eine Frau auf einem Gletscher und genau vor ihr, als wollte das Schicksal ihr etwas zuflüstern, sah sie ihre Mutter. Leas Herz stockte. Zusammen mit einem fremden Mann stand sie vor einem gelben Holzhaus. Sie lachte, berührte dabei den Mann freundschaftlich am Arm. Das blonde Haar umrahmte ihr Gesicht beinahe genauso wie an dem Tag, als sie Lea zurückgelassen hatte.

»Wer ist der Mann da auf dem Foto?«, fragte sie, ohne den Blick vom Bild abzuwenden.

Die blonde Barfrau warf sich ein Handtuch über die Schulter, schlurfte herüber und folgte Leas Fingerzeig.

»Das? Das ist mein Vater. Muss bei unserem Sommerhaus am Rovdefjord gewesen sein«, sagte sie und lachte kurz auf. »Is lange her, Herzchen. Wieso interessiert dich das?«

»Weil das da meine Mutter ist.«

Die Barfrau ließ das Handtuch von der Schulter gleiten. »Echt jetzt? Du bist die Tochter von Rina?«

Lea zuckte zusammen. Den Namen ihrer Mutter hatte sie lange nicht mehr gehört. »Irgendwann mal … vielleicht.«

»Gibt's ja nicht. Hätte ich nie gedacht. Mit deinen dunklen Haaren siehst du so … anders aus«, erwiderte die Barfrau.

Lea schnaubte. »Waren dein Vater und … Rina …« Sie räusperte sich. »Ich meine, waren sie …«

»Ein Paar?«, fragte sie ohne Umschweife und lachte. »Nein, unvorstellbar. Es gab Zeiten, da haben die beiden sich gehasst, bevor sie wieder ein Herz und eine Seele waren. Aber Liebe? Nein. Für Schweinswale, ja, aber nicht füreinander.« Sie lachte erneut und schüttelte den Kopf.

»Das heißt, sie sind Freunde?«, fragte Lea, als mehr und mehr Fragen in ihrem Kopf aufploppten.

»Herzchen, mein Vater ist tot.«

Lea erstarrte.

»Aber ja, sie waren Freunde. Rina hat meinen Vater immer wieder in unserem Sommerhaus am Rovdefjord besucht. Mehr nicht«, antwortete die Barfrau und verschränkte die Arme. »Wars das jetzt mit der Fragestunde?«

»Hast du meine Mutter in den letzten zwanzig Jahren irgendwo gesehen?«

Sie kniff die Augenbrauen zusammen. »Was fragst du mich? Ich kenne sie kaum. Du bist doch ihre Tochter.«

Lea wich ihrem Blick aus und schmunzelte ihre Trauer davon. »Schon gut. Hätte ja sein können.«

Die Barfrau beugte sich zu ihr und sah ihr tief in die Augen. »Zu viele Fragen tun einem nicht gut, Herzchen. Trink lieber noch einen Schluck und fahr wieder nach Hause.« Sie schüttete noch einmal Aquavit nach und stellte die Flasche neben Lea. »Geht aufs Haus.«

Lea erwiderte ihren Blick, verstand aber das Funkeln nicht. Doch wenigstens wusste sie jetzt, dass ihre Mutter irgendwann einmal am Rovdefjord gewesen war – und zwar an diesem Haus. Sie speicherte die gelben Holzbalken ab, auch wenn die Spur eher mau war.

Sollte sie wirklich weiter nach Norden fahren, um ihre Mutter aus dem Nichts zu suchen? Was war, wenn sie nicht gefunden werden wollte?

Sie brauchte einen Verbündeten. Und Agnar Hansen war der einzige Mensch, den sie in Norwegen kannte, wenn auch nur flüchtig. Doch als Anwohner des Rovdefjords war er ihre beste Möglichkeit, um an Informationen zu kommen. Zumal er mit ihrem Vater seit Jahren zusammenarbeitete und ihr seine Hilfe angeboten hatte.

Ihr Smartphone klingelte, dass sie erschrak. Mit einem Griff zog sie das Telefon aus der Tasche, auf dem eine Nachricht von ihrem Vater blinkte:

Lila, du bist doch nicht etwa nach Norwegen gefahren? Dort wirst du deine Mutter nicht finden. Du kannst sie nicht zurückholen. Ich habe es versucht. Vertrau mir! Komm einfach zurück. Bitte.

Es war das gleiche Gerede, das er bereits in seinem Arbeitszimmer von sich gegeben hatte. Wieso hatte er nicht weitergesucht? Das ergab einfach keinen Sinn für Lea. Er wusste, wie man Spuren fand, kannte sich in dem Geschäft seit mehr als dreißig Jahren aus, und doch hatte er es nicht getan. Warum? Sie steckte das Telefon wieder in die Tasche und vergrub ihr Gesicht in den Händen, als ein Rumpeln neben ihr laut wurde.

»Na, harten Tag gehabt?«, fragte eine dunkle Stimme.

Lea blickte auf und fand den Mann, der gerade noch im Gespräch am Tisch vertieft war, neben ihr sitzen.

»Könnte man so sagen. Aber …« Sie hielt ihr Glas mit dem goldenen Getränk in die Höhe. »… es kann nur besser werden.« Mit einem Zwinkern trank sie den Aquavit auf Ex.

»Auch einen?«

Der Kerl schmunzelte unter seinem Vollbart, der mit blonden Strähnen durchsetzt war. Eine kleine Narbe glänzte silbrig an seinem linken Auge. »Airin! Gib mir ein Glas und meinen Zimmerschlüssel.«

Die Barfrau trennte sich von ihrem Handtuch und schob ein weiteres Glas herüber, schmiss den Schlüssel gleich hinterher.

Lea schenkte ihm ein. »Und du? So geheimnisvoll ins Gespräch vertieft. Auf einer Skala von eins bis zehn …« Sie lächelte, während die Mauer sie wieder in eine falsche Richtung führte. »Hart oder nicht hart?«

Der Kerl musterte sie, beinahe etwas zu lang. Das Braungrün seiner Augen schimmerte im schwachen Licht. »Härter als ich gedacht habe«, erwiderte er und nippte am Aquavit.

Lea schenkte sich nach. »Und du hast ein Zimmer hier?«, fragte sie mit einem Schmunzeln auf den Lippen, während sie ihre langen Haare um den Zeigefinger drehte.

Er sah auf, suchte ihren Blick. »Soll ich es dir zeigen?«

Kapitel 6

NORWEGEN, BERGEN, SJØBODEN BAR

»Wie heißt du eigentlich?« Lea stolperte die Treppe hinauf, während sie den fremden Kerl an sich zog.

»Kris«, erwiderte er, als er sie an die Wand drückte und seine Zunge über ihren Hals fuhr. »Und du?«

»Lea.« Sie drückte ihre Lippen auf seine; ihr Herzschlag schnellte in die Höhe.

Mit ihrer Hand glitt sie unter sein Shirt und befühlte die Muskeln. Wärme strahlte ihr entgegen, die sie bibbern ließ.

Er drückte sie weiter nach oben, hielt sie mit einer Hand fest umschlungen.

»Jøss, du bist so schön«, keuchte er.

Die Stufen knarrten unter ihrem Gewicht. Kuss um Kuss kam er ihr näher, lüftete gleichzeitig ihr Cranberries-Shirt.

Lea stöhnte, als er ihre Brust knetete. Nie zuvor hatte sie ein solches Drängen erregt – und sie wollte mehr davon.

»Wo ist dein Zimmer?«

Er hob sie hoch, nahm sie auf seine Hüfte. »Hier!«, erwiderte er und schmunzelte. Mit einer Bewegung fummelte er den Schlüssel ins Schloss und öffnete die Tür. Ein Feuer brannte im Kamin, das in der Dunkelheit knisterte. Ohne zu zögern, trug er sie hinein und warf sie aufs Bett.

Lea kicherte, wedelte ihre Boots von den Füßen. Sie spreizte die Beine, zeigte, was sich unter ihrem Minirock versteckte. Jede Faser von ihr wollte ihn in sich spüren. Ihre Gedanken sollten verstummen und die Erinnerung verstreichen. Mit einem Grinsen lud sie ihn ein, zu ihr zu kommen.

Kris wartete keine Sekunde. Er zog sein Shirt über den Kopf und strich sich die langen Haare zurück. Seine Zornesfalte schwand, während er sich über sie legte.

»Wo kommst du überhaupt her, elskerinnen min?«

Lea glitt mit ihren Händen über seinen Rücken bis zu seinem Hintern, der sich unter seiner Jeans abzeichnete. Seine langen Haare kitzelten ihre Wange; der würzige Geruch nach Kiefern betörte ihren Verstand. Mit einem Griff drehte sie ihn um, hielt ihn unter sich gefangen. »Aus Deutschland«, keuchte sie, und strich über seinen Bauch bis in die Hose, wo sie seine Erregung in der Hand hielt.

Er stöhnte erneut, verdrehte die Augen, während Lea sein Glied wie mechanisch bewegte. Jedes Beben trieb ihr ein Lächeln ins Gesicht, bevor Kris ihre Hand nahm und sie zurück aufs Bett drückte. Er küsste ihre Brustwarzen, umfuhr mit der Zunge ihre Konturen. Eine Gänsehaut schnellte über Leas Körper, dass sie sich wand. »Und …«

Lea zog ihn zu sich, steckte ihm die Zunge in den Mund. Sie wollte nicht länger warten. Alles in ihr schrie nach seiner Nähe. Mit kreisenden Bewegungen erkundete sie seine Hitze, liebte jede Sekunde davon.

Er löste sich von ihr, streichelte von ihren Schultern über ihre Brüste bis zu ihrem Schritt. Mit einer Bewegung zog er ihr den Rock vom Hintern. Er schmunzelte, als er ihren Blick suchte. Leas Puls raste. Eine Gänsehaut zog sich über ihre Nacktheit, während sie nur noch dachte: *Gott, bitte tu es doch einfach!*

Mit Küssen bewegte er sich langsam an ihr hinunter. Jede Berührung prickelte auf ihrer Haut. Immer wieder suchte er Leas Blick. Seine Augen funkelten im Feuerschein, dass sich das Braungrün in ihr Gedächtnis brannte.

»… bleibst du noch länger hier?«, sprach er beinahe unbeabsichtigt die Frage aus, die ihm gerade noch der Kuss geraubt hatte.

Lea stöhnte, als seine Zunge über ihren Kitzler leckte. »Ich will …« Sie vergaß ihre Antwort, drückte ihren Rücken durch, als eine Welle sie erfasste.

»O Gott, mach weiter«, keuchte sie, als diese ihr Innerstes überspülte und ihre schmerzlichen Erinnerungen unter einer Kaskade aus Lust begrub.

Die Antwort brandete zurück in ihre Gedanken.

»Ich muss …« Jede Pore in ihr kribbelte. Nicht mehr lang, dann … »… zu Agnar Han…«

Kris stockte. »Zu Agnar Hansen? Dem Lachs-Tycoon?«, fragte er und rückte von ihr ab.

Mit großen Augen sah er sie an, als befände er sich in einem falschen Film.

»Ja, wieso?« Sie winkte ihn herbei. »Komm. Mach weiter.«

»Was? Nein.« Er erhob sich und sammelte ihre Sachen auf. Die Welle war fort, stattdessen blieb der Frust in Lea zurück.

»Verdammt, was machst du da?«, fragte sie und setzte sich auf.

Er schmiss ihr die Sachen ins Gesicht und stellte sich an die Tür. »Du musst gehen. Sofort.«

»Was?«, kreischte sie beinahe und drückte sich das Cranberries-Shirt an die Brust.

»Das Spielchen ist vorbei. Hau ab!«, zischte er, während die Zornesfalte sich wieder tief in seine Haut grub.

»Scheiße, was hab ich falsch gemacht?« Lea rückte aus dem Bett und schlüpfte zurück in ihren Rock. »Sag schon: Was ist dein Problem?«

»Wenn du zu Hansen willst, bist du hier falsch. Da geht's lang.« Er riss die Tür auf und zeigte den Flur hinaus. »Verschwinde!«

Lea zog ihr Shirt über den Kopf und schlüpfte in ihre Boots. Wut gesellte sich zum Frust und ließ sie förmlich explodieren. *Was für ein Arschloch*, schrie es in ihrem Kopf. Sie stampfte zur Tür, drehte sich ein letztes Mal zu ihm um.

»Weißt du was? Dann mach ich's mir halt selbst«, sagte sie und riss ihren Mittelfinger in die Höhe. »Der ist sowieso viel besser.«

Mit einem Lächeln leckte sie über ihren schwarz lackierten Nagel und zeigte ihm den Stinkefinger, bevor sie fortging, ohne noch mal zurückzusehen.

Kapitel 7

NORWEGEN, BERGEN, HAFEN AM VÅGEN

Die Nacht war sternenklar.

Beinahe mystisch erhellte die Milchstraße den Himmel und spiegelte sich auf der Meeresoberfläche wider.

Lea saß am Kai, zählte die Sterne. Mit der Flasche Aquavit in der Hand und der Wut im Bauch hielt sie sich warm; Möwen leisteten ihr Gesellschaft.

Die Gedanken durchströmten sie, während der Nordwind ihre Haare davon wehte. Dann und wann schrie eine Möwe nach Futter, so wie ihr Inneres nach einer Antwort verlangte.

Sie hatte sich mehr von der Bar erhofft. Der letzte Ort, an dem man ihre Mutter lebendig gesehen hatte. Doch stattdessen hatte sie nur einen unberechenbaren Kerl kennengelernt und war ihrem selbstzerstörerischen Trieb gefolgt.

Dabei hatte es sich so gut angefühlt. Seine warme Haut unter ihren Fingerspitzen, der Geruch nach Kiefernholz und … Sie schüttelte den Kopf. *Hör auf, Lea! Er ist ein Arschloch*, erinnerte sie sich selbst, während sie die Bilder abschüttelte.

Sie trank einen großen Schluck Aquavit und hustete. *Es hätte so schön werden können*, dachte ein letzter Funke in ihr, als sie tief durchatmete. Sie war nicht hier, um Männer aufzureißen, sondern um ihre Mutter zu finden. Zwar hatte sie keinen neuen Hinweis bekommen, aber eins war klar: Ihre Mutter hatte Kontakte zum Rovdefjord gehabt. Einen Freund …

Ihr Vater muss gewusst haben, dass sie hier auch Freunde gehabt hatte. Sie war schließlich ständig in Norwegen gewesen, hatte gearbeitet, wollte die Schweinswale schützen. Außerdem war ihr Vater selbst beruflich im Norden aktiv. Er kannte sich aus, hatte ihre Mutter hier kennengelernt. Also, warum hatte er ihr nicht mehr erzählt? Warum verschwieg er ihr die Vergangenheit?

Die Sonne stahl sich zurück an den Horizont. Ein Kutter tuckerte an ihr vorbei, brachte eine salzige Brise mit. Mit einem Hops raffte sie ihre Sachen und wandte sich vom Morgenrot ab. Sie musste zum Rovdefjord, auch wenn ihr Vater dort keine Spur gefunden hatte – angeblich. Die Fahrt würde einen halben Tag dauern. Ohne Auto musste sie wohl per Anhalter ins Hinterland fahren, obwohl ein weiterer fremder Kerl das Letzte war, was sie brauchte. Doch ihr Plan stand fest: Agnar Hansen war ihre nächste Station – der einzige Anhaltspunkt, den sie noch hatte.

Sie fuhr sich durch die Haare und zog die Lederjacke enger. Ohne weiter in ihren Gedanken zu verharren, raffte sie ihren Reiserucksack und schlenderte den Kai entlang. Der Fischkutter entlud seine Ladung; die Marktverkäufer beäugten den Fang. Sie stritten um die beste Ware – armlange Dorsche lagen neben Schollen der Reihe nach ausgebreitet; Hummer warteten auf Eis.

Es war ein geschäftiges Treiben so früh am Morgen, dass Lea sich nicht einsam fühlte. Hier fiel sie mit ihrer Flasche Aquavit und der Müdigkeit nicht auf.

»Hey, Herzchen!«

Lea drehte sich zur Straße und sah die Barfrau. Sie saß in einem alten Mercedes, winkte sie heran und lachte.

»Du hast meinen Rat anscheinend befolgt«, schrie sie über den Hafen und zeigte auf die Aquavitflasche in Leas Hand. »Soll ich dich zur Fähre bringen?«

Lea lachte auf. »Ne, ich muss weiter in den Norden. Zum Rovdefjord.«

Die Barfrau verdrehte die Augen.

»Huff, Mädel. Du hast noch nicht genug von Norwegen, was?«, fragte sie und knirschte mit den Zähnen. »Dann steig ein. Ich bin gerade sowieso auf dem Weg zum Sommerhaus meines Vaters. Aber …« Sie hob den Zeigefinger. »… keine Fragestunde mehr, klar?«

Lea überlegte nicht, sondern lief um den Wagen, warf ihren Rucksack auf die Rückbank und stieg ein. »Versprochen. Ich muss einfach schnell in den Norden.«

»Ganz ruhig. Du wirst sehen, schnell geht hier gar nichts«, sagte die Barfrau und hielt ihr die Hand hin. »Ich bin Airin. Und du bist?«

»Lea«, erwiderte sie und schlug ein. »Du bist meine Rettung. Ich schulde dir was.«

»Wo soll es denn genau hingehen?« Airin startete den Wagen und fuhr los. Lea atmete tief durch, schloss die Augen.

»Zu Agnar Hansen.«

»Hmm!«, erwiderte Airin mit hochgezogenen Augenbrauen.

Lea blickte auf. »Kennst du ihn?«

»Wer kennt ihn nicht?« Airin lachte freudlos. »Er ist der Lachs-Tycoon nördlich von Bergen. Ich denke, egal, wen du hier fragst, alle werden ihn kennen, Herzchen. Selbst die Polizei ist per Du mit ihm«, antwortete sie mit einem Funkeln in den Augen.

»Ein Mann mit Kontakten – genau das, was ich brauche. Er wird mir hoffentlich weiterhelfen«, nuschelte Lea und ließ sich in den Sitz sinken.

Airin stutzte.

»Hmm! Also, wenn du einen Job suchst, dann bist du bei ihm an der richtigen Stelle. Er besitzt das größte Lachfarmnetz in Nordnorwegen. Da wird jede Hand gebraucht«, sagte sie. »Aber nachdem du mich gestern ausgefragt hast, denke ich, dass es eher was mit deiner Mutter zu tun hat.« Sie schnaubte.

»Da hast du recht. Ich bin auf der Suche nach ihr.« Lea jagte ihren Blick, aber fand nur Leere.

»Und Kris?«, fragte Airin, während sie weiterhin auf die Straße starrte.

Lea biss sich auf die Lippen. »Der Kerl war eine Pfeife.«

»Hmm. Dann ist ja gut«, murmelte sie beinahe tonlos.

Lea horchte auf.

»Du kennst ihn? Ich meine, persönlich?«

»Schon seit meiner Kindheit.« Sie grinste. »Die Probleme ziehen ihn geradezu magisch an. Und du? Bist du so ein Problem?«

»Ich?« Lea lachte, auch wenn sie den Unterton in Airins Stimme verstand. »Ich bin Archäologin für Nordgeschichte – mehr nicht. Von Problemen halte ich mich fern.«

Airin sah sie kurz an, als würde sie abwägen, ob Lea die Wahrheit sagte. »Das will ich hoffen.«

Der Nachdruck in ihrer Stimme ließ Lea stutzen. Redete sie noch von Kris?

»Ich will nur meine Angelegenheiten klären, dann bin ich hier weg. Von Männern halte ich mich ab jetzt fern«, erwiderte Lea und blickte starr aus dem Fenster, als sie in einen Tunnel fuhren. Die Lichter zogen an ihr vorbei und erhellten nur mäßig die Dunkelheit. Ein Ende war nicht in Sicht.

Airin schmunzelte. »Ich kann dir nur eins sagen: Mach lieber einen großen Bogen um Kris. Der bringt nur Ärger, Herzchen.«

»Das habe ich gemerkt«, murmelte Lea, während sie immer noch Kris' Duft nach Kiefer an ihren Klamotten roch. Sie verdrehte die Augen, schob die Gedanken davon.

Eine Weile fuhren sie weiter durch die Dunkelheit, als Airin die Hand auf ihren Arm legte. »Glaub mir: Es wäre besser, wenn du bald wieder nach Hause reist.«

Der Druck ihrer Hand drängte sich in Leas Körper. Airin sprach ganz eindeutig nicht von Kris oder einem beinahe One-Night-Stand. Hier ging irgendetwas vor, das Lea nicht verstand.

Sie sah ein letztes Mal zu Airin, die wieder in die Dunkelheit starrte. Ihre Falten schienen sich noch tiefer in ihr Gesicht zu graben, seit Lea sie kennengelernt hatte. Selbst ihre blonden Haare schienen ihren Glanz verloren zu haben.

Lea folgte Airins Blick und sah das Licht am Ende des Tunnels. Sie rauschten hindurch und begegneten Gestein und Buschwerk. Die Feuchtigkeit sammelte sich im Grün. In der Schnelligkeit der Fahrt verwischten die Farben zu Schlieren.

Lea griff nach ihrer Kette. Sie konnte es beinahe spüren wie ihren eigenen Herzschlag: Dies war der Weg, den ihre Mutter gegangen war – und sie würde sie finden.

Kapitel 8

NORWEGEN, ROVDE

Als Lea ihre Augen öffnete, lag ihre Stirn an der Scheibe. Ihr Herz machte einen Sprung.

Berggipfel erhoben sich über ihrem Kopf. Wie eine Perlenkette gingen sie ineinander über, als zögen sie eine Grenze. Das Grün erstreckte sich bis zum Grat, wo Geröll sich Platz machte. Der Kamm war mit Schnee bedeckt, obwohl der Sommer bald anbrach. Immer wieder sausten Holzhäuser an ihr vorbei.

Lea sah sich um, suchte die Stadt. Stattdessen breitete sich der Fjord zu ihrer Linken aus, der im wenigen Sonnenschein glänzte. Ruhig floss er dahin, als stände die Zeit hier still.

Wüsste sie es nicht besser, hätte sie gedacht, dass sie sich mitten in den Alpen befände. Doch Airin saß immer noch neben ihr und bog gerade auf einen Hof ein.

»Da sind wir, Herzchen.« Airin nickte zu einem großen Gebäude mit grauer Fassade. »Die Hauptzentrale der Kong Hansen Lachszucht. Hier wirst du den Alten sicherlich finden.«

Lea blickte sich um und fand den Namen in Großbuchstaben an dem Geschäftshaus prangen.

»Ich danke dir«, erwiderte sie, während sie bereits ausstieg und ihren Rucksack vom Rücksitz hievte.

»Komm mich ruhig mal besuchen«, sagte Airin mit einem Lächeln auf dem Gesicht, das zum ersten Mal ein Fünkchen Wahrheit zeigte. »Ich bleibe noch eine Weile in Rovde, bevor ich zurück nach Bergen muss. Dann kannst du deine Schuld begleichen – bei einem Gläschen Cider.« Sie zwinkerte ihr zu und fuhr davon.

Lea lächelte ihr hinterher, bevor sie sich wieder zum Gebäude wandte.

Es stach unangenehm aus dem Grün der Berge und dem Blau des Fjords hervor. Ein Gefühl der Unruhe beschlich sie, als sie durch die Tür ins Innere trat.

Sie kam in ein großes Foyer. Eine Wandbemalung eines Wikingerschiffs erstreckte sich über die hohen Wände. Es rauschte durch die Wellen, während dunkle Wolken es verfolgten. Lea stoppte, musterte jedes Detail.

Am Bug des Schiffes thronte ein Wikinger mit Helm und dem Gesicht von Hansen selbst. Sie schmunzelte, während eine Gänsehaut über ihren Nacken schlich.

»Entschuldigung, kann ich Ihnen helfen?«, fragte eine Stimme, die von einer Wand zur anderen hallte.

Lea drehte sich um und fand eine junge Frau mit Dutt. »Ja, ich möchte zu Herrn Hansen. Er hat mich eingeladen.«

* * *

»Frau Brinkmann! Was für eine Überraschung«, rief Hansen und klatschte in die Hände. Er sprang vom Schreibtisch auf und stürmte ihr entgegen. »So eine Freude, Sie hier zu sehen. Wie geht's Ihrem Vater?«

Lea zupfte ihren Rock zurecht und lächelte. »Gut, denke ich.«

»Wie komme ich zu der Freude?«, fragte Hansen, während er Lea durch den langen Raum führte.

Sie kreuzten ein paar Glaskästen mit Schmuckstücken aus der Wikingerzeit. Lea stoppte. »Sie haben hier ein paar wertvolle Relikte, wissen Sie das?«, fragte sie und drückte ihre Nase an einen der Schaukästen, in dem eine Silbermünze mit Tiermotiv ausgestellt war. »Hier zum Beispiel: Eine Silbermünze aus dem … achten Jahrhundert nach Christus?«

»Gut beobachtet, Frau Brinkmann. Ihr Vater hat mir diese Einzigartigkeit besorgt, genauso wie alles andere hier.« Er zeigte umher. »Alles, was Sie hier sehen, ist nur ein kleiner Teil meiner Sammlung. Den Rest bewahre ich im Keller auf. Und die Suche ist noch lange nicht vorbei.«

Lea folgte seinem Zeig und stieß auf den Ring an seinem Finger, der einen Wotansknoten eingraviert hatte. »Und der da? Ist das nicht der Siegelring von Harald Hardrada?«, fragte sie und nahm seine Hand in ihre, beäugte die Konturen des Rings. »Das Metall. Sehen Sie sich das an: Es fehlen die Einschlüsse.« Sie drehte seine Hand im Licht, besah sich jede Fläche. »Zu perfekt für diese Epoche. Außerdem wurde der Ring doch niemals gefunden, wieso …«

»Es ist eine Replik nach der Forschungsarbeit Ihres Vaters. Ich sehe schon, sie haben ein scharfes Auge«, erwiderte er und entzog ihr die Hand.

Lea räusperte sich und folgte ihm zu einer Sitzecke mit Blick auf den Fjord. »Ich hoffe, ich störe Sie nicht, Herr Hansen, aber ich bin auf der Suche nach meiner Mutter.«

Hansen stutzte. »Ihre Mutter? Die habe ich ja eine Ewigkeit nicht gesehen. Das muss gut zwanzig Jahre her sein. Ihr Vater sagte, sie hätte sie beide verlassen. Oder irre ich mich?«

Lea setzte sich auf einen der Sessel, während ihre Hoffnung schwand. »Ihre Spur verliert sich hier am Rovdefjord. Irgendwo muss sie ja hingegangen sein – deswegen bin ich hier.«

»Und wie kann ich Ihnen dabei helfen?« Hansen weitete die Augen, als die Sonne auf seine grauen Haare fiel.

»Ich brauche einen Ausgangspunkt. Einen Verbündeten vor Ort. Jemanden, der mich bei Fragen unterstützt. Der sich in der Gegend auskennt.«

»Sie meinen mich?«

»Genau! Sie haben Kontakte. Zudem kennen Sie meine Mutter …«

Er hob die Hände. »Wow, das ist lange her, Frau Brinkmann. Ich weiß nicht … Und kennen, ist maßlos übertrieben.«

»Wenn Sie sich einfach mal umhören könnten. Ich weiß sonst nicht, wen ich fragen soll.« Lea beugte sich zu ihm, sah ihm tief in die stechend blauen Augen. »Außerdem brauche ich eine Unterkunft.«

»Hm.« Er überkreuzte die Beine und fixierte sie mit seinem Blick. Stille erfüllte den Raum und ließ Lea erstarren.

»Sie wissen, was sie wollen – das muss ich Ihnen lassen. Soweit ich mich erinnere, war das bei Ihrer Mutter ganz genauso. Ihr zuliebe könnten wir sicherlich einen Deal finden.«

»Ich würde alles machen«, sagte Lea und löste sich aus ihrer Starre. »Also, fast alles.«

»Wissen Sie, ich war nicht immer wohlhabend, Frau Brinkmann. Ich bin arm aufgewachsen. Musste mit meinem Vater zur See fahren, statt zur Schule zu gehen. Nur die Geschichten der alten Wikinger haben mich von einem anderen Leben träumen lassen. Besonders die von Harald Hardrada. Kennen Sie die?«

Lea nickte. »Er wurde auch Harald der Harte genannt. 1066 nach Christus startete er eine Invasion in Nordengland, fiel aber in der Schlacht von Stamford Bridge. Sein Sohn überlebte und flüchtete.«

»Richtig, so steht es in den Geschichtsbüchern«, sagte Hansen und lächelte hinter seinen gefalteten Händen. »Doch der Volksmund erzählt die Geschichte noch weiter: Es heißt, dass sein Sohn Olav mit wenigen Männern zurückgesegelt ist. An Bord versteckte er einen Schatz, den er dem Earl of Northumbria aus den Händen gerissen hat. Doch als Olav endlich die

Küste Norwegens erreicht hatte, wurde er von einem Sturm heimgesucht. Er verfolgte ihn bis in den Fjord hinein, wo das Schiff samt Schatz in den Tiefen versank.«

»Interessante Geschichte, aber … was hat das mit mir zu tun?«, fragte Lea und zog die Augenbrauen zusammen.

»Es ist nicht nur eine Geschichte, Frau Brinkmann. Ich bin überzeugt, dass sie wahr ist. Alle Forschungen weisen auf den Rovdefjord – hier vor unseren Füßen. Und Sie können mir helfen, Haralds Schatz darin zu finden.« Hansen nahm zwei Gläser von einem Tablett und schüttete ihr einen Gin ein.

»Und was ist mit meinem Vater? Er ist doch der *Finder verlorener Schätze*«, sagte Lea und nahm das Glas entgegen.

Hansen trank einen Schluck und kostete einen Moment. »Ich denke, es ist Zeit für einen frischen Blick. Im Gegenzug können Sie bei uns wohnen. Meine Männer haben verschiedene Häuser am Fjord, wo sich sicherlich noch ein Zimmer für Sie findet. Außerdem höre ich mich für Sie um und gebe Ihnen alle Informationen über Ihre Mutter, die ich besorgen kann.« Es schien beinahe zu verlockend, sich durch alte Schriften zu lesen und historischen Hinweisen nachzugehen. Allerdings wollte sie nur ihre Mutter finden, mehr nicht. Doch was hatte Lea zu verlieren?

Sie brauchte die Unterstützung und einen Schlafplatz. In dieser Einöde gab es weder Hotels noch andere Übernachtungsmöglichkeiten. Wenn sie also nicht auf der Straße schlafen wollte, war eine kleine archäologische Aushilfsarbeit die einzige Chance auf ein warmes Bett – und ihre Mutter.

»Abgemacht. Aber sobald ich eine Spur von meiner Mutter gefunden habe, werde ich weiterziehen – egal, wie weit ich mit meinen Nachforschungen gekommen bin.«

Er grinste. »Kein Problem. Fenris?«

Eine Tür öffnete sich und ein langhaariger Kerl mit Vollbart kam hereingestürmt. »Ja, Boss?« Hanna verschluckte sich am Gin und hustete.

Was zur Hölle macht der hier?

»Kris, mein Junge. Wo ist Fenris?«

Kris sah Lea mit dunklen Augen an, die den Mund nicht mehr zubekam. »Er ist bei der Zuchtanlage. Kann ich weiterhelfen?«

»Bring Frau Brinkmann zu einem der Häuser, wo noch ein Zimmer frei ist. Gib ihr alles, was sie braucht. Sie arbeitet jetzt für mich«, antwortete Hansen und half Lea vom Sessel auf, die sich immer noch räusperte.

Lea konnte den Blick nicht von Kris lassen. Warum hatte Airin ihr nicht erzählt, dass er hier arbeitete? Und warum sah er im Tageslicht noch besser aus als in der Dunkelheit der Bar?

»Was ein Zufall«, murmelte sie und kratzte sich mit ihrem Mittelfinger an der Nase.

»Hmm.« Kris schmunzelte, bevor er wieder durch die Tür verschwand. »Komm, beeil dich.«

Lea folgte ihm. Sein würziger Geruch verfing sich in ihrer Nase. Ein Kribbeln waberte durch ihren Bauch.

»Ich freue mich auf die Zusammenarbeit, Frau Brinkmann«, hörte sie noch hinter ihrem Rücken, als die Tür ins Schloss fiel.

Kapitel 9

NORWEGEN, ROVDE, KONG HANSEN LACHSZUCHT

»Sag mal, hast du einen bösen Zwilling, oder wie bist du so schnell hergekommen?«, fragte Lea, während sie hinter Kris her stolperte.

»Vorsicht, Stufe!«, knurrte er zurück und knallte ihr die Tür ins Gesicht.

»Hey!«, schrie sie ihn an und riss die Tür wieder auf, aber Kris war schon weitergelaufen. Sie rannte ihm hinterher, vorbei an einer Terrasse, die zu einem Steg auf den Fjord führte.

Sechs große Netzkäfige verteilten sich im Wasser, als hätten Aliens Kornkreise in den Fjord gebrannt. Lachse sprangen hoch wie Flöhe; Männer rannten hin und her, während ein großer, glatzköpfiger Kerl ihnen Befehle zuschrie. *Mit einem von denen soll ich zusammenwohnen?*, fragte sie sich, als sie

Bierbäuche, ungepflegte Haare und schweißnasse T-Shirts registrierte.

»Kommst du?«, fragte Kris, der plötzlich wieder neben ihr stand. Seine Zornesfalte grub sich tief in die Haut und unterstrich den finsteren Blick.

Lea schleuderte ihr Gepäck von der Schulter. »Du könntest ruhig mal meinen Rucksack nehmen.«

»Pff.« Er rannte wieder los.

»Warte!«, rief sie ihm hinterher. »Muss ich echt mit einem von diesen Männern zusammenwohnen? Ich meine …«

Er stoppte. »Was dagegen, Prinzessin?«

Lea verzog die Augenbrauen.

»Nein, aber …« Sie suchte nach einer Begründung in ihrem Kopf, aber sah ihn nur hohl an.

»Hab ich's mir gedacht«, erwiderte er und steuerte auf einen Waldweg zu. Mit schnellen Schritten verschwand er zwischen dichtem Grün.

Lea schnaufte. Sie raffte den Rucksack erneut und rannte hinterher.

Kleine Hütten versteckten sich zwischen Nadelbäumen im Wald. Schilder waren an den morschen Holztüren befestigt. *Seehase, Makrele und Roggenflunder*, las Lea im Vorbeigehen. Am Wegesrand wuchsen wilde Blaubeeren. Ein kleiner Bach plätscherte direkt in den Fjord.

Wäre Lea nicht so erschöpft gewesen, hätte sie diese Kulisse verzaubert. Doch die Tatsache, dass Kris auch hier arbeitete, machte sie sprachlos. Wie viel Unglück konnte ein Mensch haben? Die Lust der letzten Nacht pochte immer noch zwischen ihren Schenkeln. Jetzt musste sie diesen unberechenbaren Griesgram auch noch jeden Tag ertragen. Warum passierte so etwas ausgerechnet ihr?

Kris ließ die Hütten hinter sich und sprang über den Bach, bevor er hinter einem Bergahorn verschwand.

Der Schweiß rann von Leas Gesicht, während sie ihm über den Bach folgte. Wo führte er sie hin? Natürlich ins allerletzte Loch. Irgendwo im Nirgendwo, damit er sie nicht mehr sehen musste. Sie schnaufte, beschleunigte gleichzeitig ihren Gang.

»Verdammt noch mal, warte! Ich bin keine Gämse«, schrie sie ihm hinterher, während sie sich in den Ästen des Bergahorns verfing. Sie schlug die handgroßen Blätter beiseite und blinzelte. Mit Schwung rannte sie weiter, knallte gegen seine Brust, dass sie nach hinten torkelte.

Mit einer schnellen Bewegung griff er nach ihrem Handgelenk, zog sie zurück. »Da sind wir«, knurrte er und zeigte auf ein kleines Haus am Fjord, sah sie aber nicht an.

»Die Toiletten sind draußen. Pass auf, dass du nicht ins Loch fällst. Den Gestank kriegst du nicht mehr raus.« Er ging an einem Holzverschlag vorbei, an dem eine gescheckte Ziege graste. »Das ist Lykke. Sie ist ziemlich eifersüchtig, also …« Wie auf Geheiß meckerte sie los. Kris schmunzelte.

»Na, meine Alte«, säuselte er und kraulte sie hinter den Ohren. »Halt dich besser fern von ihr und pass auf, dass sie nicht in den Wald läuft.« Er eilte weiter in Richtung Haus, das von einer Terrasse umrahmt wurde.

Lea hastete hinterher. Sie ließ ihren Blick schweifen. Ein kurzer Steg führte in den Fjord, an dem ein Motorboot angetaut lag. Auf der anderen Fjordseite erhob sich das Gebirge.

Wolkenfetzen umrahmten die schneebedeckten Gipfel. Ein Wasserfall sprudelte aus dem Gestein hinab in den Fjord, wo eine Wolke aus Wasserdampf emporstieg und einen Regenbogen in den Himmel schoss.

Die Szenerie erinnerte sie an die Geschichten ihrer Mutter. Die, die sie immer an ihren Geburtstagen im Herbst gehört hatte. Es schien eine Ewigkeit her, und doch war dieses Bild so lebendig, dass ihr eine Gänsehaut über den Rücken lief. Sie griff nach ihrer Kette, hielt sich beinahe an dem Metall fest, als ein Rumms ertönte.

Lea löste sich aus der Starre, ließ die Kette unter ihrem Shirt verschwinden. Sie drehte sich wieder zu Kris, der sich gerade gegen die Tür stemmte. *Knurrharn*, las Lea und schmunzelte. Klar, dass er sie in das Haus steckte.

»Die ist ein wenig schwerfällig. Ansonsten … musst du halt draußen bleiben. Komm jetzt«, sagte er und verschwand im Haus.

Lea verdrehte die Augen. »Das hättest du wohl gerne«, murmelte sie und stapfte hinter ihm her, folgte ihm ins Innere.

Die Dunkelheit blendete sie. Sie blieb wie angewurzelt stehen, bis sie sich an das wenige Licht gewöhnt hatte. Nach und nach sah sie die Konturen eines kleinen Flurs. Nur ein Raum ging von ihm ab; eine Holztreppe führte nach oben, wo sich wahrscheinlich die Schlafräume befanden.

Die Tür knallte hinter ihr ins Schloss. Sie blickte auf und sah in Kris' finstere Miene. Etwas Unerklärliches loderte in seinem Blick auf. »Du bist also wirklich eine von Hansens Leuten, ja?«, zischte er und drückte seine Hand gegen die Tür.

Lea ließ ihren Rucksack fallen und überkreuzte die Arme.

»Du doch auch?!«

Er lachte auf, ging einen Schritt auf sie zu. »Also, was machst du hier?«

»Das geht dich gar nichts an«, erwiderte sie mit Nachdruck und streckte sich ihm entgegen. »Du hast echt nen Knall, weißt du das?«

Er schnaufte, hielt ihren Blick. Die langen Haare fielen über seine Schulter, während sich seine Brust im schnellen Takt seiner Atmung bewegte. Etwas schien ihn zu erregen. Der Glanz in seinen Augen funkelte, als würden die Gedanken dahinter Purzelbäume schlagen.

Lea wagte es nicht, die Stille zwischen ihnen zu stören. Einerseits war sie zum Zerreißen gespannt, andererseits konnte sie den Blick nicht von ihm abwenden. Er hatte etwas an sich, das Lea nicht verstand. Als hätte er eine Frage auf den Lippen, die er nicht stellte. Was war sein Problem?

Mit einem Ruck löste er sich aus der Starre und mied ihren Blick. »Gut. Mir doch egal. Aber bleib fern von mir.« Er wandte sich ab und öffnete erneut die Tür mit einem Quietschen.

»Ach ja: Dein Zimmer ist oben rechts. Es gibt keine Heizung und kein warmes Wasser. Feuerholz ist draußen. Herzlich willkommen!« Er knallte die Tür zu und ließ Lea allein.

»Ey!«, schrie sie ihm hinterher. »Wer wohnt denn jetzt hier mit mir?« Lea blickte vor die verschlossene Tür, ohne eine Antwort zu erhalten. Ihr Herz raste, nachdem sie sich seiner Anwesenheit allzu bewusst gewesen war.

Erst jetzt merkte sie, dass sie die Luft angehalten hatte. Mit einem tiefen Atemzug füllte sie ihre Lunge. Ihr Blick ging zurück in die Dunkelheit des Flurs.

»Herzlich willkommen im Nirgendwo, Lea. Du bist angekommen«, flüsterte sie zu sich selbst.

Kapitel 10

NORWEGEN,
ROVDE, KNURRHARN-HÜTTE

Vergiss nie! Ein Poltern riss Lea aus dem Schlaf. Sie blinzelte die Helligkeit davon.

Nach und nach kamen die Erinnerungen an die letzten Tage zurück – und an ihre Mutter. *Rovdefjord, Hansen, Kris …*

Wieder polterte es aus dem Erdgeschoss.

Lea setzte sich auf und rieb sich den Schlaf aus den Augen. Ein Gefühl der Unsicherheit hing an ihr, während sie sich in dem fremden Zimmer umblickte.

Obwohl sie am vorherigen Abend das kleine Haus erkundet hatte, fühlte sie sich noch fremd. Im Untergeschoss gab es eine Küche mit integriertem Wohnzimmer.

Sie hatte eine Ewigkeit vor dem großen Fenster dort verbracht, das sich über die ganze Wand erstreckte. Von hier aus hatte man einen perfekten Blick auf den Wasserfall am Berghang. Wie hypnotisiert hatte sie ihn angestarrt und auf ein Zeichen ihrer Mutter gewartet, dass sie auf der richtigen Spur war. Doch nichts war passiert, außer dass irgendwann die Sonne untergegangen war.

Im oberen Geschoss hatte sie ihr Zimmer gefunden. Es war ein funktional eingerichteter Raum: ein Bett, ein Schrank, ein Stuhl und graue Vorhänge. Als spiegelte das Zimmer ihre dunklen Gedanken wider, hatten sie die bilderlosen Holzwände geradezu angezogen. Seitdem hatte sie das Zimmer nicht mehr verlassen.

Rumms, rumms, rumms – wieder polterte es aus dem Erdgeschoss. Lea schnappte sich ihren Hoodie und schlurfte auf den Flur.

Das Rauschen von Wasser drang aus dem Badezimmer. Lea stutzte. *Also war in der Nacht doch jemand ins Haus gekommen*, dachte sie und schlüpfte schnell in den Hoodie.

Rumms, rumms, rumms.

»Ja, doch. Ich komme!«, rief sie die Treppe hinunter in Richtung Erdgeschoss. Das Poltern erstarb. Lea sprang die letzten Stufen hinunter und riss an der Tür. Mit einem Quietschen öffnete sie diese einen Spalt. »Hallo?«

»Morgen!«, knurrte der Glatzkopf, den sie am vorherigen Tag an der Zuchtanlage gesehen hatte. Aus der Nähe sah er noch grimmiger aus. Seine Augen waren beinahe schwarz und seine Haut von Pockennarben übersät. Er drückte die Tür mit einem Stoß auf, dass Lea einen Schritt zurückwich.

»Kann ich helfen?« Eine Aura aus Kälte erfasste sie, die ihr über den Nacken bis in den Hoodie kroch.

»Zieh dich an. Der Chef erwartet dich«, raunte er und sah von ihrem Hoodie hinunter bis zu ihrer Schlafshorts. Ein Grinsen trat auf sein Gesicht, während er auf Höhe ihrer nackten Beine stoppte.

»Ich muss mich erst anziehen«, erwiderte Lea und versteckte sich halb hinter der Tür.

»Meinetwegen kann ich deinen hübschen Arsch auch so zum Chef bringen.« Er kam einen Schritt auf sie zu, leckte sich über die Lippen.

Leas Puls beschleunigte sich, während sie nach einem Ausweg suchte.

»Du kannst schon vorgehen. Ich komme auch selbst zum Haupthaus zurück.«

Der Glatzkopf schmunzelte, dass seine Narben sich zu einem trügerischen Bild formten. »Ich glaube, der Chef wäre nicht erfreut, wenn du allein durch den Wald marschierst. Wenn du dich nicht beeilst, dann werfe ich dich über …«

»Ich bringe sie zum Chef!«, knurrte eine dunkle Stimme hinter ihr. Lea drehte sich um und atmete beinahe laut aus, als Kris die Treppe hinunterlief.

Nur mit einem Handtuch um die Hüften ging er an ihr vorbei und stellte sich vor sie. Seine nassen Haare tropften auf seine Brust. Mit einer stoischen Gleichgültigkeit erwiderte er den dunklen Blick des Glatzkopfs.

»Na, lange Nacht gehabt, Großer?«, fragte der Glatzkopf.

»Ich bringe sie zum Chef«, erwiderte Kris, ohne auf seine Frage zu antworten.

»Du bist noch nicht mal angezogen«, sagte er und vergaß sein Grinsen. »Der Chef will sie sofort …«

»Das ist mein Haus!«, raunte Kris.

Lea sah auf und wunderte sich: *Sein Haus? Was zur Hölle? Wohne ich etwa mit Kris zusammen?*

»Ich bringe sie zu ihm!«, sagte Kris noch deutlicher und stellte sich ihm entgegen. »Sag dem Chef, dass sie in einer halben Stunde in seinem Büro steht.« Der Glatzkopf grunzte.

Lea sah von einem zum anderen, wagte es nicht, sich in das Gespräch einzumischen. Mit knirschenden Zähnen sah der Glatzkopf sich um; Kris bewegte sich nicht von der Stelle, schirmte sie ab wie ein Berg den Sturm. *Was geht hier nur vor?*

»In einer halben Stunde«, wiederholte Kris und schmiss dem Glatzkopf die Tür ins Gesicht.

* * *

»Wer war das?«, fragte Lea, während sie wieder hinter Kris über den Waldweg herrannte.

»Fenris«, knurrte er zurück und beachtete sie nicht weiter.

»Ich hätte das auch allein regeln können«, sagte sie und sah zum bewölkten Himmel, der die Sonne abschirmte. Sie schlängelte sich um den Bergahorn herum und lief an den Hütten vorbei. »Ich brauche deine Hilfe nicht.«

Er lachte auf. »Das sah aber anders aus.«

»Du findest das also komisch?«, fragte Lea und blieb stehen. Wut keimte in ihrem Inneren auf. Wie konnte der Kerl sie nur so zur Weißglut treiben? Dachte er, sie wäre unfähig, für sich selbst einzustehen? Sie war doch kein kleines Mädchen mehr, mit der er machen konnte, was er wollte! »Du bist echt so ein …«

Kris drehte sich um und funkelte sie an. Sie ballte die Fäuste, bewegte sich kein Stück. Mit einem Stöhnen kam er zurück und zog sie weiter. »Gut, ich habe dir nicht geholfen.«

Sie entriss ihm den Arm und stampfte an ihm vorbei zur Terrasse, wo die Arbeiter bereits die Netze kontrollierten.

»Helfen ist auch das Letzte, was du kannst«, murmelte sie, ohne nachzudenken.

Er packte ihren Arm und brachte sie wieder zum Stehen.

»Jetzt hör mir mal zu: Niemand, der in mein Haus kommt, darf mir Befehle erteilen. Niemand. Auch nicht Fenris.«

»Und ich?«

»Du darfst bei mir wohnen – das ist auch schon alles.«

»Oh, der große Wohltäter. Vielen Dank für deine Almosen … aber ich habe nicht darum gebeten!«

»Wen interessierts?«, zischte er und ging weiter zum Haupthaus.

»Erst schleppst du mich in dein Zimmer und dann lässt du mich fallen wie eine heiße Kartoffel«, rief sie ihm hinterher, während sie immer noch auf der Terrasse stand.

Ein Johlen wurde laut; Gratulationsrufe wurden geteilt.

»Und jetzt soll ich deinen Hausgast spielen?«

Er blieb vor der Tür stehen, drehte sich nicht um. Seine Schultern bebten.

»Was ist das für eine Masche?«, fragte sie und riss die Arme in die Höhe.

Pfiffe schallten über den Fjord. »Mensch, Kris, wusste gar nicht, dass du so ein Draufgänger bist!«, rief ein Bierbäuchiger herüber. »Hey, Lady, du kannst auch gerne in meiner Hütte übernachten. Ich hab da noch ein Plätzchen im Bett frei.«

Die Männer lachten und schlugen dem Bierbäuchigen auf die Schulter.

Der Witz in ihren Worten brachte Lea eine gewisse Ruhe. Das Gefühl der Fremde löste sich von ihr. Mit einem Grinsen stimmte sie ins Gelächter ein, schüttelte aber den Kopf. »Ich glaube, neben deinem Wanst findet keiner mehr Platz.«

Die Männer kreischten, während der Bierbäuchige sich verbeugte. »Nenn mich Jørgen, meine Liebe. Zu deinen Diensten!«

Kris drückte die Schultern zurück und verdrehte die Augen. »Komm jetzt. Der Chef wartet auf dich.«

Kapitel 11

NORWEGEN, ROVDE, HANSENS BÜRO

»Ah, Frau Brinkmann. Pünktlich auf die Minute.« Hansen streckte ihr seine Hände entgegen. »Ich hoffe, Sie sind zufrieden mit Ihrer Unterkunft?«

Fenris schnaubte.

»Ja, es ist … alles bestens«, erwiderte Lea und sah kurz zu Kris, der sich nicht vom Fleck rührte.

Hansens stechend blauen Augen musterten sie.

»Das höre ich gerne. Ich hoffe doch, Kris hat sich Ihnen gegenüber benommen. Wenn nicht …«

»O doch, o doch. Ein wahrer Gentleman«, sagte Lea. »Wenn auch störrisch wie ein Esel.«

Hansen lachte. »So kennen wir ihn«, murmelte er und drehte sich zu Kris. »Hast du alles erledigt?« Kris nickte.

»Dann komm. Ich brauche dich bei den Netzkäfigen.« Fenris ging zur Tür, aber Kris bewegte sich nicht.

Er suchte ihren Blick, hatte wieder das Funkeln in den Augen. Was wollte er Lea sagen?

Sie suchte eine Erklärung in seiner Mimik, fand aber nur die Härte seiner Konturen. Sie musterte seine Lippen, folgte seinen Wangenknochen zurück zu seinen Augen, die wie die Tiefe des Fjords schimmerten.

Der Moment verstrich und doch blieb er wie erstarrt stehen.

»Hörst du schlecht? Beweg deinen Arsch nach draußen. Die Arbeit ruft«, brüllte Fenris ihn an.

Kris löste sich aus der Starre und räusperte sich. Ohne noch länger zu verharren, folgte er Fenris nach draußen.

»Nanu! Also, wenn ich es nicht besser wüsste, würde ich sagen: Entweder mag er sie, oder … das Gegenteil ist der Fall.« Hansen schmunzelte und zog die Augenbrauen in die Höhe.

Lea atmete tief aus. »Wahrscheinlich eher das Gegenteil, aber wir kommen schon klar.«

»Hmm«, erwiderte Hansen, während er kurz verharrte. »Nun gut, dann kommen Sie mit.«

Lea folgte ihm quer durchs Büro zu einer weiteren Tür. Zusammen gingen sie durch einen Flur, die Treppe hinunter zu einem anderen Raum. Hansen zog einen Schlüssel aus der Hosentasche, mit dem er die Tür öffnete.

»Passen Sie gut auf den auf.« Er übergab ihr den Schlüssel und öffnete mit Schwung die Tür. »Die muss verschlossen sein, wenn sie gehen«, sagte er und bat sie herein.

Lea nickte, während sie den Schlüssel in die Hosentasche steckte und in den Raum schritt. Er glich einer Bibliothek. Die Wände waren gesäumt mit Regalen. Ein Summen ertönte von einer Klimaanlage; Fenster gab es keine, nur ein großes Ölgemälde eines Lachsschwarms. Es war weder zu warm noch zu kalt. Lea wettete, dass die relative Luftfeuchtigkeit hier bei fünfzig Prozent lag – optimale Bedingungen zur Aufbewahrung historischer Dokumente.

»Wie Sie sehen, habe ich keine Kosten gescheut.« Er lächelte. »Hier finden Sie viele Dokumente aus der Zeit von Harald Hardrada und seinem Sohn Olav, die Ihr Vater gefunden hat. Im Lagerarchiv haben wir noch weitere Dokumente, die Fenris Ihnen gleich bringen wird.«

Lea ließ ihren Blick schweifen. »Oh, das ist …« Sie räusperte sich. »Das müssen hunderte Dokumente sein.«

»Das sind mehr als zwanzig Jahre Arbeit. Eigentlich das Lebenswerk Ihres Vaters, wenn man es genau nimmt. Er hat die ersten Hinweise gefunden, die mich hier zum Rovdefjord geführt haben. Nur seinetwegen steht hier ein großer Teil meiner Kong Hansen Lachszucht«, sagte er und zwinkerte ihr zu. »Ihr Vater ist weit gekommen, doch irgendwann drehte er sich nur noch im Kreis.«

Lea löste ihren Blick von den Dokumenten. »Ist das so?«, fragte sie wie beiläufig, während in ihrem Inneren ganz andere Fragen umherwirbelten. Wieso hatte ihr Vater ihr nie etwas von seiner Arbeit hier erzählt? Sie musste seine ganze Zeit verschlungen haben – warum hatte er ihr das verheimlicht?

»Es gibt einige wichtige Dokumente von Zeitzeugen, die annehmen lassen, dass das Schiff hier im Fjord gesunken ist. Hier zum Beispiel …« Hansen ging zum Regal, nahm sich weiße Handschuhe und zog eine große Mappe heraus. Er legte sie auf den Schreibtisch, der sich in der Mitte des Raumes befand.

Lea folgte seinem Wink und stellte sich neben ihn, während er die Mappe aufschlug.

»Dies ist ein Dokument, das ihr Vater zu Beginn seiner Forschungsarbeit gefunden hat.«

Lea beugte sich über die geschwungene Schrift, die sich über dem vergilbten Pergament ausbreitete.

»Das ist altenglisch.«

Hansen schmunzelte. »Richtig. Es ist ein Brief von Toste Godwinssons' Frau Judith.«

»Ah, die Frau des Verräters«, erwiderte Lea.

Hansens Augen funkelten. »Richtig. Toste tat sich mit Harald zusammen und verriet seinen Bruder, um wieder Earl of Northumbria zu werden. Dafür bezahlte er mit seinem Leben. Aber seine Frau konnte fliehen und segelte mit dem Rest der Wikinger zurück nach Norwegen.« Lea beugte sich noch tiefer über das Pergament, ohne es anzufassen.

»Sie schreibt, dass sie für ihre Sicherheit mit dem Schatz der englischen Krone bezahlt hat. Hier steht …« Lea runzelte die Stirn, entzifferte die fremde Sprache in ihrem Kopf. *»Wie der Tod seine Finger nach mir ausstreckt, lechze ich nach dem Leben. Nirgendwo auf der Insel kann ich noch sicher sein. Nur der königliche Schatz, den ich nicht zu tragen vermag, schützt meinen*

Weg. Möge Gott meiner Seele gnädig sein, aber nur die Fahrt nach Norden wird mich bewahren«, las sie vor. »Gibt es Belege, dass sie wirklich in Norwegen ankamen?«

»Ja, einen Moment.« Hansen legte das Pergament wieder zurück in die Mappe und schob diese ins Regal, bevor er eine Lederrolle herauszog. Mit vorsichtigen Fingern öffnete er das Band und entnahm ein Kalbsleder. »Dies ist ein Schreiben von Bischof Bernhard an Papst Alexander II. Er lebte zu der Zeit auf Island im Exil, da er von Harald aus Trondheim vertrieben wurde.«

Lea musterte das Kalbsleder, auf dem die Schrift nur blass zu erkennen war.

»Er schreibt, dass ihm ein Spion am königlichen Hof berichtet hat, dass Harald in England gefallen ist. Gleiches gilt für seinen Sohn Olav, der bei seiner Flucht über das Nordmeer in einen Sturm geriet und mit seinen Männern ertrank. Ähm … einen Moment … Genau genommen schreibt er: *Der Sohn des nordischen Tyrannen liegt in einem kalten Grab inmitten des roten Arms, mit englischem Gold überhäuft.*«

Hansen nickte. »Der Rovdefjord zeichnet sich durch kleine Anemonen aus, die das Flachwasser rot färben. Das ist allgemein bekannt. Deswegen wurde er früher auch als *roter Arm* bezeichnet.«

»Ah«, erwiderte Lea und hob ihren Blick. »Also ist Olav mit dem Schiff irgendwo hier gesunken.«

Hansen seufzte. »Alles deutet darauf hin. Doch wo genau – das ist Ihre Aufgabe. Irgendwo in diesen Dokumenten muss es einen Hinweis geben«, sagte Hansen und starrte immer noch auf das Kalbsleder. »Wir brauchen nur eine Spur. Einen Zeitzeugen, der von dem Untergang berichten kann.«

Lea folgte seinem Blick, als die Aufregung der Schatzjagd auf sie überging. Sie konnte es nicht verneinen: Das Geheimnis rundum Harald Hardrada und den englischen Schatz ließen ihr Herz höherschlagen, auch wenn sie eigentlich nur ihre Mutter finden wollte. Dennoch ließ sie etwas stutzen.

Ihr Vater hatte diese Dokumente zusammengetragen und vor Ort geforscht. Er kannte sich hier aus, wahrscheinlich wie nirgendwo anders, und doch hatte er ihre Mutter aus dem Blick verloren.

Es gab eine Verbindung zwischen dieser Arbeit und ihrer Mutter, die Lea sich nicht erklären konnte. Noch nicht. Eine Kälte wickelte sich um ihr Herz und drückte es zusammen.

Doch sie würde es herausfinden.

Kapitel 12

NORWEGEN, ROVDE, ARCHIV

Die Zeit verstrich, während Lea sich einen Überblick verschaffte. Es waren unzählige Dokumente, die nicht einmal katalogisiert waren.

Nichts an diesem Archiv war typisch für die Arbeit ihres Vaters, außer der Wust an Notizen, der sich in einer Ecke des Raums stapelte.

Wenn sie es nicht besser wüsste, würde sie es ein einziges Durcheinander nennen. Nicht eins, das ein Unwissender zustande gebracht hätte, sondern ein geplantes. Lea schüttelte den Kopf, während sie ein weiteres Dokument auf eine Liste schrieb und es in ein Regal sortierte.

Ein Rumpeln ertönte. Die Tür knallte gegen die Wand, als Fenris mit einem Haufen Schriftrollen auf den Armen hereineilte. »Wo soll das Zeug hin?«

Lea zeigte auf einen langen Tisch, der sich an der Wand entlangzog. »Kommen noch mehr?«

Fenris warf die Rollen auf das Holz und schnaubte. »Mehr hat dein Vater nicht angekarrt. Reicht das nicht?« Lea ignorierte ihn und sortierte ein weiteres Dokument ein.

»Wenn du mich fragst, Püppchen, ist das alles völlig unnütz«, murrte er und betrachtete Leas neue Ordnung. Er ging an den Büchern entlang, bevor er zu ihr trat.

»In diesem Müll hier findet niemand was. Weder dein Vater noch deine Mutter, geschweige denn du, mein Püppchen.«

»Meine Mutter?«, fragte Lea und zog die Augenbrauen zusammen. »Du kanntest sie?«

Er griente, strich eine Haarsträhne von ihr kurz durch seine Finger.

»O ja, deine Mutter war damals eine wahre Nervensäge. Wale hier, Wale da. Und dein Vater … Der große Schatzsucher aus Deutschland. Pff! Dass ich nicht lache. Guck dir den ganzen Scheiß hier an – und doch ist er nicht weiter als vor zwanzig Jahren.«

»Hm.« Lea wich zur Seite, während Gedanken durch ihren Kopf rasten. Was meinte er damit: *nicht weiter als vor zwanzig Jahren*. Wie konnte ihr Vater nicht weiter als damals sein? Und was hatte ihre Mutter damit zu tun?

Er kam ihr gefährlich nah und beugte sich an ihr Ohr.

»Eine Nullnummer ist dein Vater. Pass auf, dass du nicht auch eine wirst. Der Chef sieht es gar nicht gerne, verarscht zu werden.«

Lea wich einen Schritt zurück und sah ihm direkt in die dunklen Augen, die einem Abgrund glichen. »Pass du lieber auf, dass du dir die Zähne putzt. Du stinkst aus dem Maul wie ein Köter.«

Mit einer Bewegung zuckte er auf sie zu, als wollte er sie überwältigen, und lachte. »Jetzt ist Kris nicht hier, um dich zu beschützen, was?«

Lea bewegte sich nicht vom Fleck. Stattdessen blieb sie mit zitternden Händen wie angewurzelt stehen und hielt seinem Blick stand. »Glaubst du, das habe ich nötig?«, zischte sie zurück und ballte die Fäuste. Ihr Herz raste, als würde es einen Marathon laufen. Fragen flitzten durch ihren Kopf, aber fanden keine Antwort. Das Summen der Klimaanlage füllte die Stille zwischen ihnen.

»Ich denke, du solltest jetzt gehen«, zischte Lea schließlich und überkreuzte die Arme – das Zittern stoppte.

Fenris schwarze Augen musterten ihre Züge. Mit einem Knurren löste er sich aus seiner Starre und strich sich über die Glatze. »Das kommt vom Chef«, sagte er und hielt ihr einen Zettel hin.

»Hat er eine Spur zu meiner Mutter gefunden?«, fragte Lea, als die Aufregung die Vorsicht überflutete. Sie schnappte nach dem Zettel, aber Fenris hielt ihn in die Höhe und grinste.

Als wollte er sie reizen, wedelte er mit dem Zettel vor ihrer Nase und warf ihn schließlich auf den Tisch.

»Vielleicht findest du da ja deine Schreckschraube von Mutter.« Er lachte laut auf und stapfte zur Tür. »Aber wenn ich wetten sollte, würde ich gegen dich setzen«, spottete er und schlenderte davon, während er ein Lied pfiff.

Lea löste sich aus ihrer Anspannung.

Eine Adresse stand auf dem Zettel geschrieben:

Stormveien 8, Rovde

War das der Ort, an dem ihre Mutter sich aufhielt? Was würde sie dort finden?

Sie stützte sich auf dem Tisch ab, als Fenris die Tür zurück ins Schloss schmiss. Das Knallen hallte in ihr wider und ließ einen Schatten in ihr zurück. Sie suchte nach Luft, während sie ein- und ausatmete. Am liebsten hätte sie jetzt die Flasche Aquavit in der Hand, aber es blieb nur die Frage: Konnte ihre Mutter wirklich so nah sein?

Kapitel 13

NORWEGEN,
ROVDE, KNURRHARN-HÜTTE

Lea stemmte sich gegen die Tür und schob sie auf. Ein Quietschen begrüßte sie. Sie hörte in den Raum hinein, bevor sie ihren Atem fahren ließ. *Puh, er ist nicht da*, dachte sie.

Der Schatten ihrer Mutter hatte sie bis hierher verfolgt, drückte ihre Stimmung nieder. Sollte sie sich nicht freuen? Sie war einen Schritt weiter, hatte eine Adresse in der Hand. Doch die Unruhe in ihrem Körper brachte sie beinahe um den Verstand.

Hatte Hansen wirklich ihre Mutter gefunden? Sie hatte ihn fragen wollen, aber er war nicht mehr in seinem Büro gewesen. Stattdessen hatte sie Fenris gefunden, dem sie lieber aus dem Weg gegangen war. Diese Adresse war ein Schritt voran – aber Lea scheute sich, ihn zu gehen. Was, wenn …

Sie atmete tief durch und stürmte weiter in die Küche. Der Schatten hatte ihre Dunkelheit noch weiter geschwärzt. Sie erfasste Lea so schnell, dass sie beinahe erschrak. War ihre Mutter wirklich an dieser Adresse zu finden? Der Zettel in ihrer Hand knisterte. Sie wollte es wissen, und doch blieb ein Gefühl zurück, das sie zweifeln ließ.

Ihre innere Mauer führte sie zur Spüle, wo sie sich Wasser ins Gesicht spritzte. Sie streckte ihren Kopf nach oben und prustete, suchte nach einem Ausweg, während ihr Herz unangenehm gegen die Brust trommelte.

Ohne darüber nachzudenken, öffnete Lea die Küchenschränke. Sie riss an den Türen und stöberte nach einem Tropfen Alkohol, als wäre das die Medizin, die ihre Dunkelheit aufhalten könnte. Im letzten Schrank unter der Spüle fand sie eine Flasche BenRiach Whisky aus Schottland.

Sie mochte das Brennen in ihrem Hals nicht und doch liebte sie die Wärme, die das hochprozentige Getränk in ihr hinterließ. Mit einer Bewegung öffnete sie die Flasche und nahm einen großen Schluck.

Sie keuchte, bevor sie einen weiteren Schluck trank. Die Dunkelheit wich ein Stück von ihr ab; gleichzeitig erfasste sie die Wut, wie feige sie doch war.

Wieder ging Leas Blick auf den Zettel in ihrer Hand, als Tränen in ihre Augen schossen. Sie schüttelte den Kopf und wich ihren Gedanken aus. Diese wenigen Worte ließen sie zittern.

Stormveien 8, Rovde – jetzt reiß dich zusammen, Lea. Du bist so weit gekommen! – Aber du hast nicht nachgedacht, flüsterte eine innere Stimme. *Deine Mutter wollte dich nicht mehr. Sie ist abgehauen, hat dich allein gelassen – und das nicht ohne Grund.*

Sie kniff die Augen zusammen und drückte die Flasche zwischen ihren Fingern zusammen. Ein Schrei füllte ihren Kopf. Sie trank einen weiteren Schluck und blickte aus dem Fenster.

Der Wasserfall glitzerte im Abendlicht, schien sie zu verspotten. Wie das goldene Haar ihrer Mutter floss das Wasser dahin und versickerte im Fjord. Die Dunkelheit wütete in Lea.

»Ahhhhh«, schrie sie hinaus, als hätte der Wasserfall an allem die Schuld. »Warum hast du mir das angetan? Warum?«

Wie automatisiert führte sie die Flasche wieder an ihren Mund, als eine Hand ihren Arm herunterriss. Die Flasche glitt aus ihren Fingern, zusammen mit dem Zettel, und zerschellte auf dem Boden. Scherben flogen durch die Küche, bevor die braune Flüssigkeit an die Schränke spritzte.

Einen Moment starrte Lea ins Nass, verharrte im Schock. Sie hob den Blick und fand Kris dunkle Miene. »Was soll das?«, schrie sie ihn an.

»Das wollte ich dich gerade fragen.«

Sie bückte sich und sammelte die Scherben auf; die Dunkelheit überrollte sie. »Das … Ich wollte …«

»Was wolltest du? Meinen Whisky auf Ex trinken?«, fragte er und zog sie zurück auf die Beine, dass sie die Scherben fallen ließ. Die Zornesfalte grub sich tief in seine Stirn. Mit festem Griff hielt er sie vor sich.

»Soll ich dich vielleicht gleich ins Krankenhaus fahren, damit sie dir den Magen auspumpen können?«

»Was? Nein. Ich …« Eine Träne rollte über ihre Wange, die sie schnell wegputzte. Natürlich wollte sie keine Flasche Whisky auf Ex trinken. Sie war doch keine Alkoholikerin. *Noch nicht*, flüsterte die Stimme in ihr, die ihr die Scham ins Gesicht trieb.

Sie wollte doch nur nicht mehr von ihren Gedanken gejagt werden.

Kris starrte sie immer noch an, wartete auf eine Erklärung. Die Haare fielen in sein Gesicht, ließen ihn noch dunkler wirken. Sein Puls zuckte an der Halsschlagader.

»Es … tut mir leid«, stammelte sie und bückte sich erneut. »Ich …« Sie schniefte. »Ich kaufe dir eine neue.«

Mit schnellen Fingern sammelte sie die Scherben auf und wendete sich ab. Der bittere Geschmack in ihrem Mund widerte sie an. Eigentlich wollte sie doch nur Antworten auf ihre Fragen bekommen, die sie seit Jahren schmerzten. *Mehr nicht, nur ein paar Antworten*, dachte sie und wischte sich die Tränen aus dem Gesicht.

Als hätte Kris ihren Schmerz gespürt, kniete er sich zu ihr. Er strich über ihren Rücken und blickte sie an.

»Nicht anfassen«, erwiderte sie und stieß ihn weg, während sie weiter die Scherben aufsammelte.

Kris antwortete nicht, sondern legte seine Hand erneut auf ihren Rücken. »Elskerinnen min.«

Lea zuckte kurz zusammen, aber ließ ihn gewähren. Sie schluchzte erneut. Jede Pore in ihr sehnte sich nach seiner Berührung, während sie selbst nichts mehr geben konnte.

Kris gab ihr ein Zeichen, aufzuhören. Ohne ein Wort legte er die Hände um ihre und nahm ihr die Scherben ab, bevor er diese in den Müll warf. Er suchte ihren Blick und hielt ihn gefangen. Lea fand die Tiefe in seiner Iris, als würde er dort mehr verstecken, als er verriet. Sie setzte sich auf ihre Füße und weinte. Ohne einen Ton ließ sie das erste Mal die Tränen laufen, die sich seit einer Ewigkeit in ihr gestaut hatten. Nach und nach gaben sie ihr Raum, zu atmen.

Warum hatte ihre Mutter das getan?

Kris sammelte die letzten Scherben auf und schmiss sie zu den anderen. Als wäre Lea gar nicht anwesend, wischte er über den Boden, verschloss die Schränke und brachte alles wieder in Ordnung.

Währenddessen sah Lea auf den Boden, wagte es nicht, ihn noch mal anzublicken. Nur die Tränen rannen über ihr Gesicht und zeigten, dass sie noch am Leben war. In ihr war alles erstarrt, selbst ihre Gedanken. Sie wollte nur noch eins: *Ruhe*.

Kris seufzte. Als hätte er den Wunsch von ihrem Gesicht abgelesen, nahm er sie auf seine Arme und trug sie aus der Küche die Treppe hinauf. Er drückte sie fest an sich. Seine Schritte waren gleichmäßig wie die einer Katze.

Lea erschauderte. Die Wärme seiner Haut ging auf sie über. Sie verkroch sich an seiner Brust und ließ es einfach geschehen.

In diesem Moment war er nicht Kris, der unberechenbare Kerl, sondern ihr Berg im Sturm. Sie sog seine Wärme in sich auf. Der Geruch nach Kiefer prägte sich in ihr Hirn, wo sich der Moment in die Ewigkeit zog.

Oben angekommen, trug er sie in ihr Zimmer. Er stutzte kurz, bevor er sie auf das Bett legte und in seinen Arm nahm. Wie ein Kokon umschlang er sie, als wollte er Lea vor ihrer dunklen Gedankenwelt schützen.

Sie suchte seinen Blick. »Aber …«, sagte sie und schniefte. »… du bist ein Arschloch!«

»Schhhh! Heute nicht«, erwiderte er und drückte sie noch fester an sich. »Es wird alles wieder gut, elskerinnen min.« Er streichelte über ihr Haar.

Seine tiefe Stimme beruhigte Leas Sinne. Für einen Moment erleuchtete sich die Dunkelheit in ihrem Inneren, während sie mit jedem Atemzug tiefer in den Schlaf fiel.

Kapitel 14

NORWEGEN, ROVDE, KNURRHARN-HÜTTE

Lea stürmte die Treppe hinunter, während sie immer wieder den Kopf schüttelte. Wie konnte sie nur so dumm gewesen sein? Sie durchsuchte abermals ihre Hosentaschen, aber fand nur Fussel. Der Zettel mit der Adresse blieb verschwunden.

Hatte sie ihn in der Küche verloren?

Sie sprang die letzten Stufen hinunter und eilte in die Küche. Die Ablage war wie leer gefegt; auf dem Boden glitzerten noch ein paar eingetrocknete Whiskyspritzer. Sie bückte sich und sah unter die Küchenzeile, aber fand nur eine alte Nudel.

Wo zum Teufel ist das Scheißding?

Kris, flüsterte ihre innere Stimme.

Sie blickte auf und sah durchs Fenster, wo er gerade einen Ballen Heu zu Lykke trug. Mit einem Schnaufen straffte sie ihre Schultern, ging zurück durch den Flur zur Haustür. Es quietschte; sie rauschte die Terrasse hinunter.

»Hey!«, schrie sie ihm hinterher.

Kris drehte sich um und runzelte die Stirn. »Hey!«

»Gib ihn mir zurück.«

»Was?«, fragte er und warf den Heuballen in Lykkes Holzverschlag. Die Ziege meckerte zufrieden. »Meinst du den hier?« Er holte den Zettel aus seiner Hosentasche und knisterte mit dem Papier.

Lea funkelte mit den Augen. »Gib ihn her«, fauchte sie und sprang Kris' Arm empor, aber er hielt sie mit seiner Hand auf Abstand.

»Zuerst will ich wissen, wofür der gut ist. Was willst du von Hansen? Machst du mit ihm gemeinsame Sache, oder was? Und was willst du mit der Adresse?« Die Fragen sprudelten geradeso aus ihm heraus, als hätte er sie eine Ewigkeit für sich behalten. Seine Brustmuskulatur zuckte vor Anspannung; mit jedem Atemzug kam er ihr näher.

Lea stutzte. »Was ist dein Problem? Ich suche nur nach meiner Mutter.«

Kris erstarrte. »Deine Mutter?«

»Ja, meine Güte. Sie ist vor zwanzig Jahren nach Norwegen abgehauen. Hier am Rovdefjord endet ihre Spur. Nur deswegen bin ich hier. Zufrieden?«, fragte sie und fischte den Zettel aus Kris' Hand. Er blickte in die Ferne.

»Aber … was machst du dann für Hansen?«

»Ich bin Archäologin für nordische Geschichte …«

»Ach!« Kris lachte und schüttelte den Kopf. »Na super. Du suchst also den Schatz für ihn, ja? Hat die alte Brillenschlange aufgegeben?«

Lea überkreuzte die Arme. »Die alte Brillenschlange ist mein Vater.«

»Oh«, erwiderte er mit einem Schmunzeln, während sich die Spannung mehr und mehr von ihm löste.

»Das heißt also, dass du jetzt im Archiv arbeitest? Mit eigenem Schlüssel und so?« Er blickte ihr tief in die Augen, als suchte er dort die Wahrheit.

Lea wich einen Schritt zurück. »Ja, wieso?«

Er antwortete nicht, sondern starrte sie nur an, dass Lea eine Gänsehaut überrollte. Mit einem zufriedenen Lächeln wandte er sich ab und zupfte das Heu auseinander. Lykke blökte und stupste ihm gegen das Bein, bis er sie hinter dem Ohr kraulte.

»Gott, du hast so einen Vollknall«, murmelte sie und rieb sich über die Arme. »Gestern dachte ich noch, dass du vielleicht doch nicht so blöd wärst. Aber heute …«

Er grinste breit. »Heute bin ich wieder das Arschloch. Versprochen!«

»Na, herzlichen Dank«, erwiderte sie und steckte den Zettel in die Hosentasche.

Kapitel 15

NORWEGEN, ROVDE

Warum war er nur so ein Arschloch?

Immer wieder ging ihr diese Frage durch den Kopf, als sie über die einsame Straße stapfte. Wildblumen wuchsen am Seitenstreifen und erblühten in allen Farben. Der Fjord lag ruhig dahinter, spiegelte die Bergkulisse wider. Doch Menschen sah sie keine.

Sie war auf dem Weg zu der Adresse, die ihr Hansen gegeben hatte. Hätte sie noch länger gewartet, wäre vielleicht die Dunkelheit wieder über sie hereingebrochen.

Doch obwohl sie auf das hinfieberte, was sie an dieser Adresse vorfinden würde, dachte sie nur an Kris' seltsames Verhalten. Warum benahm er sich so merkwürdig?

All diese Fragen … Als hätte sie ein Verbrechen begangen, hierherzukommen. Schon beim Aufstehen hatte sie den fahlen

Nachgeschmack der gestrigen Nacht bemerkt. Eine Seite von ihr hatte nie besser geschlafen als in Kris' Armen; die andere wollte diesen Moment am liebsten rückgängig machen, bevor sie sich in irgendetwas verrannte. *Schließlich ist er ein Arschloch*, dachte sie wieder und schnaufte. *Aber er riecht so gut!*

Sie richtete ihre Aufmerksamkeit vor sich. In der Ferne sah sie wenige Häuser, die sich an einem Steinstrand aufreihten. Pinkfarbene Blumen, kurz gemähte Wiesen und Obstbäume unterschieden sie von der sonst so urtümlichen Vegetation.

Lea blickte noch einmal auf den Zettel: *Stormveien 8, Rovde.* Laut ihren Recherchen musste es irgendwo hier sein.

Rovde war nur eine Ansammlung weniger Häuser, keine große Stadt. Hier gab es weder eine Bar, einen Friseur noch ein Restaurant. Nur ein kleiner Tante-Emma-Laden war auf Google verzeichnet – mehr nicht.

Lea blickte sich um und suchte nach einem Straßenschild.

»Hey, hast du dich verlaufen?«, hörte sie eine bekannte Stimme. Sie wandte sich um und lächelte. Airin stand auf einer Hochterrasse eines gelben Holzhauses, eine Kaffeetasse in der Hand, und winkte.

»Ich suche eine Adresse, aber hier gibt's nirgendwo Schilder«, rief Lea zurück.

Sie trank einen Schluck aus ihrer Tasse. »Willkommen in Norwegen. Wo willst du denn hin?«

»Stormveien 8.«

Airin schmunzelte. »Dann hast du mich also gefunden. Komm hoch!«

Lea sah noch einmal auf ihren Zettel, bevor sie zurück zum Haus sah. Es war ein schönes Holzhaus mit Grasdach. Seine ockergelben Holzbalken fügten sich in die Umgebung, als wäre es schon immer hier gewesen. Ein großes Fenster zeigte zum Fjord, ähnlich wie in der Knurrharn-Hütte.

Das musste die Sommerhütte vom Foto in der Bar sein.

Lea ließ ihren Atem fahren: Ihre Mutter würde sie hier nicht finden – das war klar. Doch was dann?

»Kommst du?«, fragte Airin noch einmal, bevor sie im Haus verschwand.

Lea folgte ihr und fand sich in einem gemütlichen Wohn-Ess-Zimmer wieder. An der Wand hingen Fotos von einem Mann mit Bart. Auf einem hielt er eine große Krabbe in die Höhe und lachte in die Kamera. Auf einem anderen erkannte sie Airin selbst, wie sie mit dem bärtigen Mann zusammen auf einem Boot über den Fjord sauste. »Ist das dein Vater?«

Airin stellte eine Tasse Kaffee vor sie und lächelte. »Ja, das ist er. Ist lange her.«

Lea runzelte die Stirn, während sie sich auf einen Stuhl setzte. Sie sog den Kaffeeduft ein – ein Mix aus Nuss und Erde füllte ihre Sinne.

»Hansen hat mir deine Adresse gegeben. Ich dachte eigentlich, dass ich hier mehr über meine Mutter herausfinden könnte. Aber …«, sagte sie und lachte auf. »… da hat er sich wohl getäuscht, nicht wahr?«

»Hm.« Airin schmunzelte, wich ihrem Blick aus. »Ich habe dir ja schon erzählt, dass sie Freunde waren.«

»Ja, aber …« Lea strich ihre Haare zurück. »Sie muss doch irgendwas verbunden haben.«

Airin stöhnte. »Herzchen, ich habe dir alles erzählt«, murmelte sie und stand auf, stopfte Zeitungen vom Tisch in den Ofen.

Lea erkannte die Lüge in ihren Augen aufblitzen und rückte auf ihrem Stuhl umher. »Du bist die Einzige, die meine Mutter anscheinend besser kannte und … noch lebt.«

Airin stockte, kehrte ihr den Rücken zu.

»Bitte, Airin. Ich weiß nicht, wo ich sonst noch suchen soll.«

Sie wandte sich um, starrte Lea an. »Vielleicht lässt du es einfach sein«, flüsterte sie.

»Ich kann nicht«, flüsterte Lea zurück, obwohl sie keinen Grund dazu hatte.

In Airins Blick wütete ein Orkan – als wüsste sie nicht, welcher Kurs sie an Land bringen würde. Mit einem Seufzer kam sie zurück und ließ sich auf den Stuhl fallen.

»Na gut. Ich sag dir, was mir noch einfällt.«

Sie blickte aus dem großen Fenster, wo gerade ein Kreuzfahrtschiff über den Fjord fuhr. »Mein Vater lebte hier seit seiner Kindheit. Und wie sein Vater vor ihm war er Krabbenfänger.« Sie lächelte. »Gott, er hat sie geliebt, diese Viecher. Jedenfalls war es hier wie überall sonst: Die Fänge wurden weniger und mein Vater wollte etwas dagegen tun. Und so hat er deine Mutter kennengelernt. Ich weiß noch, wie Rina hier auf dem Sofa saß und mit meinem Vater diskutiert hat. Er über Krabben, sie über Wale – und doch haben sie immer einen

Nenner gefunden. Als Kind habe ich nur verstanden, dass sie zusammen etwas unternehmen wollten. Sie nannten es *Fjordliv* – eine Organisation zum Schutz des Fjords.«

Lea hielt den Atem an. »Und was ist dann passiert?«

Airin schloss die Augen, sog die Luft ein. »Eines Abends kam ein Polizist zu uns. Mein Vater soll mit 1,3 Promille aus der Kurve direkt in den Fjord gefahren sein, wo er ertrunken ist«, sagte sie und lachte auf. »So ein Schwachsinn. Mein Vater hat nie Alkohol getrunken. Erst recht nicht, wenn er Auto fahren musste. Aber was weiß ich schon«, murmelte sie und wischte sich über die Augen. »Jedenfalls verschwand Rina in dem Moment, als mein Vater gestorben war. Vorher war sie beinahe jeden Tag hier und dann …« Sie erhob sich und ging zu einer Anrichte. »Ich habe lange überlegt, ob deine Mutter Schuld an dem Unfall hatte. Ob sie deswegen weg ist«, erzählte sie und kramte in einem kleinen Kästchen. »Doch dann habe ich irgendwann den hier gefunden.« Sie zog einen Brief heraus und reichte ihn Lea. »Lies!«

Lea erstarrte, als sie die Schrift ihrer Mutter erkannte. Mit zittrigen Händen öffnete sie das Kuvert und nahm den Zettel heraus.

Er hat uns belogen.
Der Fjord interessiert ihn einen Scheiß.
Er will uns nicht helfen. Ich habe es gesehen. Mir reichts.
Plan B – ich mache dem jetzt ein Ende.
Rina

Sie las die Zeilen noch einmal, nur um sicherzugehen, dass sie jedes Wort verstanden hatte. Doch je öfter sie es las, desto mehr Fragen hatte sie. Wer hatte sie angelogen? Warum? Und was war Plan B?

Airin nahm ihr den Brief aus der Hand und legte ihn zurück in das Kästchen. »Als ich den las, wusste ich, dass deine Mutter bereits vor dem Unfall meines Vaters verschwunden war. Jedenfalls gehe ich davon aus.« Sie seufzte und setzte sich wieder an den Tisch. »Es ist eine Ewigkeit her und ich habe lange gebraucht, um mit dem Thema abzuschließen, Herzchen. Und glaub mir, ich hatte genauso viele Fragen wie du, aber es gibt einfach keine Antworten. Sie sind fort. Mein Vater ist tot und deine Mutter …« Sie stockte, bevor sie wieder zu Lea blickte und freudlos lächelte. »Ich weiß nicht, was mit deiner Mutter ist. Aber ich habe schmerzlich gelernt, dass man nicht in der Vergangenheit leben sollte. Und das rate ich dir auch«, sagte sie und griff nach Leas Hand. »Wir müssen unser eigenes Leben leben.«

Der Schmerz in Airins Stimme ließ eine Gänsehaut über Leas Rücken rauschen. Sie kannte diesen Schmerz, aber sie hätte niemals gedacht, dass auch Airin gegen Dämonen kämpfte.

Doch im Gegensatz zu ihr konnte Lea die Vergangenheit nicht ruhen lassen. Zu lange hatte sie in dem Sumpf aus Fragen verbracht, als dass sie jetzt einfach aufgeben konnte. Nicht jetzt, wo sie wieder einen Schritt weitergekommen war.

Lea musterte Airins blaue Augen eine Zeit lang. Ein Flehen stand in ihnen, während Lea ihre Hand wegzog.

Ihre Mutter hatte etwas gesehen. Irgendetwas war an diesem Fjord geschehen. Sie hatte etwas dagegen unternehmen wollen. Gegen einen Mann. Doch wer war er? Und was war ihr Plan B gewesen?

Kapitel 16

NORWEGEN, ROVDE, ARCHIV

Liebster Olav,

die Sterne über dem Nordmeer strahlen so hell, dass ich nicht wegsehen kann. Jeder einzelne flüstert mir zu, mich zu dir zu legen – auch wenn mich mein Verstand warnt. Wir sind uns so nah und doch so fern. Warum können wir unsere Liebe nicht leben?

Mit jedem Atemzug spüre ich deine Nähe auf der Haut, obwohl es nur das Salz des Meeres ist.

Muss es denn so kompliziert sein? Können wir unsere familiären Verpflichtungen nicht einfach abstreifen und selbst entscheiden, wohin uns der Nordwind tragen soll?

Ich kann dich nicht mehr lieben, wenn ich es nicht zeigen darf. Jeder Blick ist verboten; jeder Gedanke ein Verrat. Der Schatz wird uns zerstören – so wie Toste und Harald. Goldmünzen, Diamanten und Rubine – du hast recht: Sie funkeln so hell, dass alles andere verblasst. Doch der Siegelring deines Vaters wiegt schwerer als diese Last.

Wäre ich bloß in England zurückgeblieben, mein Liebster. Ich sehne mich nach dem Tod, um der Einsamkeit zu entgehen. Doch stattdessen sehe ich die Weite des Meeres vor mir. Nur noch eine Woche und wir erreichen Trondheim – der Ort, an dem ich dich endgültig loslassen muss. Die Momente in Hjaltland werden immer in meinem Herzen weiterleben, so wie meine Liebe für dich.

In ewiger Zuneigung
Deine Judith

Leas Herz klopfte, als sie die letzten Zeilen las. *Dieser Schatz umgibt weitaus mehr als nur ein Geheimnis*, dachte sie und katalogisierte den Brief in ihrer Liste.

Er war ein weiterer Beweis für den Schatz. Zum ersten Mal wurde benannt, was Olav an Bord transportiert hatte. Goldmünzen, Diamanten und Rubine – und der Siegelring von Harald Hardrada, der anscheinend nicht in der Schlacht von Stamford Bridge verloren gegangen war. *Dafür irgendwo hier im Fjord*, dachte sie und schnaufte. Ob Olav und Judith zusammen in den Tiefen ihren Frieden gefunden haben?

»Frau Brinkmann«, ertönte Hansens Stimme in ihrem Rücken. Sie zuckte zusammen und drehte sich um.

»Herr Hansen! Gott, haben Sie mich erschreckt«, sagte sie und hielt sich eine Hand ans Herz.

»Nicht doch. Ich wollte mich nur persönlich nach Ihrem Fortschritt erkundigen. Wie ich sehe, haben Sie hier schon einiges bewegt.« Er blickte über die Regale, die nun auf den ersten Blick eine Ordnung ausstrahlten. Seine grauen Haare blitzten im Neonlicht.

»Wie passend, dass sie gerade jetzt vorbeikommen«, sagte Lea und winkte ihn herbei. »Ich habe hier einen weiteren Brief von Judith an Olav. Hier ist die Rede vom Schatz. Und ...« Sie zeigte auf ein Wort. »... der Siegelring von Harald Hardrada.«

Hansen machte große Augen. »Sie haben den Ring gefunden?« Er beugte sich über den Brief und musterte ihn. »Das sind großartige Neuigkeiten.«

»Außerdem scheint es so, dass sich Olav und Judith auf der Überfahrt verliebt haben.«

Hansen stutzte, suchte ihren Blick. »Ist das denn wichtig?«

Lea lächelte. »Auf jeden Fall. Wissen Sie, wie viele historische Entscheidungen aufgrund von Liebe getroffen wurden?«

Hansen zuckte mit den Schultern. »Ich habe keine Ahnung.«

»Da wäre zum Beispiel Antonius und Kleopatra. Er stellte stets seine Liebe zu ihr über seine Verpflichtungen als Feldherr. Selbst bis in den Tod stand er an ihrer Seite. Oder König Edward VIII. Er entschied sich gegen den Thron von England, um die Amerikanerin Wallis Simpson zu heiraten. Alles aus Liebe. Wer weiß, wie heute die Monarchie aussähe, hätte er sich nicht in sie verliebt.«

Hansen straffte den Rücken. »Hmm. Darüber habe ich noch nie nachgedacht. Aber ... was hat das mit dem Schatz zu tun?«

»Viel.« Lea schmunzelte. »Wir wissen nun, dass Judith in Olav verliebt war. Dass sie gerne schreibt und dass sie kurz vor

Norwegen waren. Also ist die Wahrscheinlichkeit hoch, dass sie es wirklich bis nach Norwegen geschafft haben. Doch noch wichtiger ist: Sie muss diesen Brief auf der Fahrt verfasst haben – und wir haben ihn hier in der Hand«, sagte sie und deutete auf das Pergament. »Entweder, sie hat mit dem Brief überlebt, oder … jemand hat den Brief aus dem Wasser gefischt. Ein Zeitzeuge.« Lea schmunzelte und räumte den Brief zurück zu den anderen.

»Leider habe ich den noch nicht gefunden, aber irgendwo hier muss es einen Hinweis geben. Der Untergang des Schiffs muss hohe Wellen geschlagen haben. Schließlich war Olav der Thronanwärter. Doch weder von Olav noch von Judith gibt es nach 1066 weitere Aufzeichnungen – nur die hier.« Lea biss sich auf die Lippe, während sie auf die noch nicht katalogisierten Dokumente starrte.

Hansen legte seine Hand auf ihre Schulter. »Interessant, wie Sie die ganzen Verflechtungen zusammenbringen. Ich habe mir schon gedacht, dass ich in Ihnen genau die Richtige für diesen Job gefunden habe.«

Lea lachte auf. »Das ist nett, aber im Moment arbeite ich mich noch durch diesen Haufen an Dokumenten durch. Und da sind noch die Notizen meines Vaters. Wenn hier nichts zu finden ist, dann …«

»Keine Angst, ich unterstütze Sie mit allen Mitteln, die mir zur Verfügung stehen. Ich vertraue Ihrem Instinkt. Finden Sie einfach heraus, wohin Olav mit dem Schatz gesegelt ist. Mal sehen, ob die Liebe wirklich seine Entscheidungen beeinflusst hat«, sagte er und klopfte ihr auf die Schulter. »Sie leisten wirklich großartige Arbeit.«

Hitze stieg Lea in die Wangen. »Vielen Dank.«

»Dann lasse ich Sie mal weiterarbeiten.« Hansen drehte sich um und ging zur Tür.

»Einen Moment. Darf ich Sie noch um etwas bitten?«, fragte Lea und ging ihm einen Schritt hinterher.

Er drehte sich um, runzelte die Stirn. »Brauchen Sie noch etwas? Ich kann Fenris …«

»Nein, nein, nicht Fenris. Aber Sie hatten mir die Adresse gegeben, und ich habe dort die Info bekommen, dass meine Mutter ein Problem mit jemandem hatte.«

»Wirklich?!«, erwiderte er und stutzte.

»Es muss jemand hier aus der Gegend sein. Ich weiß nicht, wieso oder worum es ging, aber vielleicht könnte derjenige mir weiterhelfen«, sagte sie, bevor sie tief Luft holte. »Könnten Sie sich noch mal umhören?«

Sein Blick verdunkelte sich, während er breit lächelte. Die Klimaanlage summte im Hintergrund. »Sicher, sicher. Wie schön, dass Sie vor Ort mehr erfahren konnten. Wenn ich mich recht erinnere, kann ich mich sogar noch an einen Vorfall erinnern. Ihre Mutter hatte mit einem Ansässigen eine Organisation zum Schutz des Fjords ins Leben gerufen. *Fjordliv* … oder so ähnlich. Ich meine, es hätte eine Spendenveranstaltung gegeben, bei der auch ich eine größere Summe gespendet habe.« Er lächelte. »Nun ja, jedenfalls gab es da einen Vorfall.«

Lea erstarrte. »Sie waren dabei? Was ist passiert?«

»Ein Fischer … Gott, wie hieß er noch mal. Ich habe seinen Namen vergessen. Jedenfalls hat er Ihrer Mutter eine Szene gemacht. Irgendwas von Zerstörung der Traditionen und so weiter. Ging ganz schön laut her. Ich glaube, das war einer der alten Walfänger hier im Dorf.«

»Können Sie sich noch mal umhören, wo ich den finden kann?«, fragte Lea, als ihr Herz wie wild pumpte. Sie kam ihrer Mutter näher.

Hansen nickte. »Ich werde meine Ohren offenhalten.«

Lea atmete aus und lächelte. »Das wäre …«

Ein Ringen schrillte los, das ihr das Wort abschnitt.

Sie hielt sich die Ohren zu und linste zu Hansen, der sich nur mit erhobenen Augenbrauen umsah.

Er ging zur Tür und blickte in den Flur. Ein rotes Notsignal beleuchtete die Wände. Er gab ihr ein Zeichen, das Gebäude zu verlassen. Ohne sie anzugucken, hielt er ihr die Tür auf und schob sie hinaus.

Sie folgte seinem Drängen, rannte die Treppe hinauf. Mit schnellen Schritten stolperte sie über die Stufen hinaus auf die Terrasse. Ein kalter Wind fegte ihr ins Gesicht. Der Alarm schrillte noch lauter.

Was war das nur für ein Signal? Sie drückte sich die Hände fester auf die Ohren und sah sich um.

Kris rannte an ihr vorbei, während er sich gleichzeitig das Shirt auszog. Die Haare auf seiner Brust kräuselten sich. Eine Gänsehaut überzog seinen Oberkörper, während jeder Muskel vor Spannung zitterte.

Lea hielt den Atem an. Sie runzelte die Stirn, während die nackte Haut sie an seine Küsse erinnerte. Mit dem Blick folgte sie Kris' Spur. Das Schrillen tönte weiter.

Wo will er denn so schnell hin?

Kapitel 17

NORWEGEN, ROVDE, LACHSZUCHTANLAGE

Wasser spritzte aus den Netzgehegen, wirbelte umher, als würde ein Unwetter unter Wasser herziehen. Lea starrte wie gebannt auf die Szenerie, konnte ihren Blick nicht abwenden. Was ging dort unten nur vor?

Sie streckte sich und beobachtete den Tumult, aber sah nur Lachse, die in die Höhe sprangen. Als würden sie bei lebendigem Leib gekocht, hechteten sie aus dem Wasser und suchten nach einer Zuflucht.

»Schweinswale«, raunte Hansen neben ihr und schnaufte. »Sie zerreißen die Gehege.«

Die Arbeiter liefen umher; der Alarm schrillte über den Fjord.

»Holt ihn aus dem Netz«, schrie Fenris über den Laut der Sirene und griff sich eine Harpune.

Lea erstarrte, als sie das spitze Metall sah. Sie beugte sich über die Absperrung und wollte gerade protestieren, als Kris den Steg hinunterrannte.

Mit nacktem Oberkörper folgte er den Männern, die aus allen Richtungen zum Gehege liefen. Die Sonne fing sich in seinen langen Haaren und brachte sie zum Glänzen. Sein Gesicht war wie versteinert. Selbst Fenris und seine Harpune schienen ihn nicht zu beeindrucken, als er ohne Rücksicht an ihm vorbeirempelte. Er zückte ein Messer aus seinem Hosenbund und verschwand mit einem Kopfsprung im Fjord.

Lea hielt die Luft an, als wäre sie selbst ins Wasser gesprungen. Was hatte er vor? Wollte er etwa den Wal töten?

Ihre Augen weiteten sich, während sie sich nicht von der Stelle wagte.

Hansen umklammerte den Handlauf und beobachtete den Fjord. »Stellt den verdammten Alarm aus!«

Der Schrei der Sirene erstarb. Stille machte sich breit. Nur die Lachse sprangen immer noch aus dem Wasser.

»Dieser Hornochse!«, brüllte Fenris und schmiss die Harpune auf den Steg. Das Scheppern hallte über die Farm. Er blickte von einem Mann zum anderen. »Tut doch was und holt den Mistkerl da raus.«

Die Männer tänzelten von einem Fuß auf den anderen, während sie wortlos auf das Unwetter unter Wasser starrten. Nur Jørgen lachte, dass sein Wanst hüpfte. »Was sollen wir schon tun? Der Junge macht wie immer, was er will.«

Fenris stampfte auf das Gitter unter seinen Füßen.

Ein Schatten floh unter der Wasseroberfläche. Es platschte. Lea stellte sich auf die Zehenspitzen; ihr Herz raste. Eine dunkle Flosse erhob sich aus dem Wasser – und noch eine und noch eine. Sie umkreisten einen Punkt in der Tiefe. Das Platschen wurde lauter.

Schweinswale, dachte Lea und lächelte, als zum Beweis Blas in die Höhe schoss. Er verschwand im Wind, so schnell wie der Wal ihn ausgeatmet hatte.

Aber wo ist Kris? Er wird doch nicht …

Das Zappeln der Lachse wurde wilder; das Netz rüttelte. Die Schatten schnellten durchs Wasser – hin und her, immer rundherum –, bis sich die Oberfläche schließlich beruhigte. Das Netz ruckelte ein letztes Mal. Die Lachse schwammen wieder ihre Bahnen, während der Schatten davonglitt.

Lea suchte die Fjordoberfläche ab, aber von Kris war nichts zu sehen. Luftblasen stoben nach oben, bevor einer der Männer ins Gehege zeigte.

»Da ist er!«

Mit einem Wusch kam Kris aus dem Fjord geschossen und prustete das Wasser aus der Nase. Das Messer steckte zwischen seinen Zähnen. Mit wenigen Zügen schwamm er an den Steg, wo ihn Jørgen aus dem Wasser zog. Er drehte sich noch einmal zurück zum Fjord.

Die Schule Schweinswale schwamm davon.

Sie winkten mit ihren Flossen und stießen den Blas aus, als hätten sie wie Lea selbst die Luft angehalten. Mehrere Wehen Wasserdampf schossen in die Luft, ließen Lea schmunzeln.

»Was zur Hölle hast du dir dabei gedacht?«, brüllte Fenris und durchbrach die Stille. Er stob auf Kris zu. Sein pockennarbiges Gesicht war vor Wut zerfurcht.

Kris schüttelte sich und steckte das Messer zurück in seinen Bund.

»Ich habe dich was gefragt, Bürschchen!«, donnerte Fenris, dass die anderen Arbeiter einen Schritt zurückgingen.

Kris sah ihn mit seinem undurchschaubaren Blick an, den Lea schon so oft gesehen hatte. »Ich habe das Netz repariert, Chef. Alles wieder in Ordnung.« Ohne Fenris weiter zu beachten, ging er den Steg hinunter in ihre Richtung.

»Bleib hier, wenn ich mit dir rede!«, schrie er Kris hinterher, aber der reagierte nicht mehr.

Kris ging weiter und wischte sich das Wasser aus dem Gesicht. Als hätte er alle Zeit der Welt, hob er sein Shirt auf und sah schließlich zu Hansen. Sein Blick verfinsterte sich, als wäre es eine Drohung.

Hansen schnaubte, drehte sich um und ging zurück ins Gebäude.

Was war da gerade eben geschehen? Hatte Kris den Wal gerettet? Lea blickte umher, unsicher, wo sie hinsehen sollte. Eine Gänsehaut rauschte über ihre Arme, als sie seinen Blick auf sich spürte.

Sie erwiderte sein Starren, verlor sich in dem Moment. Er ging weiter auf sie zu und schüttelte sich das Wasser aus den Ohren. Ein Lächeln trat auf sein Gesicht, das man im Vorbeigehen übersehen hätte. Doch Lea war wie gefangen – mit jedem

Atemzug musterte sie seinen Gang. Wie er die nassen Haare zurückstrich, seine Hände zu Fäusten anspannte, die Jeans an seinen Beinen klebte – alles schien sie in diesem Moment zu faszinieren. Wieso war er noch mal ein Arschloch?

Kapitel 18

NORWEGEN,
ROVDE, KNURRHARN-HÜTTE

Leas Gedanken drehten sich in alle Richtungen, während sie zur Knurrharrn-Hütte lief. Jeder Moment in Norwegen hatte ihre Welt verkompliziert. Erst Kris, der sie nicht nur auf die Palme brachte, sondern nun auch ihre Gedanken beherrschte.

Sie verdrehte die Augen, als sie an seinen nackten Oberkörper dachte. Warum musste sie nur so oberflächlich sein? Sein Lächeln auf dem Steg, die Nacht, als sie in seinen Armen geschlafen hatte – das alles trieb ihr die Glut in die Wangen.

Doch er war eine Nervensäge. Er stellte immerzu seltsame Fragen, war unhöflich und … einfach ein Kotzbrocken. Lea schnaufte. Nichts … besonderes.

Und dann waren da noch ihre Recherchen: Stunden um Stunden verbrachte sie im Archiv, las die Briefe über die Liebe zwischen Judith und Olav sowie ihre Überfahrt. Mal fand sie einen Bericht über die Flucht aus England, mal über einen Stopp auf Shetland. Doch niemals fand sie ein Schreiben über die Ankunft in Norwegen.

Sie blickte auf den Fjord, während sie über die Lachsfarm-Terrasse in den Wald ging. *Irgendwo musste es einen Hinweis geben, dass das Schiff hier angekommen war*, dachte sie und atmete den Fichtenduft ein. Viele Schriften hatte Judith selbst verfasst, waren zusammen eine Art Reisebericht – leicht zu verfolgen. Umso drängender beunruhigte sie diese eine Frage: Warum hatte ihr Vater das alles nicht schon längst herausgefunden? Es wäre ein Leichtes für ihn gewesen.

Und ihre Mutter? Es schien so, als hätte er niemals so richtig nach ihr gesucht. Als hätte er sie gehen lassen und Lea mit einer Nullachtfünfzehn-Erklärung abgespeist. Alles an diesem Geflecht aus Lügen und Geheimnissen schien nicht in das Leben zu passen, das sie kannte. Ihre Eltern waren damals glücklich gewesen. *Doch warum hat sie dich dann verlassen?*, flüsterte die Stimme.

Lea prustete und schoss mit ihren Boots einen Stein ins Gebüsch. Sie beschleunigte ihren Gang. Mit einem Schlag schubste sie den Bergahorn zur Seite, als ihr Telefon klingelte. Sie zog es aus ihrer Jeans und erstarrte. *Papa.* Die Schrift blinkte mit jedem Ton. Bisher war sie seinen Anrufen aus dem Weg gegangen, aber dieses Spielchen konnte sie nicht ewig weiterführen.

Sie atmete tief ein, drückte auf das Annahme-Zeichen. »Ja?«

»Lea? Bist du es?«

Sie drehte sich um, aber sah niemanden auf dem Weg, der sie belauschen konnte. »Ja, ich bins. Was willst du?«

»Du hast einfach deine Sachen gepackt und bist weg. Ich habe dich tagelang nicht erreicht«, erwiderte er. »Wo bist du?«

»In Norwegen.«

»Norwegen?« Ihr Vater atmete tief ein. »Sag bitte nicht, dass du nach deiner Mutter suchst. Ich …«

»Natürlich suche ich nach Mama. Und im Gegensatz zu dir bin ich ihr auch auf der Spur.«

Lea stampfte über den Pfad zur Kurrharrn-Hütte. Lykke lief ihr entgegen und meckerte bereits.

»Was soll das heißen? Lea, wo bist du jetzt genau?« Schritte hallten durch den Hörer, als würde er über das Parkett seines Büros laufen.

»Am Rovdefjord. Bei Hansen. Ich …«

»Bei Hansen? Lea, hör mir zu, du musst sofort …«

»Ich muss?« Lea stoppte, als die Wut in ihr entflammte. Sie sah zu Lykke, die nur hohl zurückgaffte. »Ich muss gar nichts. Also echt, Papa. Du hast mich mein ganzes Leben verarscht. Du hast niemals wirklich nach Mama gesucht, oder?«

»Lea, das stimmt nicht. Komm nach Hause und ich erkläre dir alles«, sagte er jetzt ungewohnt streng.

Lea schnaufte, während Lykke an ihren Fingern schnupperte. »Das kannst du vergessen. Ich bleibe hier in Rovde und suche nach ihr. Hansen hilft mir, wenn ich ihn bei der Suche nach dem Schatz unterstütze. Du siehst also, ich brauche dich nicht mehr.«

»Oh, Lea, was machst du da? Lass die Finger davon, hörst du?«

»Das werde ich sicher nicht«, brüllte sie jetzt in den Hörer. »Du hast die letzten zwanzig Jahre nach diesem Schatz gesucht. Hier in Norwegen, wo Mama verschwunden ist. Und du willst mir ernsthaft erzählen, dass du keine Ahnung hast? Ich verstehe dich einfach nicht! Wieso? Was … Was …« Lea seufzte und schubste Lykke beiseite, während ihr die Tränen in die Augen schossen.

»Du hast mich verdammt noch mal angelogen. Sie war hier. Du hättest sie finden können, aber was … War es dir zu anstrengend, oder wie? Und was hast du um Himmels willen mit Hansens Archiv gemacht? War dir das auch zu viel?« Sie drehte sich im Kreis, sah in alle Richtungen. Ihre Hand gestikulierte wild in der Luft, während die Ziege sie anblökte. »Was zur Hölle … Wer bist du eigentlich?«, fragte sie und schniefte, als ihr bewusst wurde, dass ihr ganzes Leben mehr Lüge als Wahrheit war.

»Papa, jetzt ganz im Ernst: Hast du Mama gesucht, oder nicht?«

»Ja, das habe ich. Versprochen.« Lea versteinerte, als sie die Wahrheit in seiner Stimme hörte.

»Und hast du sie auch gefunden?«, flüsterte sie.

Ihr Vater ließ den Atem fahren. »Lea, komm nach Hause und ich erzähle dir alles.«

»Nein, jetzt!«, donnerte sie und sah in die Ferne zum Wasserfall, der wie immer in die Tiefe sprudelte.

»Nicht am Telefon. Lea, ich verspreche dir …«

Lea lächelte unter Tränen. »Immer die gleiche Nummer. Ich hab die Schnauze voll. Machs gut, Papa.« Sie drückte den Anruf weg und ließ die Hand sinken. Sie sah in die Baumkronen und musterte den Wechsel aus Grün und Blau. Warum log er sie nur an? Irgendetwas verschwieg er ihr. Er hatte kein Recht dazu. Es war ihre Mutter, nicht seine.

In ihr raste die Wut umher wie ein Schnellzug. Warum traf er diese Entscheidung für sie? Am liebsten hätte sie auf etwas eingetreten. Mehr und mehr zerbrach in ihr das Gerüst, das sie sich in den letzten zwanzig Jahren aufgebaut hatte. Dort, wo früher ihr Vater war, war nun eine Leere, die sie einfach nicht verstand.

Lykke meckerte erneut, stupste sie an.

»Lass mich!« Lea stieß sie weg und trieb sie mit einem Schrei von sich weg.

Lykke blökte und rannte in den Wald.

»Genau. Verschwinde, wie alle anderen auch«, rief Lea ihr hinterher. Sie stürmte weiter zum Fjord, nahm beinahe Anlauf, bevor sie ihr Telefon wegwarf. In hohem Bogen flog es über die Bucht und versank mit einem Platschen im Fjord.

Lea starrte auf die Wellenringe, die sich langsam über die Oberfläche bewegten. *Habe ich gerade mein Telefon in den Fjord geworfen?*

»O fuck!« Sie drehte sich um und rannte auf die Terrasse. »So eine verfluchte Scheiße!«

Mit der Schulter stemmte sie sich gegen die Tür. Tränen rannen ihre Lider hinunter, die sie schnell wegwischte. Sie wollte nur noch in ihr Zimmer und ihren Vater aus ihren Gedanken verbannen, wo sich sowieso schon zu viel staute. Doch die Tür bewegte sich nicht. Immer wieder stemmte sie sich dagegen, aber nur ein Quietschen antwortete ihr.

»Kann ich dir helfen?«, hörte sie Kris' Stimme, der gerade auf die Terrasse kam.

So eine Scheiße, ist er schon die ganze Zeit hier gewesen? Hatte er sie etwa beobachtet?

Sie sah sich um, nickte zur Tür. »Dieses scheiß Ding.«

»Will sie nicht so, wie du willst?«, fragte Kris und grinste.

»Argh!«, schrie Lea, ließ ihren Frust frei. Vögel stoben aus den Bäumen. »Ich hasse das alles hier. Diese blöde Ziege lässt mich einfach nicht in Ruhe. Und diese scheiß Hütte … Kann denn hier gar nichts funktionieren?«, brüllte sie und schlug auf die Tür ein, dass der Schmerz durch ihre Faust zuckte. »Aua, verdammte Scheiße.« Sie hielt sich die Hand und schüttelte sie.

Kris drehte sich um, suchte die Lichtung ab. »Wo ist Lykke überhaupt?«

»Die ist in den Wald gerannt, diese Nervensäge«, zischte Lea, während sie ihre Fingerknöchel massierte.

»Was? Und du hast sie gehen lassen?« Kris stürmte von der Terrasse in Richtung Dickicht. »Lykke! Komm her. Lykke!«

Keine Antwort. Nur das Zirpen der Grillen erfüllte die Luft. Lea stutze, als sie die Anspannung in Kris' Gesicht sah.

»Was ist?«

»Ich hab dir doch gesagt, dass sie nicht in den Wald darf.« Kris schnaubte. »Wir müssen sie zurückholen.«

»Wieso? Die kommt schon wieder«, erwiderte Lea und stemmte sich erneut gegen die Tür. »Mach mir lieber die Tür auf.«

Kris nahm ihren Arm und zog sie mit sich.

»Hey! Was soll das?«

»Im Wald leben Luchse.«

»Ja und?«

»Die fressen Ziegen«, knurrte er und zog sie weiter. »Also beweg deinen Arsch, Prinzessin.«

Lea zog an ihrem Arm. »Wieso ich?«

»Du hast sie gehen lassen; du bringst sie wieder zurück!«

Kapitel 19

NORWEGEN, ROVDE, WALD

»Ihr wird schon nichts passiert sein«, sagte Lea, während sie hinter Kris den Berg hoch stapfte.

»Hmm.«

»Ich meine, sie ist ja schon eine große Ziege. Nicht so ein kleines Zicklein. Die weiß sich zu helfen.« Lea stieg über einen Stein, während der Schweiß von ihrer Stirn perlte. Die Fichten wuchsen immer dichter; Sträucher verfingen ihre Triebe ineinander.

»Du kennst sie nicht«, murmelte er und drückte einen Ast zurück, den er gleich wieder zurückschnellen ließ.

Lea duckte sich weg, verdrehte die Augen. »Es tut mir leid, okay?«, rief sie ihm hinterher und beschleunigte ihren Gang. »Ich hab nicht darüber nachgedacht, als sie abgehauen ist. Es war einfach ein beschissener Moment.«

»Davon hast du anscheinend viele«, erwiderte er mit einem Schnauben.

»Nein«, sagte sie und stutzte, während ihre Atmung ein und aus schnellte. »Ich meine, ja. Mein Leben ist halt kompliziert.«

Er stoppte, drehte sich um. Seine Zornesfalte zog sich tief in seine Haut. Sorgen standen in seinem Blick, der das dunkle Grün des Waldes widerspiegelte. »Glaubst du, du bist die Einzige mit Problemen?«

Lea erstarrte. »Nein … natürlich nicht.«

Er beugte sich zu ihr, dass sein Atem ihre Haut kitzelte. »Dann lass deinen Scheiß nicht an meiner Lykke aus.«

»Bäääh!«

Lea hob den Blick; ihr Herz pochte. »Hast du das gehört?«

»Was?« Er drehte sich um, sah in alle Richtungen.

»Bäääh!«

»Da!«, sagte Lea und horchte in den Wald. Sie preschte voran, suchte das Grün ab.

»Warte!«, rief Kris ihr hinterher, als sie sich durch das Dickicht schlug.

»Bääääääähhhhh!«

Das Blöken wurde immer drängender. Es schien eher wie ein Hilferuf als ein freundliches Hallo. Eine Gänsehaut schnellte über Leas Arme, während ihr ein Zweig ins Gesicht schlug.

»Lykke! Komm her. Komm.«

»Jetzt warte!«, schrie Kris in ihrem Nacken.

»Da vorn ist sie! Ich höre sie.« Lea rannte weiter. Sie sprang über Äste und Steine, schlug Farnwedel aus dem Weg.

Kris konnte unmöglich recht gehabt haben. Lykke war vielleicht nervig, aber sollte keineswegs ihretwegen gefressen werden. Das Blut gefror in ihren Adern, als Kris' Angst auf ihrer Haut brannte. Sein Blick, als er Lykke an der Hütte nicht finden konnte, blitzte ihr durch Mark und Bein. Sie hatte einen Fehler begangen – und den musste sie wiedergutmachen.

»BÄÄÄÄÄÄHHHHHHH!«

Lea sprang durch eine letzte Baumreihe auf ein Plateau. Der Wind pfiff durch ihre Haare; ihre Atmung hastete durch ihre Brust.

Lykke stand auf einem Felsen und blökte. Hinter ihr ging es steil bergab zum Fjord. Und vor ihr …

Lea hielt die Luft an. Eine große Katze mit spitzen Ohren stand vor dem Felsen. Das gepunktete Fell glänzte im Sonnenschein. Der Luchs fauchte, stellte sich auf, während Lykke immer wieder mit ihren Hörnern drohte.

O shit, tu was, dachte Lea, während sie sich nach einem Stock umsah.

Kris hechtete durchs Gebüsch und kam neben ihr zum Stehen. Mit aufgerissenen Augen sah er auf die Situation. Als wäre die Zeit stehen geblieben, bewegte er sich nicht mehr.

»Kris!«, flüsterte Lea, aber er reagierte nicht. »Kris!!« Wie der Fels verharrte er, zuckte nur mit dem Lid.

»BÄÄÄÄHHHHH!«

Der Luchs schlug mit seiner Klaue nach Lykkes Beinen. Die tänzelte umher, rutschte beinahe über den Rand. Steine rollten den Hang hinunter, krachten ins Tal.

Lea stöhnte und griff nach einem Brocken. Ohne weiter darüber nachzudenken, schmiss sie den Stein auf den Luchs. Er prallte gegen seine Flanke, dass der Luchs zusammenzuckte. »Hey!«

Mit einem Fauchen drehte er sich um. Seine gelben Augen richteten sich auf Lea, während er die Zähne fletschte.

»O Mist, das war eine scheiß Idee, oder?« Eine Gänsehaut zischte über ihren Rücken; sie sah sich wieder um. Am liebsten wäre sie zurück in den Wald gerannt, aber Lykke stand immer noch am Abgrund und blökte. Und Kris … Der schien in einer Art Schockstarre zu hängen. Sein Gesicht war bleich wie ein Laken und seine Hände zitterten.

O fuck, jetzt kneif deine Pobacken zusammen! Lea hob ihre Arme über den Kopf und winkte wild umher.

»Hey, du! Ja, dich meine ich.«

Der Luchs fauchte erneut, wedelte mit dem Schwanz.

Lea ging einen Schritt näher, dabei wollte sie nur weg. »Lass Lykke in Ruhe. Verschwinde!«, schrie sie den Luchs an. Sie sah wieder zu Kris, der sich aus seiner Starre gelöst hatte und nun zwischen dem Luchs, der Ziege und ihr hin und her blickte. »Verschwinde!«

»BÄÄÄÄHHH!«

Mit großen Schritten schlich Kris zu ihr, nahm ihre Hand. »Hau ab!«, donnerte er über das Plateau und schob Lea hinter sich. »Weg mit dir, du Mistvieh!«

Er hob die Arme, machte sich groß. Seine Erscheinung war selbst für Lea ein Schock, die jetzt ebenfalls zitterte. Die langen Haare wehten im Wind. Das Brummen seiner Stimme vibrierte durch Leas Verstand. Jeder Muskel war unter seiner Haut angespannt und wölbte sich dem Luchs entgegen. Mit einer Hand zückte Kris sein Messer. »Ich will dir nichts tun, aber verschwinde!«

Mit einem Knurren senkte der Luchs den Blick.

Ein Moment der Stille folgte, in der Lea das Atmen vergaß. Selbst Lykke blökte nicht mehr. Nur Kris und der Luchs starrten sich an und kämpften einen lautlosen Kampf. Der Wind pfiff durch die Baumkronen. Mit der Wucht eines Schwerthieb stampfte Kris auf den Boden, dass der Luchs zurücksprang.

Dieser fauchte, zeigte seine spitzen Zähne. Dennoch wandte er sich ab. Erst langsam, dann immer schneller schoss er über das Plateau. Das gepunktete Fell zuckte bei jeder Bewegung, bis er im Wald verschwand.

»O scheiße!« Lea ließ den Atem fahren, während Kris sein Messer wegsteckte. Lykke sprang vom Felsen. Sie schmiegte sich an Kris' Hand, als wollte sie in ihn hineinschlüpfen.

Er kraulte ihren Kopf, legte seine Stirn an ihren Hals. Seine Gesichtszüge wurden weich, während er ihr etwas ins Ohr flüsterte, das Lea nicht verstand.

Ein Schleier zog durch Leas Blick. Das Adrenalin schoss in ihre Blutbahn, dass ihr schwummrig wurde. Sie sog die kühle Bergluft ein, stützte sich auf ihre Knie. *Ganz ruhig*, dachte sie. *Die Katze ist weg.*

Alles drehte sich in ihr, als ihr Kreislauf Achterbahn fuhr. Mit jedem Moment verstand sie, was gerade passiert war.

»Alles okay?«, fragte Kris und schob seinen Arm unter ihre Achseln.

Lea wedelte mit der Hand. »Nur ein bisschen schwindelig«, erwiderte sie und würgte die Angst nach oben. »Ist er weg?«

»Er ist weg. Komm, ich hab dich«, murmelte er und zog sie in seine Arme, wo der Duft von Kiefernholz und nassem Gras in ihre Nase strömte.

Seine Wärme ging auf sie über. Er betäubte ihre Angst mit seiner Nähe, während Lykke über ihre Hand schleckte.

»Lykke sagt Danke«, flüsterte Kris in ihr Haar, während er ihr einen Kuss auf den Scheitel hauchte, als hätte er diesen nie geküsst. »Und ich auch.«

Lea schluckte, schloss die Augen. »Und ich sage Entschuldigung«, wisperte sie zurück, als sie gemeinsam in dem Moment verharrten.

Kapitel 20

NORWEGEN, ROVDE, BERGPLATEAU

Der Fjord lag unter Leas Füßen. Wie ein Wurzelgeflecht zog sich das Wasser ins Land. Unzählige Abzweigungen führten in andere Täler, wo die Sonne sich in der Wasseroberfläche spiegelte. Vom Plateau aus konnte Lea sogar bis zum Meer sehen.

Weiße Spuren zogen hinter den Schiffen her, die aus dieser Höhe wie Modelle in einer Miniaturwelt wirkten. Kleine Inseln stachen wie grüne Punkte aus dem tiefen Blau.

»Meinst du, dass der Luchs wiederkommt?«, fragte Lea und rückte auf dem Felsen umher.

Kris schmunzelte, kraulte Lykke die Ohren, die sich auf seinen Schoß gelegt hatte. »Der hat erstmal genug von uns. Wie du ihn angeschrien hast … Der hat sich vor Angst in die Hose geschissen.«

Lea lächelte, knetete ihre Hände. »Das warst wohl eher du. Von mir war der nicht so beeindruckt.«

»Ich war wie erstarrt«, murmelte Kris und runzelte die Stirn. »Es tut mir leid.«

Lea schüttelte den Kopf, zupfte an ihrem The Clash-Shirt. »Nicht doch.«

»O doch. Ich hatte Angst«, flüsterte er und sah in die Ferne. »Lykke ist bei mir, seit …« Er senkte den Blick und seufzte. »Jedenfalls warst du großartig.«

Lykke blökte, legte einen Huf auf Leas Bein.

»Lykke sieht das wohl genauso. Ich glaube, sie mag dich«, sagte Kris und schmunzelte.

Lea rümpfte die Nase, streichelte Lykkes Fell. »Ach, das ist nur der Moment …«

»Hmm«, brummte Kris und zog die Augenbrauen kurz zusammen.

»Was?«

Kris hob den Blick. »Ist es so schwer für dich, wenn dich jemand mag?«

Lea versteifte, als hätte Kris sie bei etwas erwischt. »Ich … Es ist einfach … Ich bin einfach nicht so eine …«

Kris verkniff den Mund. »So eine was?«

»Ich bin einfach nicht so«, sagte Lea und blickte auf. »Ich hab keine beste Freundin oder einen Mann, der zu Hause auf mich wartet.«

»Hmm«, erwiderte Kris und lächelte in sich hinein.

»Was? Warum guckst du jetzt so?«

»Gar nichts. Aber Lykke wirst du nicht mehr los«, sagte er mit einem breiten Grinsen. Lykke stapfte mit ihrem Huf auf Leas Bein und blökte, bis Lea sie kraulte.

»Nie wieder!«, murmelte Kris und lachte, bis er auf den Fjord blickte und das Lachen erstarb. Seine Gesichtszüge versteinerten sich. Als erfüllte ihn eine tiefe Trauer, verfiel er in eine Stille, die Lea ängstigte.

Was ging in seinem Kopf vor? Sie verfolgte seine harten Konturen und endete an seinem Schlüsselbein.

Alles an ihm war ein Mysterium. Angst und Trauer standen in seinem Blick, aber seine Hände waren vor Wut angespannt. Nichts an ihm ergab einen Sinn für Lea, außer Lykke, die sich wieder in seine Hand schmuste.

Lea schüttelte den Kopf. »Warum bist du immer so? Ist das ein Norweger-Ding, oder liegt es an mir?«

Er schnaubte.

»Was?«

»Ich muss gleich auf eine Party gehen«, murmelte er und versteifte.

Lea zog die Augenbrauen zusammen. »Was für eine Party?«

»Es ist nicht wirklich ne Party. Es fühlt sich eher so an, als würde mir Gott vorhalten, was ich im Leben alles falsch gemacht habe«, murmelte er und strich sich über den Bart. »Ich kann es dir nicht erklären.«

»Du bist ein Mann voller Geheimnisse; manchmal ein Arschloch und manchmal nicht«, säuselte Lea.

Kris schmunzelte.

»Ich denke auch oft, dass ich alles falsch gemacht habe im Leben. Das Studium, der Alkohol, die Männer …« Sie sah kurz auf, aber Kris bewegte sich nicht. »Ich habe viel Kacke gebaut und weiß immer noch nicht, was eigentlich mein Weg ist. Alles ist wie ein großes Durcheinander. Kennst du das? Man weiß, was richtig ist, aber doch ist es für einen selbst einfach so unendlich falsch?«

Kris nickte, ohne ein Wort zu sagen. Seine Hand lag an ihrer. Beinahe unbemerkt strich sein kleiner Finger über ihre Haut. »Begleitest du mich zur Party?«

Schmetterlinge stoben wie aus dem Nichts durch ihren Bauch. »Willst du das denn?«

Er suchte ihren Blick, fesselte sie mit einem Funkeln. »Ich will, dass du siehst, was ich meine.«

Was wollte er ihr sagen?

Sie suchte die Antwort in dem Braungrün seiner Iris. Alles war ein Rätsel – selbst dieser Moment, in dem sie einfach nur zusammensaßen und den Ausblick genießen sollten.

Ein Kribbeln fuhr über Leas Haut. Die Lust schwelte erneut in ihr an. Wie ein offenes Feuer wurde es von Kris' zaghaften Berührungen angeheizt.

Lea schluckte. »Dann komme ich mit.«

Kapitel 21

NORWEGEN, ROVDE, LACHSZUCHT

Als Lea zur Terrasse der Lachsfarm kam, thronte die Sonne bereits tief über dem Berghang. Tische standen verteilt um einen Grillspieß, auf dem mehrere Dorsche vor sich hin brutzelten. Wo vorher noch das Signal geläutet hatte, ertönte nun Musik aus den Lautsprechern. Der Steg mit den Gehegen lag verlassen dar. Nur ein weiß-roter Fischkutter ruhte an dessen Ende vor Anker, den sie zuvor noch nicht gesehen hatte.

Ein hagerer Mann mit Latzhose stand davor, guckte in alle Richtungen, als wüsste er nicht, wohin mit sich.

Lea folgte der Spur aus Männern, die umherstanden und Bier tranken. Es waren die Arbeiter der Lachszucht.

Ein Trinkspruch wurde laut; Gelächter machte sich breit. Als wäre es nicht das erste Mal, glich das Ganze eher einer Zeremonie. Doch wofür?

Lea trottete voran und suchte ein vertrautes Gesicht. Kris saß mit Jørgen an einem der Tische und ließ die Schultern hängen. Er zeigte wieder das Gesicht, das er zuvor auf dem Felsplateau gezogen hatte. Dunkle Schatten verfinsterten seine Augen.

»Hey, Püppchen! Wie schön, dass du deinen Arsch zu uns gesellst«, rief Fenris herüber. Die Männer grölten.

Lea hob den Stinkefinger und lächelte breit. »Hey, Kotzbrocken, schade, dass ich deine Visage hier ertragen muss«, rief sie zurück und zupfte ihre Shorts ein Stück nach unten.

Kris sah auf und ließ sie nicht aus dem Blick.

»Du bist wirklich gekommen«, rief Jørgen und bot ihr einen Platz an.

Lea setzte sich. »Kris sagte, ich wäre eingeladen.«

Jørgen wechselte einen Blick mit ihm, den sie nicht verstand.

»Sag das nicht dem Alten. Dann haben wir hier wieder böses Blut«, erwiderte Jørgen und zeigte die restlichen Zähne, die er noch hatte. »Willst du ein Bier?«

»Ich nehme ein Wasser. Danke.« Sie lächelte kurz.

»Kein Bier? Wir feiern hier«, fragte Jørgen und rümpfte die Nase.

»Hey, gib mir auch ein Wasser. Das Bier schmeckt wie dreckige Füße«, raunte Kris und schob seine noch volle Flasche über den Tisch.

»Hmm«, erwiderte Jørgen, schüttelte den Kopf.

Lea strich sich die dunklen Haare hinter die Ohren. »Was ist denn das für eine Party?«, fragte sie und nahm das Wasser entgegen. Sie trank einen Schluck, während sie sich umsah.

Kris blickte auf seine Hände; die Haare fielen in sein Gesicht. »Wirst du gleich sehen.«

Jørgen schlug ihm auf den Rücken. »Nun ja, der Alte hat mal wieder einen Fischkutter mehr in der Flotte. Da!« Er zeigte auf den hageren Mann am Kutter. »Das ist Sven Johansen. Sein Kutter wird jetzt Teil der Kong-Flotte.«

»Aha«, machte Lea und nickte. »Das heißt, er geht in Rente, oder was?«

»Pff. In Rente«, erwiderte Kris und trank sein Wasser auf Ex. Er hustete einmal, bevor er aufstand.

»Ich bin mal kurz weg.« Ohne auf eine Antwort zu warten, schlurfte er in Richtung Wald und verschwand hinter den Büschen.

Lea sah ihm nach und runzelte die Stirn. »Was hat er denn?«

Jørgen rückte auf und beugte sich zu ihr. Der Geruch nach Alkohol und Tabak zog in Leas Nase.

»Ach, der ist nur schon wieder motzig«, sagte er und lachte.

»Ist der immer so?«

»So was?« Jørgen starrte sie an. »So ein Miesepeter? Jap. Nervig? Auf jeden Fall. Aber mach dir nichts draus. Er war schon immer so«, sagte er und trank einen Schluck. »Hat er bestimmt von seinem Vater. Der ist genauso ein Sturkopf. Hatten eine schwere Zeit, die beiden.«

Lea sah auf. »Wohnt sein Vater auch hier am Fjord?«

»Jap. Die meisten, die du hier siehst, kommen aus der Gegend. Wer hier geboren wird, geht meist nicht weit weg. Der Fjord fließt in unserem Blut, weißt du?«

Lea schmunzelte. »Ich kanns mir vorstellen. Und was ist nun Kris' Problem? Er scheint nicht so begeistert von der Party zu sein wie die anderen.«

»Könnte man meinen«, antwortete Jørgen und kratzte sich den Bauch. »Hatte noch nie viel übrig für das Ganze hier.« Er lachte auf. »Ich denke, deswegen ist er auch damals abgehauen. Nach Oslo. Hat Wirtschaft oder so einen Unsinn studiert.«

Lea runzelte die Stirn. »Wirtschaft?« Sie blickte zum Wald, aber Kris war immer noch nicht zurück.

»Man mags kaum glauben, was? Aber so ist es. Hat ganz schön was im Köpfchen, der Kleine.«

Lea nickte, während sie einen weiteren Schluck trank. »Mag sein«, murmelte sie.

»Aber als seine Mutter gestorben ist, war es vorbei mit dem Unsinn.«

»Seine Mutter ist tot? Oh, scheiße.«

»Jap, hat den armen Kerl ganz schön mitgenommen. Nur die Ziege ist ihm geblieben«, sagte Jørgen und steckte sich eine Zigarette zwischen die Zähne, ohne sie anzuzünden.

Lea verschluckte sich und hustete. »Wie? Was ist mit der Ziege?«

»Die ist ihm über den Weg gelaufen, als seine Mutter gestorben ist. Seitdem sind die ein Herz und eine Seele. Ein bisschen komisch, wenn du mich fragst«, erzählte Jørgen und lachte. »Aber seitdem seine Alte tot ist, ist Kris wieder in Rovde und will anscheinend auch nicht weg. Warum auch immer?!« Jørgen räusperte sich. »Kann viel mehr, der Junge.«

»Ja, warum auch immer«, wiederholte Lea und sah in den Wald, wo Kris verschwunden war.

Nun verstand sie, warum Lykke so viel mehr als nur eine gewöhnliche Ziege für ihn war.

Sie griff an ihre Herzkette. Nach und nach bekam sie ein ganz neues Bild von ihm – das Studium, die Launen, seine Mutter. Er wollte ihr offensichtlich sein wahres Ich verschweigen und gleichzeitig hatte er sie hierhergeführt. Doch warum?

»Aber keine Angst, Mädel. Der Junge kann auf sich aufpassen. Auch wenn er aussieht wie sieben Tage Regenwetter. Und nun, wo du bei ihm wohnst …«

Lea lachte auf, runzelte die Stirn. »Was dann?«

»Nun ja, du bist doch ein hübsches Mädel. Mit deinen dunklen Haaren und den Sommersprossen … Wer will dich nicht in seiner Hütte haben? Kris ist schon ein schlaues Bürschchen, dass er dich gleich abgegriffen hat.«

Hitze stieg Lea ins Gesicht. »Es ist nicht so, wie es aussieht. Die meiste Zeit geht er mir aus dem Weg und den Rest der Zeit treibt er seine Späße mit mir. Wahrscheinlich wollte er mir nur eine reinwürgen und mich mit seiner Ziege und der quietschenden Tür in den Wahnsinn treiben«, erwiderte sie und zuckte mit den Schultern.

»Na!«, machte Jørgen und zwinkerte ihr zu, während er noch einen großen Hieb nahm. »Ich wette tausend Kronen dagegen. Kris macht nichts, ohne eine Absicht. Glaub mir. Und mit jemandem seine Späße treiben, ist so gar nicht sein Stil.«

Sie sah noch einmal zum Wald.

Kris stolperte aus dem Busch, gefolgt von Fenris. Er presste die Kieferknochen aufeinander. Wut sprühte aus seinem Blick, während jeder Muskel vor Anspannung zitterte.

Fenris schubste ihn voran und flüsterte etwas in sein Ohr, das Lea nicht verstand.

Was läuft da?

Als hätte Kris ihre Gedanken gehört, sah er sie an und fixierte ihren Blick. Leas Puls schnellte in die Höhe; sie hielt die Luft an. Seine Wut grub sich in ihren Kopf, dass ihr die Röte im Gesicht brannte. Eine warme Welle rauschte durch ihren Körper und ließ sie erschauern.

Jørgen stupste sie an. »Es geht los.«

Lea erschrak, sah wieder zum Steg, wo nun Hansen auf den hageren Mann zuging. Er schnappte sich ein Megafon und lächelte. »Männer! Ein weiterer Erfolg für die Kong Hansen Lachszucht, ein weiteres Schiff für unsere Flotte. Lasst uns feiern!« Er riss an einem Seil – das Kong-Zeichen entblößte sich in schwarzer Farbe auf dem rot-weißen Kutter.

Applaus brandete auf; die Männer jubelten und prosteten sich zu.

Der Blick des hageren Manns ging ins Leere.

Lea klatschte, auch wenn sie nicht wusste, wofür. Sie sah wieder zu Kris, aber der hatte sich abgewendet. Er starrte zu dem hageren Mann und nickte unmerklich. Sein Blick wurde weich, beinahe traurig.

Der hagere Mann nickte zurück, bevor er den Kopf sinken ließ.

Kapitel 22

NORWEGEN,
ROVDE, KNURRHARN-HÜTTE

Als die Dunkelheit schließlich über den Fjord hereinbrach, spazierte Lea zurück zur Hütte. Sie hatte den Abend bei Wasser und Dorsch genossen, mit Jørgen über die Geschichte des Fischens philosophiert, und doch konnte sie den Blick des hageren Mannes nicht vergessen. Die Leere in seinen Augen …

Lea sah auf. Lykke schlief in ihrem Verschlag, während der Fjord auf den Steinstrand plätscherte. Der Wasserfall rauschte stetig bergab. Das Geräusch beruhigte ihre Sinne und ließ ihre Gedanken strömen.

Obwohl sie nur hier war, um ihre Mutter zu suchen, verbarg sich an diesem Ort weitaus mehr, als auf den ersten Blick zu sehen war. Jørgens Worte hallten in ihr wider, während sie hinaus auf den Fjord starrte. Bis jetzt hatte sie es für einen Scherz gehalten, dass Kris sie ausgerechnet bei sich einquartiert hatte. Es glich seinem unberechenbaren Verhalten, das er bereits in der ersten Nacht in Bergen gezeigt hatte. Seine nervigen Sprüche und seine unausstehliche Art … Doch in der Nacht in der Küche hatte er ihr auch eine andere Seite von sich gezeigt, genauso auf dem Felsplateau. Was steckte also wirklich hinter seiner Fassade?

Wolken zogen an den gegenüberliegenden Gipfeln vorbei. Leas Blick folgte ihnen den Fjord hinunter zur Zuchtanlage, die wie ein Fremdkörper in der Wildnis aussah. Warum war Kris überhaupt hier? Er passte so wenig zwischen die Netzgehege wie ein Fisch an Land. Und doch fügte er sich genau an diesen Ort, an dem er fernab der anderen Hütten sein eigenes Reich erschaffen hatte. Er hatte etwas Raues wie das Gestein vom Berg und etwas Dunkles wie das tiefe Grün des Waldes. Also, was war sein Geheimnis?

Lea holte tief Luft und schloss die Augen, bevor sie zur Terrasse lief. Sie erklomm die wenigen Stufen und wollte sich gerade gegen die Tür stemmen, als sie ein Geräusch hörte. Die Tür stand bereits ein Stück offen. Sie beugte sich nach vorn und lauschte. *Stimmen*, dachte sie, während sie sich kurz umsah, ob auch niemand hinter ihr stand.

Ein Rumpeln hallte durch die Küche. Dunkle Stimmfarben hoben sich von der Stille ab. Sie stemmte die Tür ein Stück mehr auf und schlich in den Flur.

Die Stimmen wurden deutlicher. Schritt für Schritt pirschte sie voran, als eine Stimme einen bedrohlichen Unterton bekam. Lea stockte. Wer zur Hölle war das? Sie legte ihr Ohr an die Küchentür und schloss die Augen.

»… Lea in Ruhe …«

Sie öffnete ihre Augen und stellte sich auf. *Die reden über mich*, dachte sie, als die Neugierde durch ihren Unterleib flatterte. Wieder drückte sie das Ohr an die Tür, dieses Mal noch fester.

»Vergiss nicht: Wir haben einen Deal!«, knurrte jemand, als wieder Schritte laut wurden. Sie näherten sich der Tür.

Lea zuckte zusammen, sah in alle Richtungen. Wo sollte sie hin? Was sollte sie tun? Ohne lange zu überlegen, öffnete sie die Küchentür und ging hinein.

»Oh, was ist denn hier los? Ich hoffe, ich störe nicht.«

Hansen stoppte. Sein Gesicht wandelte sich innerhalb einer Sekunde. Mit einem breiten Lächeln kam er nun auf sie zu und nahm ihre Hand in seine.

»Nein, ganz und gar nicht, meine Liebe. Wir waren gerade fertig. Irgendwann müssen die Geschäfte auch mal ruhen, nicht wahr?«

»Sicher. Ist ja auch schon spät«, erwiderte sie und nickte, bevor sie Kris' Blick suchte.

Er lehnte an der Spüle und hatte die Arme überkreuzt. Seine Haare fielen in sein Gesicht; die Sterne beleuchteten seine dunkle Miene, während er auf den Boden starrte.

»Gut, dann mach ich mich mal auf den Weg. Entschuldige für die späte Störung, Kris.« Hansen legte den Kopf schief und strich seinen Anzug glatt. Ohne eine Antwort abzuwarten, verließ er das Haus und zog die Tür mit einem Quietschen ins Schloss.

Kris schnaufte, bewegte sich aber nicht vom Fleck. Als würde er seine Gedanken hin und her überlegen, fixierte er weiter seine Füße. Die Zornesfalte grub sich tief in seine Haut.

Lea verschränkte die Arme. »Was war das denn?«

Kris sah auf, als hätte er sie jetzt erst bemerkt. Seine Augen funkelten.

»Gar nichts.« Er ging auf sie zu, wich ihrem Blick aus. Mit schnellen Schritten wollte er an ihr vorbei in den Flur.

»Hey, warte mal«, sagte Lea und stellte sich in die Tür, dass er nicht vorbeikam. »Ich weiß, ihr habt von mir geredet. Was zur Hölle ist hier los? Und von welchem Deal redet der?«

Kris grollte. »Hast du etwa an der Tür gelauscht?«

»Nein, ich habe nur …« Lea stöhnte und strich ihre Haare hinter die Ohren. »Ich bin halt gerade nach Hause gekommen und habe Stimmen gehört. Ich wohne hier schließlich. Hast du dir doch so ausgesucht!«

Er prustete, wich ihrem Blick noch immer aus. »Ja, das war auch eine meiner bescheuertsten Ideen. Jetzt lass mich durch. Ich muss schlafen.«

Sie stellte sich ihm entgegen. »Heute auf der Party … Was sollte ich da sehen? Fenris hat dich aus dem Wald gezogen. Und jetzt ist Hansen hier in unserer Hütte. Kris, ich habe deinen Blick gesehen. Du willst mir doch irgendwas sagen!«

Wieder starrte er sie an, als überlegte er hin und her. Seine Zornesfalte vertiefte sich noch weiter. Mit einem Murren wich er ihrem Blick aus. »Es dreht sich nicht immer alles um dich, Prinzessin. Und: Das ist nicht unsere Hütte!«

Sie stemmte die Hände in die Hüften. »Warum musst du jetzt wieder so arschig werden? Entscheide dich mal. Arschloch oder kein Arschloch? He?«

Kris blickte sie an; eine Haarsträhne fiel in sein Gesicht. Er ging einen weiteren Schritt auf sie zu. Sein Kieferndruft wirbelte umher, während er ihr ganz nah kam. »Du bist ne olle Kuh und gehörst hier nicht her. Verzieh dich und … lass mich in Ruhe!«

Lea erstarrte, während die Worte ihr einen Schlag ins Gesicht versetzten.

Warum versuchte sie überhaupt, mit diesem Kerl zu reden? Sie sollte sich auf ihre Aufgabe fokussieren: ihre Mutter finden. Sie schüttelte den Kopf und lächelte.

»Wenigstens bin ich nicht so ein fieser Wirtschaftsfutzi, der jetzt einen auf Lachszüchter macht«, murmelte sie.

Kris stockte kurz und musterte sie. Mit einem Schnaufen packte er schließlich ihre Arme und drückte sie zur Seite. Er rannte die Treppe hoch, knallte seine Tür ins Schloss, dass die Wände zitterten.

Lea kniff die Lippen zusammen und sah ihm hinterher. Das Einzige, was blieb, war der Kiefernduft, den sie tief in sich aufsaugte.

Kapitel 23

NORWEGEN, ROVDE, ARCHIV

Die Tage verstrichen. Lea fokussierte sich wieder auf die Suche nach ihrer Mutter und dem Schatz. Sie verbrachte oft bis in die Nacht im Archiv, verpasste selbst den Sonnenuntergang hinter den Bergen. In der Zeit studierte sie die Briefe von Judith. Immer wieder fand sie neue Dokumente, aber niemals den einen Zeitzeugen, den sie suchte. Und wenn sie nicht den Weg von Olav und Judith verfolgte, dann suchte sie nach einer Spur ihrer Mutter.

Durch Hansen hatte sie Zugriff auf das Onlinearchiv der norwegischen Nationalbibliothek bekommen. Hier sammelten sich nicht nur historische Unterlagen, sondern auch Zeitungsartikel der letzten fünfzig Jahre. Es war der perfekte Ort, um mehr Informationen über ihre Mutter zu finden. Denn wenn ihre Mutter in irgendeiner Weise öffentlich erwähnt wurde, würde sie es hier finden. Lea tippte den Namen ihrer Mutter in das Suchfeld. Eine Reihe von Artikeln erschien auf dem Bildschirm. Sie scrollte durch die Jahre. Ihr Vater hatte ihr nie wirklich erzählt, was ihre Mutter in Norwegen gemacht hatte. Sie wusste nur, dass sie die Wale schützen wollte. Doch mit jedem aufgelisteten Artikel stutzte Lea mehr und mehr.

Marina Brinkmann, Biologin des Aquariums in Ålesund, sprach vor der Internationalen Walfangkommission über den Beifang von Walen und anderen bedrohten Tierarten. Die Überfischung, selbst in den Fjorden, zeige sich in den sinkenden Zahlen von Walschulen. »Wale nehmen eine zentrale Rolle im marinen Nahrungsnetz ein«, so Brinkmann. Werde das durch zu hohe Fangraten gestört, sei die Wirtschaft Norwegens in Gefahr. Brinkmann wies auf mafiöse Unternehmen hin, die trotz Verbot weiterhin Treibnetze nutzen würden. Sie forderte genauere Kontrollen und ein Stopp des Walfangs.

Lea schmunzelte, als sie ein Bild ihrer Mutter sah. Mit dem finsteren Blick und der geballten Faust sah sie ganz anders aus, als sie diese in Erinnerung hatte. Ihre blonden Haare schienen weniger wie eine goldene Aura, sondern vielmehr wie ein Blitz in der Nacht. Selbst ihre hellblauen Augen stachen auf dem Bild hervor. Nach dem Artikel war ihre Mutter wesentlich mehr gewesen als nur auf Reisen. Beinahe war es so, als sah Lea das erste Mal ein Stück des Mosaiks, weshalb ihre Mutter wirklich gegangen war.

Sie scrollte weiter und stieß auf einen Artikel aus der *Rovde Posten*. Mit zusammengekniffenen Augen rückte sie ein Stück näher. Ihre Mutter stand neben Hansen auf der Terrasse der Lachsfarm. Sie schüttelte Hansen die Hand, während er ihr einen Scheck überreichte. Ihr Blick war nicht zur Kamera gerichtet, sondern auf Hansen. Etwas Unerklärliches lag in ihrer Mimik, das Lea die Stirn runzeln ließ. Sie kniff die Augen zusammen und las die Unterschrift:

Marina Brinkmann, Vorsitzende des Vereins zum Schutz des Rovdefjords, bedankt sich bei Agnar Hansen, Inhaber der Kong Hansen Lachsfarm, für eine Spende über 10.000 Kronen.

Sie öffnete den Artikel und überflog die Zeilen.

Brinkmann gründete mit ansässigem Ole Andersen die Fjordliv Foundation … Hansen setzt sich gegen die Überfischung des Fjords ein … Doch es gibt auch Gegenstimmen …

Lea horchte auf. Das musste das Event sein, von dem Hansen erzählt hatte. Sie beugte sich noch näher, während ihr das Licht des Laptops bereits in den Augen stach.

… Magnus Lund, ein weiterer Ansässiger des Rovdefjords, nutzte das Event und machte seiner Wut Luft. »Jeder, der hier nicht geboren ist, hat kein Recht, uns das Fischen zu verbieten«, so der Walfänger. Mit erhobener Faust stellte er sich gegen Brinkmanns Organisation und warf mit Köder auf die Meeresbiologin …

»Hab ich dich!«, murmelte Lea und setzte sich auf. *Magnus Lund – ein ansässiger Fischer.* Sie blickte ins Leere. Ihre Beine zitterten, so sehr wollte sie gleich losstürmen und nach ihm suchen. Doch wie sollte sie ihn hier in der Einöde finden?

Vielleicht war er gar nicht mehr am Leben. Es war schließlich zwanzig Jahre her, dass er gegen ihre Mutter gewettert hatte.

Lea schrieb den Namen auf einen Zettel und packte ihre Sachen zusammen. Die Unruhe in ihr ließ ihr keine Wahl: Sie musste ihn suchen – und zwar jetzt!

Kapitel 24

NORWEGEN, ROVDE, LACHSZUCHT

Lea riss die Tür auf und rannte hinaus auf die Terrasse. Mit einem Rumms knallte sie gegen etwas Hartes, das ihr die Luft aus den Lungen drückte. Sie keuchte und hielt sich die Brust.

»Wow, wow, wow«, hörte sie eine bekannte Stimme, die sie zum Stöhnen brachte. Sie hob den Blick und sah Kris' Grinsen. »Wohin solls denn so schnell gehen, Prinzessin?«

»Was geht's dich an?«, sagte Lea und schlängelte sich an ihm vorbei.

»Gehst du mir aus dem Weg, oder was?« Er lief ihr hinterher.

»Ich habe keine Zeit für deinen Mist«, murmelte sie und stürmte weiter in Richtung Straße. »Bleib das Arschloch, das du bist, und lass mich in Ruhe.«

»Hey!«, sagte er, griff nach ihrem Arm und zog sie mit sich in die andere Richtung. »Es tut mir leid, okay?«

Sie stolperte mit einem Ruck neben ihm her. »Ey! Was willst du von mir?«

Kris zog sie weiter in den Wald. »Gar nichts. Ich hab dich nur seit Tagen nicht mehr gesehen. Du gehst früh am Morgen aus dem Haus und kommst was-weiß-ich-wann zurück. Lykke vermisst dich.«

»Ja, klar. Mann, was soll das?« Sie zog an ihrem Arm, strauchelte weiter neben ihm her, während er sie an den Hütten vorbeizog. »Ich will zur Straße, nicht in den Wald.«

»Hör zu: Du hast recht. Manchmal bin ich ein … Arschloch. Ich versuche, mich zu bessern. Ehrenwort!« Er fokussierte sie mit seinen braungrünen Augen, dass es in ihrem Unterleib kribbelte.

Lea blinzelte. »Ich hab keine Zeit für deine Spielchen. Keine Ahnung, was du hier treibst, aber ich muss los.« Sie riss an seinen Fingern, die sich noch fester um ihren Arm legten. »Aua! Du tust mir weh.«

Kris stoppte und ließ sie los. Er blickte umher und beobachtete das Grün, hinter dem sich die Terrasse versteckte. Ein Schrei ertönte. Seine Anspannung übertrug sich auf die Luft; Vögel flogen aus den Baumwipfeln in den Himmel.

»Sag, wo willst du hin?«

»In die Stadt.«

Kris runzelte die Stirn. »Welche Stadt?«

»Zu dem Haufen Häuser da unten, zufrieden?« Lea verdrehte die Augen.

»Soll ich dich fahren?«

»Bitte nicht«, erwiderte Lea, als der Schrei immer lauter wurde. Kris drückte sie wieder voran in Richtung Knurrharn-Hütte.

»Weißt du denn überhaupt, wohin du ganz genau möchtest?«

Lea stolperte. »Jedenfalls nicht zur Hütte. Ich muss da lang«, sagte sie und zeigte in die entgegengesetzte Richtung.

Er legte seine Hand in ihren Rücken, drückte sie am Bergahorn vorbei. »Sag schon, wen willst du treffen? Auf gut Glück wirst du hier niemanden finden.«

Lea stoppte, während die Wut in ihr die Oberhand gewann. »Jetzt hör doch mal auf, mich hier rumzuschubsen, verdammt noch mal. Ich will zu Magnus Lund. Okay?«

»Kris!« Der Schrei wurde deutlicher; Lykke meckerte.

Er wandte sich um und suchte den Weg ab. Noch war niemand zu sehen. »Den findest du niemals im Dorf. Komm, ich bring dich hin.«

Lea lachte. »Wie denn? Mit deinem Superheldenumhang? Die Straße ist dahinten – und da willst du ja anscheinend nicht hin.«

»Kriiss!!«

Er suchte ihren Blick, kam ihr ganz nah. Seine Augen funkelten, während er ihre Hand in seine nahm. »Ich weiß, ich bin nicht immer … einfach.«

»Ach!«

»Aber ich kann dir helfen. Ich bring dich zu Magnus.« Er drückte ihre Hand, dass ein Prickeln über Leas Haut fuhr.

Lea stutzte. *Wäre er nicht so ein Arschloch, dann …* Er glich gerade dem Mann, den sie in der Bar in Bergen kennengelernt hatte. Nicht dem, der sie vor ein paar Tagen mal wieder stehen gelassen hatte.

Sein Blick hatte die gleiche Tiefe wie die Bergkulisse, die sich hinter ihm erstreckte. Mit jedem Wimpernschlag fesselte er sie mehr in seinen Bann.

»Kris! Du fauler Sack, da bist du ja. Du hast einen Auftrag!« Fenris kam den Weg heruntergelaufen und schnaufte. »Es wird Zeit, dass du dich an die Arbeit machst.«

Lykke meckerte und rannte auf ihn zu. Sie stieß ihre Hörner gegen seine Beine. »Ey! Was willst du von mir?«, keifte Fenris, als er wankte. »Kris, nimm deine Ziege hier weg.«

Kris suchte wieder ihren Blick und hob die Augenbrauen zu einer stummen Frage.

»Schön. Dann bring mich hin, wie auch immer du das mit dem klären möchtest. Denn wenn, fahren wir jetzt.« Sie nickte zu Fenris, der gerade von Lykke zur Seite gestoßen wurde. »Aber, bitte, verschone mich mit deinen Stimmungsschwankungen.«

Kris schmunzelte und zog sie an der Hand über den kleinen Steg. Er hüpfte in das Boot, hob sie hinein. Mit einer Handbewegung löste er das Tau am Heck; Lea öffnete den Knoten am Bug und warf das Tau auf den Steg.

»Kris! Der Chef wird dir den Arsch aufreißen, wenn du jetzt mit dem Püppchen abhaust.«

Fenris rannte ihnen hinterher; Lykke gleich dahinter. Mit einer Bewegung zog Kris am Starterseil. Der Motor brummte auf, bevor das Boot auf den Fjord hinausfuhr.

»Die Dame braucht mich. Sag dem Chef, morgen ist auch noch ein Tag.«

Lea grinste breit. »Du und Lykke gebt ein schönes Paar ab. Viel Spaß euch beiden«, rief sie Fenris an Land und winkte.

Der stampfte wie ein kleiner Junge mit dem Fuß auf den Boden, während Lykke zum Abschied blökte.

Kapitel 25

NORWEGEN, ROVDEFJORD

Der Wind pfiff durch Leas Haare, während das Ufer an ihnen vorbeirauschte. Sie schloss die Augen, atmete tief ein. Die Frische der See füllte ihr Innerstes mit Leben und ließ sie lächeln.

Trotz der Schnelligkeit des Bootes war es ein beruhigendes Gefühl. Mitten auf dem Wasser, weit weg von den Geräuschen des Alltags, wo nur die Möwen ihre Bahnen flogen, konnte Lea endlich atmen. Sie öffnete ihre Augen und sog das dunkle Grün der Berge in sich auf.

Ein Steinadler flog über den Hang und suchte nach Futter. Die Härte des Gesteins, das sich ins Wasser züngelte, machte das Bild perfekt. Es war wie ein mystischer Ort, an dem nichts von Bedeutung war als sie selbst.

»Du lächelst«, sagte Kris und blickte sie an, während sie am Wasserfall vorbeisausten.

Der Dampf legte sich auf Leas Haut und kribbelte sie wach. »Es ist schön hier.«

Kris schmunzelte. »Einsam.«

»Ja, aber dennoch … schön. Ich glaube, ich habe mich noch nie so frei gefühlt«, entgegnete sie und suchte seinen Blick.

Kris sah auf den Fjord; seine Haare wehten im Wind. »Das stimmt. In der Stadt vergisst man oft, was es heißt, wirklich frei zu sein.«

»Hast du gerne in Oslo gelebt?«, fragte sie und krallte sich an der Reling fest, während sie in die Tiefe des Fjords blickte.

»Hmm.« Er fuhr sich durch die Haare, blickte sie kurz an. »Du weißt also von Oslo?«

»Jørgen hat es mir erzählt.«

Er schüttelte den Kopf, wich ihrem Blick aus. »Ich habs mir schon gedacht, als du mich letztens *Wirtschaftsfutzi* genannt hast.«

Lea senkte den Blick und griente. »Und wieder beantwortest du meine Frage nicht. Wird sich das auch noch mal ändern? Ich meine, hab ich dir irgendwas getan, dass du mich so behandelst?«

Er blickte auf und kniff die Augenbrauen zusammen. »Es liegt nicht an dir«, murmelte er, als er sich am Ruder festkrallte. »Jedenfalls nicht direkt.«

»Woran dann?«, fragte sie und suchte seinen Blick.

Er schnaufte. »Keine Ahnung, ob ich dir vertrauen kann.«

Sie runzelte die Stirn. Die ganze Zeit über hatte sie das Gefühl gehabt, dass hier mehr passierte, als dass sie nur nach ihrer Mutter suchte. Irgendetwas beschäftigte Kris, das er ihr nicht erzählen konnte. Doch sie sah es in seinem Blick. Das Funkeln, das wie eine immer wiederkehrende Frage in seinen Augen aufblitzte, aber niemals ausgesprochen wurde.

Stille machte sich zwischen ihnen breit, während Lea überlegte. Sie kannte Kris eigentlich nicht, so wenig wie er mit ihr geredet hatte. Und doch erinnerte sie sein Anblick jedes Mal an ein Gefühl: der Berg im Sturm, der sich schützend vor sie gestellt hatte. Tief in ihrem Inneren war es das, was sie mit ihm verband. Doch warum konnte er ihr dennoch nicht trauen?

»Ich hab dir ja erzählt, dass meine Mutter abgehauen ist. Da war ich gerade sechs Jahre alt. Ist eine Ewigkeit her«, sagte sie und blickte auf die Wellen des Fjords.

»Mein Vater hat nie viel über sie geredet. Er hätte sie gesucht, aber nicht gefunden – das war seine Entschuldigung. Für ihn war sie einfach weg. Und ich …« Sie schluckte den Kloß im Hals herunter und räusperte sich. »Ich dachte immer … Keine Ahnung. Irgendwie dachte ich immer, dass es meine Schuld gewesen wäre.«

Kris wandte sich zu ihr, aber sagte kein Wort.

»Na ja, dann stellte sich auf einmal heraus, dass mein Vater doch eine Spur zu ihr gefunden hatte. Also bin ich hierhergekommen, um sie zu suchen. Wegen nichts anderem.« Sie sah ihn an.

»Mir ging es echt scheiße – das muss ich zugeben. Doch dann kamst du. Und auch wenn du ein Arschloch warst, hast du mich in dem richtigen Moment wachgerüttelt. Du warst da – als Einziger. Hast mich irgendwie verstanden, ohne dass ich viel sagen musste«, erzählte sie und schluckte. »Ich weiß, du kennst mich nicht, aber eines verspreche ich dir: Du kannst mir vertrauen!«

»Und du bist wirklich nur wegen deiner Mutter hier?«, fragte er und kniff die Augen zusammen, während das Wasser über die Reling spritzte.

Lea zeigte Mittel- und Zeigefinger zum Ehrenwort in die Höhe. »Ich schwöre. Das Einzige, was ich will, sind Antworten.«

»Und der Schatz?«

Lea stutzte. »Was ist mit dem?«

Er beugte sich vor. »Bist du nicht auf das Geld scharf? Den Ruhm, die Moneten … den Zaster? Hansens Anerkennung?«

Lea schüttelte den Kopf. »Was? Nein. Ich meine, klar, würde ich den Schatz gerne finden, einfach weil ich neugierig bin. Das liegt halt in meiner Archäologinnen-Natur. Aber dabei geht es doch nicht ums Geld und erst recht nicht um Hansen, sondern um Geschichte. Ich will wissen, was mit den Menschen dahinter passiert ist. Außerdem ist der Schatz nur Mittel zum Zweck. Das habe ich dir doch schon damals gesagt – mein Deal mit Hansen.«

Kris legte den Kopf schief; der Motor röhrte auf. »Ich bin gerade vor Fenris abgehauen, weil Hansen will, dass ich was mache, was ich nicht tun will.«

»Und was?«, fragte Lea.

»Kann ich dir nicht sagen. Ich würde gerne, aber …«

»Okay, dann ein andermal«, erwiderte Lea und strich sich die Haare aus dem Gesicht. »Können wir dann diesen Scheiß lassen? Ich habe keine Lust mehr auf diese Arschloch-Nummer. Außerdem möchte ich jederzeit in die Hütte kommen können, ohne in Deckung gehen zu müssen, weil du wieder einen deiner Anfälle hast.«

»Es ist unsere Hütte. Komm und geh, wann du willst. Du brauchst keine Angst vor mir zu haben oder mir aus dem Weg zu gehen. Das will ich nicht«, sagte er, als sie an einem Berghang vorbeifuhren.

»Lykke würde sich sicherlich freuen, wenn du öfter da wärst. Und ich … auch.«

Lea sah ihn an. *Unsere Hütte.* Diese Worte bedeuteten Lea mehr, als sie gedacht hatte. Schmetterlinge stoben durch ihren Bauch, die ihr die Hitze in die Wangen trieben. Sie wandte sich zurück zum Fjord und sah den Steinstrand mit den Häusern vorbeiflitzen. »Hey! Wo fährst du hin?«

Kris schmunzelte. »Ich habe dir doch gesagt, dass du Magnus niemals im Dorf findest.«

»Und wo dann?«

»Er spielt immer Karten mit seinen Kumpels«, sagte er und zeigte voraus. »Dort drüben.«

Lea folgte seinem Zeig. Rote Bootshütten standen an einem kleinen Hafen. Zwei Männer saßen an einem Fass davor. Die Anspannung in Leas Innerem stieg. Sie hatte den Gegenspieler ihrer Mutter gefunden.

Doch was würde er ihr erzählen?

Kapitel 26

NORWEGEN, ROVDE-HAFEN

»Lass mich erst mit ihm reden«, sagte Kris und sprang mit einem Hops aus dem Boot.

Lea rümpfte die Nase, bevor sie seine Hand nahm und selbst aus dem Boot stieg. »Wieso?«

»Du bist zwar hübsch, aber du störst ihn beim Kartenspielen. Das findet Magnus bestimmt nicht so lustig«, erwiderte er.

»Aber …«

»Vertrau mir.« Er sah ihr tief in die Augen und zwinkerte ihr zu.

»Okay. Aber verarsch mich nicht. Er ist die einzige Spur, die ich noch habe.«

Kris lächelte und nahm ihre Hand. Mit einem Ruck zog er sie mit. »Hey, Jungs!«, rief er den beiden Männern vor einem der Bootshäuser zu und hob die Hand.

Ohne zu warten, ging er zu ihnen und klopfte auf das Fass. »Magnus, gutes Spiel?«

Das war er also: der Gegenspieler. Ein alter Mann mit grauen Haaren bis zu den Schultern und faltigem Gesicht. Er hatte eine Zigarre im Mund, grunzte tief über seine Karten gebeugt. »Kann nicht klagen, mein Junge.«

Kris knurrte zurück und wandte sich an den anderen. »Alles in Ordnung, Sven? Tut mir leid wegen deinem Kutter.« Er legte dem hageren Mann eine Hand auf die Schulter.

Erst jetzt erkannte Lea ihn wieder. Es war der Mann, dessen Kutter jetzt in Hansens Flotte war.

»Kann man nix machen«, erwiderte er und biss auf einen Zahnstocher herum, während er in die Karten auf seiner Hand starrte. »Der Alte hat lange dran geknabbert.«

»Hmm«, machte Magnus, dessen Falten tiefer in sein Gesicht gruben. »Hab ja gesagt, dass das alles nichts bringt. Und wer ist die da?«, fragte er und legte eine Karo-Acht auf das Fass.

»Das ist meine Freundin … Lea.« Kris nickte zu ihr und zwinkerte. Die Nervosität schoss in ihren Bauch, wirbelte ihr Innerstes umher. Mit großen Augen räusperte sie sich, bevor sie einen Knicks machte.

»Hi!«

Magnus zog an seiner Zigarre. »Herzlichen Glückwunsch, Junge. Läuten die Hochzeitsglocken schon?«

Lea stolperte einen Schritt nach hinten. »Was? Nein!«

»Hmm«, machte Magnus und guckte kurz auf. »Was willst du dann hier?«

Lea straffte den Rücken. »Ich suche meine Mutter und hab ein paar Fragen an dich.«

»An mich?«, raunte er.

Sven blickte mit hochgezogenen Brauen von einem zum anderen, während Magnus immer noch in seine Karten starrte. »Ich kenne sie nicht«, knurrte er.

Kris stemmte sich mit den Fäusten auf dem Fass ab. »Ich erinnere mich noch gut an letzten Sommer, als ich dich mitten in der Nacht aus dem Fjord gezogen habe. Du warst so besoffen, dass du deinen Kutter am Riff versenkt hast. Mit Tränen in den Augen hast du mich angefleht, deiner Frau nicht die Wahrheit zu erzählen. Ich habe sie angelogen – für dich. Also sei so lieb und hilf der Lady, ansonsten muss ich deiner Frau mal einen Besuch abstatten.« Er beugte sich noch ein Stück tiefer. »Wo wohnst du noch mal? Am Slettevold, nicht wahr?«

Magnus grummelte und ließ die Karten auf das Fass knallen. »Du bist genauso ein Esel wie dein Vater, mein Junge. Wage es, zu meiner Grethe zu gehen.«

»Da hat dich der junge Fjell aber am Schlingel«, sagte Sven und lachte.

Magnus überkreuzte die Arme, qualmte aus dem Mund. »Wer ist deine Mutter?«

»Meine Mutter heißt Marina Brinkmann. Sie hat circa vor zwanzig Jahren hier die Fjordliv Foundation gegründet. Erinnern Sie sich?« Lea musterte jede Falte in seinem Gesicht.

»War das nicht die, die die Wale schützen wollte?«, fragte Sven und blinzelte zu Magnus.

Der nahm die Zigarre aus dem Mund und schnaubte. »Hmm. Das ist deine Mutter?«

Lea nickte.

»Die war ein harter Hund. Hatte Dreck im Maul. Ich erinnere mich an Sie. Hab sie aber nicht mehr gesehen, seit ...« Er wandte sich ab, wischte sich durchs Gesicht. »Muss kurz nach der Spendenveranstaltung gewesen sein.«

Die Aufregung trieb Lea an – sie ging einen Schritt auf ihn zu und zappelte mit den Knien. »Als sie meine Mutter bedroht haben!«

Magnus kniff die Augen zusammen. »Bedroht? Ich? Hab ihr nur meine Meinung gesagt. Ich dachte, sie wollte der Fischerei den Garaus machen. Dass ich nicht mehr zur See fahren darf. Schließlich bin ich Walfänger.«

Lea funkelte mit den Augen. »Und dann?« Kris nahm ihre Hand, hielt sie ein Stück zurück. Er drückte ihre Haut und beruhigte ihren Verstand. »Ich meine, was ist nach der Veranstaltung passiert?«

Magnus fuhr durch seine Haare und seufzte. »Die Dame ist zu mir gekommen. Hat mir erklärt, dass sie sich gegen diese Schnösel einsetzt, die den ganzen Fjord leerfischen. Diese Großunternehmen, die auf unsere Traditionen scheißen. Sie hatte gute Ideen. War ein feines Mädchen mit dem Herz am rechten Fleck. Hat was von der Fischerei und dem Leben hier verstanden.«

Lea ließ die Schultern sinken. »Das heißt, Sie waren gar nicht gegen meine Mutter?«

Sven schüttelte den Kopf. »Deine Mutter war eine von uns.«

»So ist es«, knurrte Magnus und nahm einen tiefen Zug von seiner Zigarre. »Das war das letzte Mal, dass ich sie gesehen habe. Hab mir viel von ihrem Gerede versprochen, aber …« Magnus pustete den Qualm in die Luft. »… sie war weg.«

»Hätte sicherlich noch meinen Kutter, wenn sie geblieben wäre«, murrte Sven und nahm die Karten wieder in die Hand.

Lea atmete tief aus. *Sie war weg,* dachte sie und schluckte. Aber … wo sollte sie jetzt noch suchen? Sie ging einen Schritt zurück und sah sich um. Der Fjord, die Berge, das Grün, das Grau – doch nirgendwo eine Spur von ihrer Mutter.

Der Druck um ihre Hand verstärkte sich. Wärme schoss durch ihren Arm zu ihrem Herzen, ließ es schneller pumpen. Lea wandte sich um und fand Kris, der sie in seine Arme zog.

Sie hatte es nicht gemerkt, aber nun rollte eine Träne über ihre Wange. Das Nass drückte sich in Kris' Shirt. Sie hielt sich an ihm fest, während die Hilflosigkeit sie durchflutete. Wo sollte sie jetzt noch suchen? Die Stimme in ihr schrie, stöberte in der Leere nach einer Lösung. Sie wusste es nicht. Einzig, dass sie in diesem Moment nirgendwo anders sein wollte als in Kris' Armen, wusste sie genau. Nur hier verblasste der Schrei zu einem Versprechen.

Kapitel 27

NORWEGEN, ROVDE, TANTE-EMMA-LADEN

Die Schiebetür piepte und Lea trat ein. Das Vibrieren der Klimaanlage summte durch den Laden; kein Mensch war zu sehen. Selbst Kassierer gab es hier keine, nur eine Selbstbedienungskasse. Lea folgte dem äußersten Regal entlang der Tiefkühlkost. Wo war der Alkohol? Sie hatte noch etwas gutzumachen, bevor sie wieder abreiste.

Lea seufzte. Der Beschluss, abzureisen, war nicht das, was sie bereits in Worte aussprach. Doch nachdem Magnus ihr keine neuen Infos zu ihrer Mutter gegeben hatte, wusste sie nicht, warum sie noch bleiben sollte.

Die Spur zu ihrer Mutter endete wie aus dem Nichts. Selbst Hansen hatte nichts weiter herausgefunden, außer dass ihre Mutter niemals wieder Norwegen verlassen hatte – jedenfalls nicht offiziell. Wo war sie dann?

Sie musste irgendwo hier sein – zwischen grüner Wildnis und grauem Gestein. Doch wo?

Der Gang führte sie weiter bis zum Ende des Ladens, wo Flaschen Glas an Glas aneinandergereiht standen. Sie suchte einen Whisky – einen besonderen: BenRiach Whisky von 2017. Wenigstens das konnte sie noch tun – Kris seinen Whisky zurückgeben. Schließlich war er ihr Berg im Sturm. Auch wenn er sich immer wieder unmöglich verhielt, sah Lea mehr und mehr das Mosaik dahinter. Irgendetwas verschwieg er.

So ein Arsch konnte er gar nicht sein, wenn er sie in den Armen hielt und ihre Tränen trocknete. Dennoch hatte sie nur eine Ahnung von dem Menschen, der er war. Jede Pore ihres Körpers schrie nach mehr.

Mit dem Finger strich sie über die Flaschen, suchte das dunkelblaue Etikett mit den silbernen Lettern. In Gedanken hing sie an dem Bild von Kris. Seine stoische Mimik, als er auf dem Boot über den Fjord fuhr, hatte sie gefesselt. Wie der Sonnenschein in seinen Haaren glänzte und das Schmunzeln unter seinem Bart sich hervorhob, konnte sie nicht vergessen. Selbst die Narbe an seinem Auge hatte etwas Betörendes.

Ein Kribbeln fuhr über ihre Haut, als sie die Muskeln an seinen Armen im Geiste entlangging. Sie lächelte, ging um die Ecke in einen anderen Gang, wo der hochprozentige Alkohol stand.

»Na, feuchte Träume?«

Lea stockte. Airin stand vor ihr, mit einer Flasche Cider in der Hand. Sie hatte eine große, schwarze Sonnenbrille auf der

Nase und grinste. »Da bist du ja noch? Mutti noch nicht gefunden?«

»Airin, mein Gott, hast du mich erschreckt«, stammelte Lea und hielt sich das Herz. »Was soll die Fliegenbrille?«

Airin verkniff die Lippen und setzte die Brille ab. Ein Bluterguss umgab ihr Auge, das blutunterlaufen war. Sie fuhr sich durchs kurze Haar, als könnte sie dadurch von dem Blaugrün-Gemisch auf ihrer Haut ablenken.

Lea sog die Luft ein. »Oh, verdammt. Wie ist denn das passiert?« Sie streckte ihre Hand aus und betastete Airins Hämatom.

»Hm.« Airin grinste schief. »Hatte Stress in der Bar. War meine Schuld.«

Lea weitete die Augen. »Deine Schuld? So was …« Lea zeigte auf die Wunde. »… ist niemals deine Schuld. Ich hoffe, du hast den Kerl angezeigt. Es war doch ein Kerl … oder …«

»Ja, irgendein Kerl, der Stunk gemacht hat. Solche Typen kenne ich schon. War nicht das erste Mal, wird wahrscheinlich auch nicht das letzte Mal gewesen sein.«

Sie setzte die Sonnenbrille wieder auf, verdeckte ihre eisblauen Augen. »Ist nicht einfach, als Frau allein eine Bar zu führen. Hab schon Schlimmeres erlebt.«

Lea biss sich auf die Lippe. »Schlimmeres als ein blaues Auge?«

Airin lachte. »Ach, Herzchen. Glaub mir, es gab Zeiten, da hätte ich lieber ein blaues Auge gehabt als die nächste Rechnung im Briefkasten. Die Wirtschaftskrise hat mir fast das

Genick gebrochen. Hätte beinahe das Sommerhaus meines Vaters verloren. Das Einzige, was ich noch von ihm hab. Jede Erinnerung steckt in diesem Haus – praktisch mein ganzes Herz. Das hat richtig weh getan. Aber dann …«, antwortete Airin und tätschelte Leas Hand. »Dann ist Hansen gekommen und hat in die Bar investiert. Kannst froh sein, dass du bei ihm gelandet bist und nicht bei irgendeinem, der sich nicht um seine Leute kümmert.« Sie blickte wieder auf die Flaschen, packte noch einen Cider in ihren Korb.

»Ist einer von den Guten, weißt du? Seitdem habe ich keine Sorgen mehr. Jedenfalls nichts, was nicht von selbst heilt«, sagte sie und schmunzelte. »Solche Kerle, die nur zuschlagen können, kommen und gehen, aber ich bleibe. Und du ja anscheinend auch. Bist du immer noch auf der Suche nach deiner Mutter?«

Lea lachte auf. »Keine Ahnung. Bisher hab ich keine Spur gefunden, die mich weitergebracht hätte. Egal, wo ich hingehe, ich laufe immer gegen eine Wand. Als wollte mir der liebe Gott selbst Steine in den Weg legen«, sagte sie und zuckte mit den Schultern. »Wahrscheinlich hatte mein Vater recht: Sie ist weg.«

Airin nickte, während sie eine weitere Ciderflasche in ihren Korb legte. »Hm. Und was machst du dann noch hier?«

»Jetzt gerade suche ich eine Flasche BenRiach von 2017«, erwiderte Lea und musterte wieder die Etiketten.

Airin legte den Kopf schief. »Oh, ein besonderer Tropfen. Für dich?«

»Nicht wirklich.« Lea schmunzelte, wich gleichzeitig ihrem Blick aus. »Ich schulde Kris eine Flasche.«

Airin lachte. »Ah, Kris! Konntest dich also vom Ärger nicht fernhalten, was?«

»Er ist nicht so, wie du denkst.« Lea räusperte sich. »Ja, er kann sturköpfig und ein Arsch sein, aber …«

Airin kam ein Stück näher. »Aber sein Arsch ist so prall, was?«, flüsterte sie mit Ironie und grinste.

»Mag sein«, erwiderte Lea und kicherte.

»Aber die Herzchen in deinen Augen hast du gesehen, ja?«, frage Airin und zuckte mit den Augenbrauen. »Jetzt verstehe ich auch, was im Dorf gemunkelt wird.«

Lea stellte sich auf, während ihr die Hitze in die Wangen stieg. »Was meinst du?«

Sie drehte sich um und flüsterte: »Die alten Damen im Dorf tuscheln, dass Kris Ärger mit Hansen hat, weil er sich in ein Mädchen verguckt hat. So was macht hier schnell die Runde. Sie sagen, dass Kris und Fenris sich beinahe hier vor dem Laden geprügelt haben. Aber Kris' Vater sei dazwischengegangen, bevor etwas passiert ist. Eine laute Schreierei mit einem kleinen Handgemenge, mehr nicht.« Sie zwinkerte. »Du bist also das Mädchen mit den kurzen Shorts!«

Lea verdrehte die Augen.

»Ich weiß nicht. Sie haben sich sicherlich nicht meinetwegen gestritten. Warum auch?«

»Herzchen, in den Nebeln über dem Fjord gibt es mehr Geheimnisse, als du dir vorstellen kannst.«

»Hab ich schon gemerkt«, murmelte Lea und strich sich die Haare hinter die Ohren.

»Aber eins kann ich dir mit Sicherheit sagen: Den Blick, den Kris dir damals in Bergen zugeworfen hat, konnte man nicht übersehen. Mir war gleich klar, dass da was ist. Ich hab ja gesagt, der Junge bringt nur Probleme. Gehört genauso wenig hierher wie du«, sagte Airin wie zu sich selbst.

Lea rümpfte die Nase. »Aber er kommt doch von hier?«

»Sicher. Aber er ist keiner von uns – nicht wirklich«, erwiderte Airin, bevor sie Lea in die Seite stieß. »Aber ich verstehe dich: Man kann bei dem Kerl schlecht wegsehen, nicht wahr? Habt ihr denn schon …«

»Was? Nein.« Lea wich einen Schritt zurück. »Ich meine, keine Ahnung. Ich haue bald ab. Will es nicht noch komplizierter machen, als es sowieso schon ist. Bald verstehe ich gar nichts mehr. Ich meine, meine Mutter, die ganzen Fragen, Kris. Und so bin ich gar nicht. Ich verliebe mich nicht. Ach, was erzähle ich.« Sie schüttelte den Kopf. »Ich bin nicht verliebt! Er ist scharf – das ist alles. Und was soll ich machen, wenn ich nach Hause komme? Ich bin einfach total …«

»… verwirrt. Kein Wunder, Herzchen. Ich kanns verstehen. Mach dir nichts draus«, sagte sie und tätschelte Leas Hand, während die Flaschen in ihrem Korb klimperten. »Das passiert den besten.«

Sie griff in das Regal und zog eine Flasche mit blauem Etikett und silberner Schrift heraus.

Lea nahm sie entgegen. *BenRiach von 2017 – jetzt kann ich*

gehen, dachte sie und seufzte, während ein Gefühl der Leere sie erfasste.

»Gib ihm die Flasche und fahr wieder nach Hause. Es wird Zeit«, sagte Airin und klopfte ihr auf die Schulter, bevor sie davonging. Sie verschwand im nächsten Gang und ließ Lea zurück.

Diese stand wie erstarrt da. Ihre Gedanken kreisten. Sie sollte zurück nach Hause fahren. Denn was sollte sie noch hier? Ihr Vater hatte recht gehabt: Ihre Mutter blieb verschwunden.

Doch sie wollte nicht weg. *Fahr nicht*, flüsterte ihre innere Stimme. *Bleib bei ihm.* Sie starrte auf das blaue Etikett und krallte ihre Finger um den Flaschenhals. Ein Schauer lief über Leas Rücken, der sich nicht abschütteln ließ.

Kris hatte sich irgendwie in ihr Leben geschlichen, ohne dass sie es gemerkt hatte.

Kapitel 28

NORWEGEN, ROVDE, KNURRHARRN-HÜTTE

Lea ging zurück zur Hütte, umklammerte immer noch die Flasche BenRiach. Ihr Herz klopfte so fest gegen ihre Brust, dass sie kaum Luft bekam. Hatte sie sich wirklich in Kris verliebt? Sie schüttelte den Kopf, starrte auf den Waldweg. Das konnte nicht sein. Sie war doch wegen ihrer Mutter hier, nur deswegen. Außerdem war sie nicht so ein Mädchen, das sich Hals über Kopf verliebte und dann nur noch rosa Herzchen sah. Nein! Und doch kribbelte etwas in ihrem Bauch, das sie nicht erklären konnte.

Sie bückte sich unter dem Bergahorn her. Der Duft von feuchtem Moos verfing sich in ihrer Nase, ließ sie tief durchatmen. Sie würde diesen Weg vermissen, der sie direkt zu der Hütte am Fjord brachte. Jeder Schritt fiel ihr unglaublich schwer. Warum musste alles immer so kompliziert sein? Als hätte sie Blei an den Füßen, schlurfte sie über den Waldweg und rieb sich die Augen.

Die Sonne stand bereits hinter der Bergkulisse, sodass nur ein matter Schein den Fjord erhellte. Der Wasserfall rauschte bergab – toste durch Leas Kopf. Das Meckern von Lykke riss sie aus den Gedanken, ließ sie aufgucken.

Lea stoppte. Eine Lichterkette zierte die Terrasse, färbte das Holz in einem warmen Ton. Darauf stand eine Terrassencouch mit einem Tischchen. Sie zeigte zum Fjord, wo ein Feuer am Strand züngelte. Funken sprühten in die Luft, die der Wind davontrug.

Kris saß auf der Couch und hatte eine Flasche Solo in der Hand. Seine Augen funkelten im Feuerschein, während er einen Schluck trank. »Hey, da bist du ja. Ich hab auf dich gewartet.«

Lea ging die wenigen Stufen zur Terrasse empor. »Was ist hier passiert?«, fragte sie und zeigte auf die Lichter.

Kris schmunzelte. »Für dich!«, erwiderte er und streichelte Lykkes Kopf. »Ich dachte, dass das vielleicht ein bisschen deine Stimmung hebt. Die Tür hab ich auch repariert.«

Lea hob die Augenbrauen, stemmte sich gleichzeitig gegen die Tür, die ohne ein Quietschen ins Haus schwang.

»Wow! Ich … weiß gar nicht, was ich sagen soll.«

Kris musterte sie mit seinen braungrünen Augen, während er einen weiteren Schluck trank. »Was ist das?«, fragte er und zeigte auf Leas Hand. Sie hob die Flasche empor, sah selbst noch mal aufs Etikett, als müsste sie sichergehen, dass sie wirklich den richtigen Whisky gekauft hatte. »Der ist für dich. BenRiach von 2017. Ist doch richtig, oder?«

Kris runzelte die Stirn und nahm die Flasche entgegen, griff gleichzeitig nach ihrer Hand. »Hmm«, erwiderte er und starrte auf das blaue Etikett.

»Was ist?«, fragte Lea, während die Wärme seiner Finger auf ihrer Haut prickelte. Sie ließ sich von ihm auf die Couch ziehen. »Ist das der falsche?«

Kris schmunzelte, legte den Arm hinter sie. »Nein, ich …« Er lachte auf und sah sie wieder an. »Den hat mir damals meine Mutter geschenkt.«

»Echt?« Lea hielt den Atem an, zupfte an ihrem Aerosmith-Shirt. »Und ich hab den getrunken und dann auch noch in tausend Stücke gehauen. Ach du scheiße! Ich bin so eine …«

Er schüttelte den Kopf, strich ihr eine Strähne hinter die Ohren. »Mach dir keine Gedanken. Ist schon länger her. Zu der Zeit war ich unsicher, ob ich nach Oslo gehen sollte oder nicht. Schließlich hätte ich auch bei meinem Vater arbeiten können, statt zu studieren, nicht wahr?« Er sah auf, suchte ihren Blick. *Oh, das ist gefährlich*, dachte Lea und räusperte sich. *Du verliebst dich nicht. Das ist nur die Lust!*

Sie drückte seine Finger, die sich immer noch um ihre Hand schlossen. »Aber du hast dich für Oslo entschieden. Warum?«

Er fuhr sich über den Bart und lächelte.

»Wegen dieses Whiskys. Meine Mutter kam zu mir und meinte, min skatt, ein Mann, der diesen Whisky trinkt, gehört nicht auf einen Kutter«, äffte er die Stimme seiner Mutter nach, dass Lea lachte. »In dem Moment wusste ich, dass ich niemals als Fischer arbeiten wollte wie mein Vater«, sagte er und sah auf. »Versteh mich nicht falsch, mein Vater ist der Beste. Aber für immer zur See zu fahren und zu fischen wie er?« Er schüttelte den Kopf. »Ich wollte die Welt sehen, das wusste meine Mama – aber nicht auf einem Kutter. Deswegen hat sie mir den hier geschenkt«, erzählte er und hielt die Flasche hoch. »Sie wusste, dass ich zu neugierig bin. Dass ich in dem Moment nichts lieber wollte, als einen Schluck aus dieser Flasche zu trinken – einfach, weil ich wissen wollte, wie das Zeug schmeckt.«

Lea griente. »Und warum hast du dann keinen Schluck davon getrunken? Die Flasche war noch verschlossen, als ich sie gefunden hab.«

»Ich wollte auf den richtigen Augenblick warten«, antwortete er.

»Oh«, erwiderte Lea. »Das war wohl nicht der Moment.«

Er schüttelte den Kopf. »Nicht wirklich«, sagte er und lächelte. »Aber du hast es wiedergutgemacht.« Er hielt die Flasche hoch. »Was für eine Ironie das Leben doch ist. Damals dachte ich noch, dass diese Flasche ein Zeichen sei. Dass ich mehr bin als das hier. Und jetzt? Jetzt arbeite ich auf einer Lachsfarm und meine Mutter ist tot«, sagte er und trank einen großen Schluck aus seiner Solo-Flasche.

»Ich finde, du bist mehr als genug.« Lea ließ sich in den Sitz sinken und starrte auf das Lichterspiel im Fjord.

Obwohl sie die Nähe zu Kris genoss, kitzelte die Angst ihre Unsicherheit hervor. Es war beinahe so, als trennte sie noch ein Blatt Papier. Jedes Wort konnte es zerreißen. Und bisher war das Papier noch nicht beschrieben. Der Weißraum war so groß, dass Lea nicht wusste, wie sich dieser füllen sollte. Waren sie nun Freunde? Es mochte sein, dass sie sich verliebt hatte. Doch was war mit ihm?

»Ich muss bald zurück nach Hause«, sagte sie wie aus dem Nichts und starrte weiter auf den Fjord.

Kris versteinerte. »Ist vielleicht besser so. Aber …« Er schnaufte.

»Aber was?« Lea hielt den Atem an.

»Ich werde dich vermissen.«

Lea rückte auf der Couch umher, wich seinem Blick aus. Ihr Herz machte einen Sprung, als wüsste es nicht, wohin.

»Ich wollte meine Mutter finden – das habe ich nicht geschafft«, sagte sie und schluckte den Kloß im Hals hinunter. »Ich wünschte, ich hätte sie gefunden.«

Lea nahm seine Flasche und trank einen Schluck Solo, das in ihrem Hals prickelte.

Kris zog sie näher zu sich heran, während Lykke sich zu ihnen auf den Boden legte und blökte. »Und was hättest du deiner Mutter dann gesagt?«

Lea schloss die Augen, horchte in sich hinein. »Dass ich sauer auf sie bin«, sagte sie, ohne nachzudenken. »Ich bin so verdammt wütend, dass sie mich allein gelassen hat.«

»Hmm.« Kris nahm die Flasche zurück und nippte daran.

»Die hat sie mir gegeben, bevor sie abgereist ist.« Lea fummelte die Herzkette aus ihrem Aerosmith-Shirt. »Damit unsere Herzen für immer verbunden sind, hat sie damals gesagt. Es kommt mir vor wie ein schlechter Scherz.« Sie schluckte eine Träne herunter. »Mein Herz ist genauso gebrochen wie diese Kette hier«, murmelte sie und schnaufte vor Wut.

Kris stutzte, als er auf das Gold der Kette sah. Er kniff die Augen zusammen. Mit angehaltenem Atem beugte er sich ein Stück näher, bevor er die Kette in die Hand nahm und durch seine Finger fahren ließ. »Die ist von deiner Mutter?«

Lea nickte.

»Hmm. Ich denke nicht, dass deine Mutter einen Scherz damit machen wollte. Sie wollte ein Stück von sich bei dir lassen – weil sie dich liebte.«

Lea nahm ihre Kette zurück und steckte sie in ihr Shirt. »Ist auch egal«, sagte sie und seufzte. »Ich werde es nie erfahren. Sie ist weg. Ich werde noch die letzten Dokumente für Hansen katalogisieren. Vielleicht finde ich wenigstens noch eine Spur zum Schatz. Aber dann …«

»Hör zu: Ich will nicht, dass du gehst.« Kris sah sie an. Die Farben seiner Iris spiegelten den letzten Sonnenschein auf dem Fjord wider.

»Nicht?«, fragte Lea und räusperte sich.

»Nein. Geh nicht.« Er zog Lea zu sich heran, drückte sie fest an sich.

Alles in ihr wollte genau in diesem Moment verharren. Das Feuer knisterte am Strand. Die Luft schien wie elektrisiert, als

Lea ihre Wange an seine Brust legte und die Augen schloss. »Das ist keine gute Idee, was wir hier machen.«

»Wieso nicht?«, flüsterte er und drückte sein Gesicht in ihre Haare. Lea schluckte, als sich ihre Gedanken überschlugen.

»Ich bin nicht so.«

»Ich weiß.«

Sie rieb sich über die Stirn, als könnte sie so ihre Gedanken vertreiben. »Und, ich meine … wo ist das Arschloch hin, das mich letztens noch verjagen wollte?«

»Das war nur ein Hirngespinst«, flüsterte er. »Ist über alle Berge.«

»Und es kommt auch nicht wieder?«

»Ich habs dir doch versprochen«, murmelte er und roch an ihren Haaren.

Das Klopfen von Leas Herzen hallte durch ihren Körper wie ein Vorschlaghammer. Die Mauer brach in sich zusammen, die sie zuvor in die falsche Richtung getrieben hatte. Als hätte Kris den letzten Rest Distanz zwischen ihnen entfernt, schmolzen sie zu eins. Es war der perfekte Moment.

»Dann bleib die Nacht bei mir«, murmelte sie.

Kris strich über ihre Haare, küsste auf ihren Scheitel. »Ich will auch nirgendwo anders sein.«

Sie lächelte, während das Rauschen des Wasserfalls sie einlullte. Auch wenn sie ihre Mutter nicht gefunden hatte, dafür etwas anderes. Sie schmiegte sich tiefer in Kris' Arme und ließ seine Hitze auf sie übergehen. Die Abendsonne senkte sich mit jedem Atemzug – und entflammte Leas Herz.

Kapitel 29

NORWEGEN,
ROVDE, KNURRHARRN-HÜTTE

Vergiss nie: Ich liebe dich.

Die Tür schlug auf; Regen prasselte auf die Stufen. Lea rannte los, suchte den goldenen Schein ihrer Mutter. Doch alles, was sie sah, war die Dunkelheit der Nacht.

»Wo bist du?«, schrie sie hinaus. Der Boden wankte unter ihren Füßen; Wellen klatschten gegen die Mauern ihres Hauses. Warum hatte ihre Mutter sie nur allein gelassen?

Jede Woge spülte Lea die Luft aus den Lungen. Sie zitterte, während die Regentropfen in ihre Haut stachen. Ihre Mutter war verschwunden – fortgespült von der See.

Ein Brodeln quoll aus der Tiefe. Lea erstarrte. Wie aus dem Nichts griff die Kälte nach ihr. Sie zog sie hinunter in die Dunkelheit, wo es golden flimmerte. Schnell wie ein Wal raste sie hinab, bis sie die fahle Haut ihrer Mutter berührte. Milchig weiße Augen starrten ihr bis in die Seele und fraßen sich dort hinein.

»Mama, bist du es?« Eine Träne floh durch Leas Gesicht, die selbst die See nicht von ihrer Wange nahm. Stille floss um sie herum; blondes Haar wehte wie im Wind. Lea hörte nichts, außer einem Schrei, der durch ihr Innerstes schoss. *Renn!*

* * *

Lea schreckte hoch und fand sich in ihrem Zimmer wieder. Schweißperlen rollten von ihrer Stirn, während sie schwer atmete. Sie wandte sich um, aber Kris war verschwunden.

Er lag nicht mehr neben ihr und hatte seinen Arm um sie geschlungen. Stattdessen war seine Seite des Bettes genauso leer gefegt wie die Dunkelheit, von der sie gerade noch geträumt hatte.

Eine Gänsehaut raste über ihre Haut und brachte sie zum Zittern. Sie bedeckte ihre Nacktheit mit einer Decke und sah auf die Uhr. *5:27 Uhr – was zur Hölle …* Warum lag Kris nicht mehr neben ihr im Bett? Sie zog die Augenbrauen zusammen.

Die letzte Nacht hatte er einfach nur bei ihr gelegen und sie gestreichelt. Er hatte ihren Körper mit Küssen belegt, ohne ihn für sich zu beanspruchen. Seine Hände waren über ihre Rundungen gefahren, hatten ihre Lippen liebkost. Anders als jeder Mann vor ihm hatte es ihm gereicht, sie einfach nur bei sich zu wissen.

Und Lea … Sie hatte es ihm gleichgetan. Hatte sich ihm einfach ergeben und auf seine Stimme vertraut. Ließ das Gefühl der Nähe in ihr aufblühen wie die Wildblumen vor der Hütte.

Spätestens als sie in seinen Armen eingeschlafen war, hatte sich eine Last der letzten zwanzig Jahren von ihr gelöst. Er war wie ein Stück Freiheit, die sich auf ihre Seele gelegt hatte. Ihr Berg im Sturm.

Doch er war nicht mehr da!

Sie sah sich wieder um und stieg aus dem Bett. Mit wenigen Handgriffen schlüpfte sie in ihren Minirock und ein Alice Cooper-Shirt. Sie lief die Treppe hinunter und hopste die letzten Stufen in einem.

»Kris?« Keine Antwort. Sie ging weiter bis in die Küche, die still dalag. Die Sonne war bereits aufgegangen und hüllte den Fjord in ein Blau und Lila. Die Flasche BenRiach stand auf der Ablage, dort, wo Kris sie letzte Nacht hingestellt hatte. Doch ihr Schlüssel fürs Archiv lag nicht da.

Der Schlüssel! Lea blickte umher, suchte den Schlüssel. Sie wandte sich um, ging zur Spüle und wieder zurück. Wo konnte er sein? Sie griff in ihre Rocktaschen, aber dort waren nur Krümmel. Sie hatte ihn doch nicht … Ein Gedanke schoss in ihren Kopf. *Nein*, dachte sie. Er konnte ihn nicht genommen haben. Nicht nach dieser Nacht. Nicht jetzt, wo sie sich so nahe waren. Oder doch? Lea runzelte die Stirn.

»Dieses Arschloch!«, brüllte sie und rannte los.

* * *

Lea rannte ins Hauptgebäude und stolperte die Treppe hinunter. Ihr Atem schnellte voran. Sie griff nach der Klinke, als die Tür zum Archiv von innen aufgerissen wurde.

Kris stand dort und zuckte mit den Lidern. »Was machst du hier?«

»Was machst du hier?«, keifte Lea zurück und schubste ihn ins Archiv.

Kris verkniff die Lippen.

»Sag schon!«, brüllte sie und schmiss die Tür ins Schloss.

Sie blickte umher, aber es war alles unverändert. Eine Kälte füllte ihren Leib, die die Wärme der letzten Nacht vertrieb. Was hatte er hier gewollt?

Kris schnaufte. »Du hast noch geschlafen und da …«

»Da dachtest du, dass du mir einfach den Schlüssel unter der Nase wegstiehlst? Was für ein schräges Spielchen ist das? Mal bist du nett, dann wieder ein Arsch.« Sie ging mit dem Finger auf ihn zu; Tränen rannen über ihre Lieder. »Du hast mich reingelegt.«

»Nein, das habe ich nicht!«, brüllte Kris zurück und griff nach ihrer Hand, zog sie zu sich in den Arm. »Alles, was ich gestern gesagt habe, meinte ich ernst.«

»Wieso lässt du mich dann ohne ein Wort im Bett zurück und nimmst meinen Schlüssel?«, fragte sie und schniefte.

»Das kann ich dir nicht sagen«, murmelte er. »Und du darfst auch niemandem davon erzählen.«

»Was? Wieso nicht?« Lea runzelte die Stirn und schälte sich aus seinem Arm. Irgendetwas verschwieg er ihr.

»Was ist hier los? Sag schon.« Sie schlug auf ihn ein, aber er bewegte sich nicht.

»Lea, hör zu: Ich kann dir das nicht erzählen. Noch nicht. Bitte«, sagte er und sah ihr tief in die Augen. Das Braungrün seiner Iris glitzerte im Neonlicht. »Aber … du musst mir vertrauen.«

»Vertrauen?«, fragte sie und erstarrte. »Wie soll das gehen, wenn du mir nicht die Wahrheit sagst?« Sie schniefte erneut, wischte die Tränen mit einem Ruck von ihren Wangen.

Er ließ die Schultern sinken, ging einen Schritt auf sie zu.

»Schhh. Ist schon okay.«

»Was soll das?« Sie ging zurück, schüttelte den Kopf.

»Warte!«, sagte er bestimmt.

Lea schluchzte. »Wieso?«

»Warte einfach.« Er ging wieder einen Schritt auf sie zu und nahm ihr Gesicht in beide Hände.

»Was machst du da?«, fragte Lea und stand einfach nur da.

»Psst«, erwiderte er und grinste.

Sie schniefte. »Ich bin sauer auf dich!«

»Ich weiß. Es tut mir leid«, erwiderte Kris und hielt ihren Blick. Mit einem Schmunzeln auf dem Gesicht legte er seine Lippen auf ihre. Sein Bart kitzelte Leas Wangen und löste ihre Starre.

Lea ließ sich in seine Arme fallen. Die Wärme seiner Zunge floss in Wellen durch ihren Körper. Wie im Rausch verlor sie die Orientierung. Jede Bewegung entfachte einen Sturm aus Schmetterlingen, der durch ihren Unterleib stob.

Lea wollte ihn – und zwar jetzt. Sie packte seine Arschbacken und drückte ihn zurück zum Tisch. Mit einer Handbewegung fegte sie die Papiere davon, die lautlos auf den Boden wehten.

Ein Keuchen erfüllte den Raum, als sie sein Drängen an ihrer Haut spürte. Kris drehte sie um. Er küsste ihren Hals bis hinunter zum Ausschnitt.

Seine Hände bewegten sich über ihre Haut, brachten sie zum Kribbeln. Er riss an seinem Shirt, zog ihres gleich hinterher, sodass sie beinahe nackt voreinander standen. Eine Haarsträhne fiel ihm in die Stirn, während er sie an sich drückte.

»Bist du sicher, dass du das tun willst?«, fragte er und stöhnte, als Lea sich hinkniete und seine Hose öffnete.

Lea zwinkerte, zog sie ihm in einen hinunter. »Warum? Hast du Schiss, dass Hansen uns erwischen könnte?«

Kris verdrehte die Augen, als Lea ihren Mund um seinen Penis legte. »Gott, was machst du mit mir?«

Sie antwortete nicht, sondern grinste ihn nur an. Jede Bewegung brachte ihn mehr in Rage. Er krallte sich an den Tisch und keuchte.

Eine Gänsehaut zog sich über seinen Körper, bis er zitterte. Mit seinen Händen riss er sie ruckartig nach oben und hob sie auf den Tisch.

»Bist du sicher?«, keuchte er wieder.

»Mehr als das«, erwiderte Lea und legte ihren Kopf zurück. Sie packte ihn mit ihren Beinen, drängte ihn näher zu sich heran. Seine Küsse ließen sie auffahren, als ein Poltern laut wurde.

»Mann, Leute, was ist denn hier los? Euch hört man bis zur

Zuchtanlage«, brüllte Jørgen durch den Raum und lachte schallend auf. »Dachte schon, hier wären Einbrecher.«

Kris drückte sich weg und zog schnell die Hose wieder hoch. Er stellte sich vor sie, schützte ihren Körper vor Jørgens Blicken. »Sorry, Mann. Passiert nicht wieder.«

»Nicht?«, fragte Jørgen und grinste.

Lea hob die Augenbrauen, streifte das Shirt wieder über. Sie war gefangen zwischen der Wut in ihrem Leib und der Erregung der letzten fünf Minuten. Nichts in ihr wusste, was hier gerade vor sich ging – außer dass Kris ihr das Herz gestohlen hatte.

Kris sah sie an und schmunzelte. »Keine Ahnung«, murmelte er, während er beinahe unbemerkt zwinkerte. »Ich … muss gehen. Wir sehen uns später.« Er wandte sich ab, strich Lea ein letztes Mal über die Hand.

»Der Schlüssel!«, rief sie ihm hinterher, ohne dass sie noch wissen wollte, warum er ihn überhaupt genommen hatte.

Er drehte sich um und warf ihr den Schlüssel zu. Ihre Blicke verfingen sich. Ein Lächeln huschte über seine Lippen, das sie an letzte Nacht erinnerte.

Kris ging weiter, blieb bei Jørgen stehen.

Er packte seine Schulter und raunte: »Guck die Lady nicht so an, okay? Tu mir den Gefallen.« Jørgen zuckte zusammen, als hätte Kris ihn bei etwas erwischt.

»Ach, und der Chef muss das nicht wissen. Ansonsten erzähle ich ihm gerne die Geschichte mit dem Klärsystem.«

»Nein, bitte nicht.« Jørgens Lachen erstarb.

»Dann halt die Schnauze.« Er klopfte ihm ein letztes Mal auf die Schulter und ging davon.

Lea sprang vom Tisch. Die Erregung kribbelte immer noch zwischen ihren Beinen, als sie auf das Durcheinander der Dokumente sah und ihr ein Satz in den Sinn kam: *Es steht immer dazwischen!*

Kapitel 30

NORWEGEN, ROVDE, ARCHIV

Die Antwort steht immer zwischen den Zeilen, hörte Lea die Stimme ihres Vaters in ihrem Kopf flüstern. Sie lächelte. Ihr Vater hatte immer schon Notizen zwischen seinen Aufzeichnungen geschrieben. War es möglich, dass er doch eine Spur zum Schatz gefunden hatte und es nur nicht wusste? Wenn, gab es nur einen Ort, an dem sie diese finden konnte.

Sie blickte zu den Papieren, die wahllos übereinandergestapelt lagen. Seine Aufzeichnungen, die er wie immer einfach lose gesammelt hatte – ohne System, das ein Normalsterblicher verstand. Lea ging zu dem Zettelhaufen, las einen nach dem anderen. Es waren Background-Checks zu Olav und Judith – Stammbäume, Familiendokumentationen. Dazu kamen Handschriftanalysen, topografische Karten, Hafenverzeichnisse und schließlich … eine Kopiensammlung von Berichten eines Missionars namens Sigurd. Lea stutzte. Es waren Berichte aus mehreren Jahrzehnten, die weder in diese Dokumentation zu gehören schienen, noch irgendeinen Wert hatten. *Ackerbau … Messen … Beichten …* Was wollte ihr Vater damit?

Sie wühlte sich durch die Berichte, die ein ganzes Leben beinhalteten, als ein Detail ihre Aufmerksamkeit erregte.

Sie hielt sich das Papier näher an die Nase, schlitzte die Augen. Hatte das L eine andere Form? Sie nahm eine andere Kopie und prüfte die Buchstaben. Mit angehaltenem Atem sah sie immer wieder hin und her, prüfte weitere Kopien, hielt sie übereinander gegen das Licht, aber dieser eine Bericht passte nicht ins Bild.

Sie ließ den Atem fahren und setzte sich auf einen Stuhl. Alles in ihr fokussierte sich auf das eine Blatt, das nicht zum Ganzen gehörte. Es war eine gute Fälschung; durch die Kopie schwer zu entdecken. Selbst die Stockflecken hatte ihr Vater simuliert, als wäre dies ein Abzug einer tausend Jahre alten Aufzeichnung. Ein Fremder hätte die Fälschung sicherlich übersehen – doch Lea erkannte die Methoden ihres Vaters.

Sie schmunzelte. Mit jedem Moment erkannte sie ihren Vater wieder, an dessen Arbeit sie zuvor gezweifelt hatte. Jetzt, als sie den gefälschten Bericht in den Händen hielt, flatterte die Aufregung durch ihren Bauch.

Es war nicht alles eine Lüge gewesen. Irgendwo zwischen seinem Gerede und dieser Fälschung verbarg sich die Antwort auf die Frage: *Wo ist der Schatz von Harald Hardrada?* Doch warum hatte er extra eine Fälschung angefertigt?

Lea strich sich die Haare hinter die Ohren. Ein Kribbeln sauste durch ihre Finger. Anders als in den anderen Berichten stand hier ein Gedicht geschrieben. Lea runzelte die Stirn, während sie Zeile für Zeile las.

Durch Bergenland, durch Sturm und Meer,
wankte der Glaube des Kaplans umher.
Mit tiefer Furcht sah er in die Dunkelheit,
sprach von Gold, Hoffnung und Barmherzigkeit.

Getrieben von des Nordvaters Wort,
verließ er den Thron, ging weit hinfort.

Doch dann flüsterte der Wind:
»Suche das Gold, ihr Geheimnis ich find.«
Denn daheim wartet ihr einziges Kind.

Lea stöhnte, als eine Gänsehaut über ihre Arme rauschte. Es war fast so, als hätte ihr Vater persönlich mit ihr geredet. Jede Zeile beantwortete eine ihrer Fragen – und doch sprach er in Rätseln, die ihre Gedanken herumschleuderten. Hier ging es nicht um den Schatz, nicht wirklich. Oder doch? Sie ließ den Zettel auf den Tisch sinken und sah auf das Fisch-Gemälde. Sprach er hier von ihrer Mutter und einem anderen Mann?

Wenn sie seine Worte richtig verstand, hatte er über einen Geistlichen geschrieben, der mit seinem Glauben haderte. Er verließ die Kirche und … Sprach er auch vom Gold? Lea biss sich auf die Lippen. Immer wieder überflog sie die Zeilen und drehte die Bedeutungen von rechts nach links. Jedes Mal stoppte sie bei der Frau, die ihr Kind zurückgelassen hatte. Ein Prickeln kribbelte auf ihrer Haut. Hatte ihr Vater sie etwa doch gefunden? Und was war mit dem Schatz?

In seinen Worten versteckten sich so viele Geheimnisse, dass Lea es nicht vollends verstand. Doch bei einem war sie sich sicher: Das Gedicht handelte von ihrer Mutter und es war für sie geschrieben. Jede andere Erklärung wäre ein Zufall zu viel gewesen.

Was für ein Theater wird hier gespielt?

Mit einem Ruck stand Lea auf.

Die Wut auf ihren Vater blieb hinter der Aufregung zurück. Sie musste das Rätsel lösen – und sie wusste genau, wo sie dafür hingehen musste. Ohne zu warten, faltete sie die Kopie und steckte diese in die Tasche ihres Minirocks.

»Frau Brinkmann!«

Lea zuckte zusammen. »Gott, Herr Hansen, haben Sie mich erschreckt.«

Er tätschelte ihre Schulter. »Haben Sie es eilig?«

»Nein … Ich meine, ja.« Sie sah sich um. Sollte sie Hansen von dem Gedicht und ihrer Mutter erzählen? »Ich hab eine neue Spur zum Schatz gefunden«, erwiderte Lea knapp und rückte den Stuhl zurecht.

»Wirklich?«

»Gibt es hier irgendwo eine Kirche?«, fragte sie und wippte mit den Füßen, als wollte sie schon weiterrennen.

Hansens eisblaue Augen durchwühlten ihre Gedanken und ließen sie erschauern. Die Worte ihres Vaters waren kryptisch gewesen. Lea musste erst selbst herausfinden, was er ihr damit sagen wollte, als dass sie Hansen jetzt schon einbeziehen wollte.

»Hm. Es gibt eine kleine Kirche im Dorf«, erwiderte Hansen und zog eine Augenbraue hoch. »Fenris kann …«

Die Tür ging auf und Kris stand im Rahmen. »Ich … Oh, Chef …«

»Gut, dass du da bist. Kannst du mich ins Dorf fahren?«, fragte Lea, ohne Hansens Reaktion abzuwarten. »Ich muss zu dieser Kirche.«

Er erstarrte, blickte zuerst zu Hansen und dann wieder zu Lea. Sie lächelte schief und blinzelte Hansen zu. »Ich sags Ihnen ganz ehrlich: Mit Fenris arbeite ich nicht. Wenn, dann mit Kris.«

Hansen schnaubte und biss sich auf die Lippe.

Die Atmosphäre in dem kleinen Archiv gefror beinahe zu Eis. Jeder Moment festigte die Stille zwischen den Männern, während unausgesprochene Dinge gesagt wurden. Die Anspannung in Kris' Körper kribbelte auf Leas Haut. Eines war klar: Hier war etwas im Busch – und Lea hatte keine Ahnung, was hinter ihrem Rücken ablief.

»Ich meine, es ist doch okay, wenn ich mir Kris kurz ausleihe, oder?«, fragte sie und überkreuzte die Arme. »Alles für den Schatz, nicht wahr?«

Hansen setzte ein Schmunzeln auf, das Lea nicht verstand. »Natürlich. Dann kann Kris gleich seine Tour machen.«

Kris' Blick verfinsterte sich. »Hmm«, erwiderte er und stockte, während er weiter Hansen anstarrte. Wieder ein lautloses Gespräch, das Lea im Dunkeln ließ.

»Komm, ich fahre dich.« Er griff nach ihrer Hand und ging bereits voran, zog sie aus dem Archiv auf den Flur zur Tür.

»Kris! Wenn du wiederkommst, will ich dich in meinem Büro sehen«, brüllte Hansen ihnen hinterher.

Lea hielt sich an seinem Arm fest und stolperte neben ihm her. Seine Hand schloss sich fest um ihre Finger. »Was ist los? Hab ich was Falsches gesagt?«

Kris legte den Arm um sie, als wollte er sie beschützen, und lächelte sie an. »Nein, hast du nicht. Aber versprich mir, dass du gleich im Auto bleibst.«

»Wieso?«

Sein Lächeln erstarb. »Weil ich gleich das tun muss, was ich nicht will.«

Kapitel 31

NORWEGEN, ROVDE

»Irgendwas läuft hier hinter meinem Rücken. Sag schon: Was ist hier los?«, fragte Lea, während sie in Richtung Dorf fuhren.

Kris knurrte. »Ich muss einen Job für Hansen erledigen.«

Er raste mit seinem SUV über die Straße, schnitt die Kurven. Die Felsen sausten an ihnen vorbei, verschwammen mit dem Grün der Berge im Hintergrund.

»Und was ist so schlimm daran?«, fragte sie und hielt sich am Haltegriff fest.

Kris bog ab und fuhr auf einen kleinen Hof. Mit schlitternden Reifen blieb er stehen. Er versteinerte, als er zum Haus sah. Es war eine kleine Blockhütte mit einem Grasdach. Die weißen Holzbalken waren teilweise vermodert; gelbe Flecken und Rost breiteten sich über den Lack aus. Kris fuhr sich durch den Bart und seufzte, während die Farbe aus seinem Gesicht wich.

»Wenn es dir solche Bauchschmerzen macht, dann geh nicht.« Sie nahm seine Hand und streichelte über seine Finger, die sich um die Schaltung verkrampften.

»Hey«, flüsterte sie, suchte seinen Blick. »Komm schon. Was ist los?«

Kris sah kurz auf. Das Braungrün verdunkelte sich zu einem tiefen Schwarz, als er ihre Hand von sich nahm. »Hör zu: Du bleibst hier. Hast du verstanden?«

»Wieso?«

»Du bewegst dich nicht aus diesem Auto raus. Versprich es mir!«, sagte er noch mal mit Nachdruck und küsste sie auf den Mund, bevor er die Tür aufriss und ausstieg.

Lea beugte sich hinterher. »Aber … wie lange bist du denn weg?«

* * *

Die Minuten vergingen. Lea zappelte mit den Füßen, trommelte gegen das Armaturenbrett. Was musste Kris hier nur für Hansen erledigen? Sie blickte sich um. Kein Mensch war zu sehen. Mehrere Autos parkten vor dem Haus, aus dem leise Bluesmusik drang.

Lea öffnete die Tür und schwang die Beine hinaus. Feuchtigkeit stand in der Luft, legte sich auf Leas Haut. Was ging da drinnen vor, was sie nicht wissen durfte?

Die Neugierde züngelte an ihrem Inneren und ließ ihr keine Ruhe. Mit einem Ruck stand sie aus dem Auto auf. Sie ging an den anderen vorbei und blickte von einem Kofferraum in den nächsten. Angeln, Eimer und Gummihosen lagen dort – wahrscheinlich die Ausrüstung von Fischern. Mit einer Drehung sah sie sich noch einmal um, aber es war niemand auf dem Weg. Nur der Fjord lag ruhig da und die Möwen kreischten zur Musik.

Sie schlenderte weiter bis zur Tür, durch die Kris verschwunden war. Nicht nur Musik, sondern auch Stimmen drangen heraus und fesselten Leas Aufmerksamkeit. Sie strich sich die Haare zurück und legte ein Ohr an das Holz. Die Stimmen wurden lauter. Lea schloss ihre Augen und lauschte.

»… Geld schuldig … nichts machen …«, sagte eine dunkle Stimme.

»Ich habe jetzt kein … Mein Kutter … nicht«, erwiderte eine andere Stimme, als ein Rumpeln laut wurde.

Lea runzelte die Stirn. *Worüber reden die?*, fragte sie sich, als die Tür gegen ihr Ohr polterte. Sie wich einen Schritt zurück. Ein Schrei donnerte heraus, gefolgt von einem Hämmern. Lea wartete nicht länger, sondern stürmte durch die Tür, wo gerade ein Glas an die Wand schlug. Scherben klirrten auf dem Boden; Lea zuckte zusammen.

Mehrere Männer saßen an einem Tisch, mit Spielkarten in der Hand. Auch Magnus und Sven waren dabei und schüttelten die Köpfe.

»Bjørn, mach es dem Jungen doch nicht so schwer«, sagte Magnus und warf eine Karte auf den Stapel.

»Hey!«

»Vorsicht, Jungs!«

Kris keuchte, während er einen hünenhaften Riesen im Schwitzkasten hielt. Schweiß rann seine Stirn hinunter. »Jetzt hör schon auf, du Ochse!«

»Der bekommt nix von mir. Gar nix!«, krächzte der Hüne mit rotem Kopf. Sie stolperten durch den Raum, torkelten gegen den Spieltisch.

»Oh!«

»Aufpassen!«

Der Hüne löste sich aus Kris' Griff und schmiss ihn gegen die Wand, dass der ächzte.

Lea ballte die Fäuste.

»Hey!«, brüllte sie und ging auf den Hünen los. Sie schlug ihm auf den Rücken und riss an seinem Flanellhemd. »Lass ihn los, du Riesenschwein!«, schrie die ihn an und trat noch mal nach.

Mit einer Bewegung schwang der Hüne herum und stieß sie zur Seite. Wie ein Stier stampfte er auf sie zu, schnaubte seine Wut hinaus. Immer schneller kam er hinter Lea her, als würde er sie überrennen wollen.

Lea taumelte zurück. Sie riss die Augen weit auf und suchte nach einem Ausweg, während der Hüne die Faust hob. In Sekundenschnelle stürmte Kris hinter ihnen her, packte seinen Arm und warf ihn auf den Boden.

Mit einem Krachen blieb der Hüne liegen. Er wackelte mit Armen und Beinen, aber Kris hielt ihn unten und hob drohend seine Faust. »Ende jetzt! Beruhige dich, Bjørn.«

»Der kriegt meinen Kutter nicht«, jammerte er.

Kris legte die Hand auf seine Schulter. »Ich weiß, Mann, ist scheiße gelaufen. Aber … es ist vorbei.«

»Kannst nichts machen, Bjørn. Ich habs auch gerade hinter mir. Der Kerl hat nun mal das Geld in der Hand«, sagte Sven und ruckelte an seiner Kappe, während er seine Karten musterte.

»Verdammte Scheiße, was ist hier los?«, stammelte Lea. Ihr Herz raste so schnell wie ein Tornado. Mit einer Hand hielt sie sich die Brust.

»Ist das dein Freund, Kleine?« Bjørn schlitzte die Augen und nickte zu Kris. »Er ist ein elendiger Verräter!«, ätzte er und spukte ihm ins Gesicht. »Vertrau ihm nicht!«

Lea wich einen Schritt zurück. »Kris?«

Er schloss die Augen, atmete tief durch, bevor er sich die Spucke aus dem Gesicht wischte. »Ich versuche, euch zu helfen. Das weißt du ganz genau!«

»Junge, niemand kann uns helfen«, raunte Magnus und legte seine Karten auf den Tisch. »Full House. Ihr seid pleite!«

Kapitel 32

NORWEGEN, ROVDE

»Was war das?«, fragte Lea, deren Herz immer noch in der Brust hämmerte. Der Fjord sauste an ihr vorbei, nahm die Farben der Landschaft mit sich mit. Sie krallte sich an den Sitz, während Kris aufs Gaspedal drückte. »Du kannst mich nicht einfach immer nur anschweigen. Jetzt sag schon!«

Kris knurrte. »Das war der Job, den ich nicht machen wollte.«

»Hast du den Kerl da gerade bedroht?«, fragte Lea mit aufgerissenen Augen.

Kris zerrte das Lenkrad zur Seite und fuhr an den Rand. Mit einem Quietschen kamen sie zum Stehen, dass Lea in den Sicherheitsgurt gedrückt wurde. »Du solltest im Auto warten!«

»Hab ich aber nicht. Ich bin doch nicht deine Ergebene, der du sagen kannst, was sie zu tun oder zu lassen hat«, erwiderte Lea und überkreuzte die Arme.

Kris schnaufte und beugte sich zu ihr, sah ihr tief in die Augen. »Das gerade war gefährlich. Du kannst nicht einfach auf so einen Kerl einschlagen.«

»Ach!« Lea presste die Lippen aufeinander. »Du aber schon, oder wie?«

»Verdammt! Ich kenne Bjørn seit meiner Kindheit. Glaubst du, ich wusste nicht, was da passieren würde?«, fragte er und packte ihre Arme. »Ich habe dir nicht umsonst gesagt, dass du im Auto bleiben sollst. Was wäre passiert, wenn er dich erwischt hätte?«

Lea hob die Augenbrauen. »Oder wenn ich erfahren hätte, was du wirklich da drinnen machst?!«

Kris stutzte, während sich die Wut einen Weg in sein Gesicht bahnte. Er biss die Zähne zusammen. Seine Kieferknochen stachen heraus und festigten seinen Zorn.

»Du wolltest doch nur nicht, dass ich sehe, was du für krumme Dinger drehst. Wie immer lässt du mich nicht an irgendwas teilhaben. Weder an deinem Leben noch an … keine Ahnung, eben an allem«, brüllte Lea und riss sich von ihm los. »Ich kenne dich überhaupt nicht.«

»Ich versuche dich zu beschützen!«, raunte er und keuchte. »Seit du hierhergekommen bist, gebe ich mein Bestes, dass dir nichts passiert. Und du?«

»Was!«, ätzte Lea und schnaubte, während der Zorn in ihren Augen blitzte.

»Ich kann dir nun mal nicht alles erzählen. Du bist einfach so … Ahhhhh! Du nervst!«, brüllte er und riss die Arme in die

Höhe. »Nächstes Mal lass ich Fenris dir nachsteigen und Bjørn dir eine reinhauen, wenn dir das lieber ist.«

Lea schauderte. »Ich will doch nur …«, sagte sie und stockte. Sie schloss kurz die Augen, um ihre Wut herunterzuschlucken. *Eins, zwei, drei …* »Ich will mich nicht streiten.« Sie öffnete die Lider. »Stimmt das?«

»Was?«, knurrte er.

»Dass du auf mich geachtet hast? Seit ich hier angekommen bin?«

»Hmm.« Kris wich ihrem Blick aus. »Fenris ist ein Arsch, der die Finger nicht bei sich lassen kann. Der fragt nicht, wenn der was haben will.«

Sie sah auf den Fjord und atmete tief durch.

Er hatte ihr schon mehrmals gesagt, dass er ihr nicht alles erzählen konnte. Noch nicht. Und sie hatte es akzeptiert, ohne darüber nachzudenken. Etwas lief hier falsch. Sie sah es in der Anspannung seiner Muskeln. Doch Kris war nicht das, was schieflief – da war sie sich sicher.

Er war ein Teil des Ganzen, aber nicht das Übel, nach dem es hier roch. Der Ausdruck auf seinem Gesicht sprach für sich. Die Gedanken quälten ihn.

Als hätte er körperliche Schmerzen, rieb er sich übers Gesicht und schlug eine Faust aufs Lenkrad.

»Es tut mir leid, okay? Ich habe nur diese Geräusche gehört und … Ich hab mir Sorgen um dich gemacht«, sagte sie und griff nach seiner Hand.

»Hmm.« Kris schloss seine Augen. »Seit ich dich in Bergen

getroffen habe, ist echt kein Tag vergangen, an dem ich mir nicht gewünscht habe, dass du wieder nach Hause fährst.«

Lea schluckte, wandte sich ab.

»Und jetzt … kann ich dich nicht mehr gehen lassen«, murmelte er und schnaufte. »Ich wünschte, du hättest das da gerade nicht gesehen. Bjørn hat recht: Ich bin ein Verräter.«

Lea schüttelte den Kopf. »Ich hab wirklich keine Ahnung, was hier läuft, aber …«, murmelte sie und seufzte. »Das bist nicht du. Es ist Hansen, nicht wahr? Irgendwas ist mit ihm.«

Kris sah sie an, aber blickte schnell wieder in die Ferne. »Ich kann nicht darüber reden. Ich will dich da nicht mit reinziehen.«

»Ich bin doch schon mittendrin.« Lea hielt die Luft an und knetete seine Hand. »Auf dem Boot hast du gesagt, dass du nicht weißt, ob du mir vertrauen kannst. Jetzt muss ich eine Sache wissen: Bist du einer von den Guten?«

Er hob den Blick und schmunzelte. »Ich bin einfach nur der Junge aus Rovde, der seine Familie beschützen will.«

Lea stutze. »Okay?! Also, deinen Vater«, murmelte sie und biss sich auf die Lippe.

Er legte den Kopf schief. »Und dich. Du bist Familie. Wir teilen ein Haus. Wir schlafen zusammen in einem Bett. Für mich ist das hier kein Scherz, Lea. Ich bin niemand, der sich einen Spaß daraus macht.«

»Also nicht wie in Bergen?«

Kris lachte auf. »In Bergen dachte ich, du wärst jemand anderes. Ich kannte dich nicht.«

Lea runzelte die Stirn, als in ihr die Alarmglocken läuteten. »Ich weiß nicht, ob ich das kann. Das mit uns, meine ich.«

Er sah ihr tief in die Augen, legte eine Hand auf ihre Wange. Sein Blick wurde weich, während er ihre Stirn glattstrich. Mit einem Lächeln auf dem Gesicht küsste er ihre Lippen. Seine Zunge streichelte ihre, brachte Lea zum Beben.

»Es ist nicht wie in Bergen. Schon lange nicht mehr. Jedenfalls nicht für mich.«

Ein Sturm zog durch Leas Körper, entlud seine Elektrizität in einem Schlag.

»Und alles andere hat Zeit«, sagte er und drückte ihre Hand.

Der Geruch von Kiefernholz durchströmte Leas Sinne. Wollte sie wirklich dem Gefühl nachgeben? Alles in ihrem Körper kribbelte. Ihr Kopf schrie Nein, während jede Faser ihres Herzens Ja sang. Sie lächelte und küsste seine Finger, als würde sie einen Schwur besiegeln.

»Okay«, sagte sie. »Dann lass uns zur Kirche fahren. Ich glaube, ich habe meine Mutter gefunden.«

Kapitel 33

NORWEGEN, ROVDE, ST. OLAV KIRCHE

Lea stieg aus dem Auto und sah zu der weißen Kirche am Fjord. Sie schützte die Augen vor der Sonne, musterte die Umgebung. Von hier hatte man einen einmaligen Blick über den Fjord. Leicht erhöht, mit offener Sicht auf die Berge und das Wasser. Zu einer Seite konnte man das Fjordende und zur anderen bis zur Mündung aufs offene Meer sehen. Wenn sie mit ihrer Vermutung recht hatte, wäre hier der perfekte Ausguck für einen Zeitzeugen gewesen – oder eben der Ort, an dem ihre Mutter einen Liebhaber gefunden hatte.

»Junge!« Ein Mann mit grauem Bart humpelte aus der Kapelle, kaute auf einer Meerschaumpfeife.

Lea drehte sich zu Kris, der nur mit den Schultern zuckte. »Hat Hansen dir nicht gesagt, dass mein Vater hier lebt?«

Sie zog die Augenbrauen zusammen. »Hier? In der Kirche?«

»Kommt rein«, brummte der alte Mann und schlurfte wieder hinein. »Bin gerade vom Kutter runter.«

Lea sah Kris an und weitete die Augen. »Hansen hat mir gar nichts gesagt. Hier bist du groß geworden?«

»Zwischen Fischernetzen und Friedhofsmauern.« Kris grinste breit. Lea sah sich um. Grabsteine standen auf einem Rasen vor dem Haus. Teils verwittert, teils schief waren sie die Überbleibsel des ehemaligen Friedhofs. Gelbe Arnika wuchsen über die Gräber hinweg.

»Komm mit rein. Ich stell dir meinen Vater vor.« Kris schob sie in die Kirche, die zu einem Haus umgebaut worden war. »Paps, das ist Lea«, sagte er und führte sie vor seinen Vater, der Tabakrauch in die Luft pustete. »Lea, das ist mein Vater. Erik.«

»Hmm. Die Kleine von Hansen, was?«, brummte er und nickte ihr zu.

Lea lächelte. »Hi, wie schön, Sie kennenzulernen. Ich wusste ja nicht, dass Kris' Vater hier wohnt.«

Erik rieb sich über den Bart. »Ach, der Junge redet nicht viel. Hat er von mir«, sagte er und hinkte weiter durch einen offenen Wohnbereich in eine Küchenzeile.

»Möchtet ihr einen Tee?«

»Gerne«, erwiderte Kris und geleitete Lea zur Couch.

Die Fenster zeigten zu einer kleinen Anlegestelle, an der ein grüner Kutter festgemacht war. *Ellis hjerte*, stand in dicken Buchstaben darauf.

»Was bedeutet das?«, fragte Lea und zeigte zum Kutter.

»*Ellis Herz*«, erwiderte Kris, bevor er kurz den Blick senkte. »Mein Vater hat den Kutter nach meiner Mutter benannt.«

Lea lächelte. »Wie romantisch.«

»Meine Mutter hat die See geliebt. Sie sagte immer, wenn sie es sich aussuchen könnte, würde sie lieber für immer auf diesem Kutter leben als unter den Hühnern an Land. War Ärztin im Dorf. Musste sich immer mit dem Aberglauben der Leute hier rumschlagen, weißt du?«

Lea lachte auf, musterte das restliche Zimmer. Bilder einer blonden Frau standen auf dem Kaminsims. Wildblumen zierten eine Vase auf dem Tisch.

»Die Blumen bringe ich meinem Vater«, flüsterte er und küsste ihre Stirn. »Ist eine Tradition meiner Mutter.«

»Eine Tradition?«

»Ja, lange Geschichte. Meine Mutter ist immer die Straße runter zum Berg gelaufen, um sie zu pflücken. Der Geruch soll glücklich machen. Also pflücke ich seitdem jede Woche einen neuen Strauß für meinen Vater – jedenfalls, solange sie blühen.«

»Das ist eine schöne Idee«, erwiderte Lea und lächelte.

»Ich will nur, dass es meinem Vater gutgeht. Der Tod meiner Mutter hat ihn beinahe umgebracht.«

Sie drückte seine Hand, als Erik zu ihnen kam und eine Teekanne auf ein Stövchen stellte.

»Hm. Also, warum seid ihr heute hier?« Erik setzte sich auf einen Sessel gegenüber und rieb sich die Hände. Die Pfeife in seinem Mund rauchte. Er lächelte unter seinem grauen Bart, auch wenn er Leas Blicken auswich. Sie schmunzelte. Vater und Sohn waren sich so ähnlich, dass es beinahe komisch war.

Sie waren erfüllt von Zwiespalt: Einerseits waren sie hart wie das Gestein der Berge – knurrten und brummten – und andererseits hatten sie eine weiche Tiefe in sich, die nur der Fjord kannte. Sie hatte nie einen Schlag Mensch kennengelernt, der sie mehr forderte.

Und doch war es hier, in der Stille des Nordens, beinahe so, als wäre Lea zu Hause. Die Wärme in den Wänden, das versteckte Lächeln auf Eriks Gesicht – alles entspannte sich in Leas Innerem, während sie an dem Kräutertee nippte.

»Ich hab dir doch erzählt, dass Lea auf der Suche nach ihrer Mutter ist.« Kris starrte seinem Vater tief in die Augen. »Sie hat eine neue Spur.«

»Hmm«, machte Erik und legte seine Pfeife beiseite.

»Ich dachte eigentlich, dass hier eine Kirche ist, aber so …« Sie sah sich um, aber von einer Kirche zeugte nur das Äußere. »Kannten Sie den Geistlichen, der hier vorher gelebt hat?«

Erik nahm die Teetasse in die Hand und rümpfte die Nase. »Wir haben die Kirche 1986 dem Bistum abgekauft. Da war die schon lange unbenutzt«, sagte er und sah an ihr vorbei, als erinnerte er sich zurück.

Lea senkte den Blick. Also war ihre Mutter nicht mit einem anderen Mann durchgebrannt – jedenfalls nicht mit dem örtlichen Pfarrer.

»Wissen Sie, ob es noch Aufzeichnung des Geistlichen gibt, der hier vorher gelebt hat?«

»Lass mich überlegen: Ich weiß noch, dass es eine kleine Bibliothek gab. Die muss zusammen mit den kirchlichen Unterlagen zum Fjordcenter gekommen sein.«

»Das Fjordcenter? Nie davon gehört«, erwiderte Lea und zuckte mit den Schultern.

»Da gehen alle historischen Aufzeichnungen der Umgebung hin. Die haben da so ein Archiv für Fjordgeschichte«, brummte Erik.

Lea setzte sich auf. »Okay. Das hört sich interessant an. Wo finde ich dieses Center?«

Kris streichelte über ihren Rücken. »In Geiranger. Mein ehemaliger Mitbewohner aus Oslo arbeitet dort als Kurator.«

»Dann muss ich dahin«, erwiderte sie und setzte die Tasse ab.

»Lea! Ich weiß nicht, ob das eine gute Idee ist«, sagte Kris und runzelte die Stirn.

»Das ist ein gutes Stück Fahrt. Heute könnt ihr nicht mehr los«, ergänzte Erik und räusperte sich, während er wieder zu Kris schielte.

»Kris, ich muss dahin. Wenn nicht heute, dann spätestens morgen. Mein Vater hat mir eine versteckte Nachricht in seinen Aufzeichnungen hinterlassen«, stammelte sie und rückte nach vorn, als wollte sie gleich wieder aufstehen.

Kris nahm ihre Hand, zog sie zu sich. »Und du brauchst diese Dokumente?«

Sie sah ihm tief in die Augen, verfing sich in seinem Blick, der sie immer an die Stille der Berge erinnerte.

»Er hat in Rätseln gesprochen, aber ich bin mir zu neunzig

Prozent sicher, dass er meine Mutter gefunden hat. Vielleicht auch den Schatz.«

Kris und Erik erstarrten. »Den Schatz?«

»Ich weiß, es hört sich verrückt an, aber er hat mich auf einen Missionar namens Sigurd gestoßen. Einen gefälschten Bericht, der ein Gedicht enthielt. Der Missionar lebte im elften Jahrhundert hier am Fjord. Ist vielleicht ein bisschen dünn, aber die Kirche sammelt die Aufzeichnung der Geistlichen für ihre historische Dokumentation«, sagte sie und atmete einmal tief ein.

»Also, wenn mein Vater wirklich meine Mutter damals gefunden hat, dann finde ich in den Aufzeichnungen von Sigurd sicher eine Spur.«

Erik beugte sich vor. »Aber Sigurd lebte vor tausend Jahren. Wie können in seinen Aufzeichnungen Informationen über den Verbleib deiner Mutter sein?«

»Ja, das hört sich total unverständlich an. Aber mein Vater arbeitet immer mit solchen Tricks. Baut unverständliche Notizen ein, fertigt Fälschungen an, sammelt alles, was er finden kann.« Lea seufzte. »Vielleicht hat er dort einen weiteren Hinweis versteckt.«

»Und den Schatz hat er auch aufgespürt?«, fragte Kris.

»Vielleicht. Keine Ahnung, da bin ich mir nicht so sicher. Ist mir eigentlich auch egal«, antwortete Lea.

»Warte, warte, warte! Du sagst also, er hat den Schatz vielleicht gefunden? Aber warum ist er dann nicht schon längst in Hansens Händen? Und warum hat er dir nicht einfach gesagt, wo deine Mutter abgeblieben ist?«, fragte Kris und schlitzte die Augen.

»Ich kann es dir nicht erklären, aber mit der gefälschten Aufzeichnung von Sigurd hat er mir eine Nachricht zukommen lassen – und zwar nur mir. Irgendwas wollte mein Vater verstecken und ich muss herausfinden, was«, sagte sie und blickte erst zu Kris, dann zu Erik, die nur hohle Gesichter zogen. »Ja, ja, ja, ich weiß. Ich verstehe es auch nicht. Keine Ahnung, warum er mich belogen hat. Warum er Hansen nicht den Schatz überreicht hat – keinen Plan. Meine Mutter … Das ergibt alles keinen Sinn. Er wäre der Star der Archäologie gewesen. Also warum …«, ratterte sie ihre Gedanken herunter, wie zu sich selbst, bevor sie tief Luft holte.

»Aber ich muss weitersuchen. Meine Mutter ist irgendwo da draußen. Und wenn es weitere Aufzeichnungen von Sigurd gibt, dann könnte ich dort noch mehr finden.«

Kris sackte in die Couch zurück. »Das heißt, dein Vater hat ein großes Rätsel gebastelt, das nur du lösen kannst. Und wenn du es schaffst, findest du deine Mutter – und vielleicht den Schatz«, murmelte er und fuhr sich durch die langen Haare, die wie oft zu einem Dutt gebunden waren. »Aber Hansen weiß nichts?«

Lea schüttelte den Kopf. »Ich habe ihm nur gesagt, dass ich eine Spur zum Schatz habe.«

Erik trank einen Schluck aus seiner Tasse. »Puh, ich glaube, ich brauche etwas Härteres als das. Noch jemand ein Stück Stockfisch?«

»Ich müsste mal eben auf die Toilette«, sagte Lea und erhob sich. Kris zeigte auf den kleinen Flur.

»Da runter und die erste Tür links.«

Lea trank den letzten Schluck Kräutertee und zwinkerte Kris zu. Die Aufregung flatterte durch ihren Körper, kribbelte auf ihrer Haut.

Obwohl sie beinahe schon nach Hause fahren wollte, hatte sie doch wieder eine Spur gefunden. Sie musste nur nach Geiranger in das Fjordcenter kommen, um dieser zu folgen. So wie ihr Vater es vor – wahrscheinlich – zwanzig Jahren getan hatte. Die Wut staute sich wieder in ihrem Inneren. Ihr Vater hatte gelogen – und sie fragte sich, warum? Was wollte er vor ihr verbergen?

Sie ging durch den Flur in Richtung Bad. Ihr Blick huschte über die Fotos eines kleinen, blonden Jungen, die sich an der Wand aufreihten. Mal angelte er neben seinem Vater, mal rannte er durch den Wald. Er lachte so breit, dass Lea selbst ein Schmunzeln auf das Gesicht trat.

»Das ist die Kleine, von der du mir erzählt hast? Wegen der du dich letztens mit Fenris prügeln wolltest, he?«

Lea stoppte.

»Ja, es ist … kompliziert«, erwiderte Kris im Flüsterton.

»Weiß sie, was sie da tut?« Erik brummte. »Ich dachte, du sorgst dafür, dass sie wieder nach Hause fährt«, sagte er und klimperte mit dem Geschirr. »Du weißt, wie gefährlich das ist. Und jetzt noch das mit ihrer Mutter.«

Kris schnaufte. »Ich weiß!«

»Junge, es wird hier immer gefährlicher. Es ist ja nett, dass du uns helfen willst, aber … Mann, verschwinde lieber und nimm sie gleich mit«, murmelte Erik. »Ich komm schon zurecht.«

Schritte wurden laut. Lea drückte sich gegen die Wand und lauschte.

»Ich werde nicht den Schwanz einziehen. Nicht mehr lange und ich habs geschafft. Letztes Mal in Bergen habe ich den Deal klargemacht«, erwiderte Kris mit matter Stimme.

»Junge, du musst sie wegschicken«, sagte Erik.

Leas Herzschlag pochte so laut, dass sie sich die Hände vor den Mund hielt.

Kris seufzte. »Es ist zu spät.«

»Wieso?«, fragte Erik und klapperte mit einer Schranktür. »Seid ihr etwa …« Stille. Lea vergaß zu atmen.

»Mensch, Junge. Denk doch nicht nur mit deinem Ding da unten. Ja, sie ist ein hübsches Mädchen, aber es gibt noch andere. Zum Beispiel die Ilvy von nebenan. Du hast genug Probleme. Ich will nicht …«

»So ist es nicht – das weißt du ganz genau. Wer hätte schon ahnen können, dass gerade jetzt die Tochter der Brillenschlange kommt?«, antwortete Kris. »Und nun ist es zu spät: Da ist mehr zwischen uns!« Lea schmunzelte, sah auf ihre Füße.

Schritte wurden wieder laut. »Hätte nie gedacht, dass die Brillenschlange den Alten verarscht«, knurrte Erik.

»Ich auch nicht«, raunte Kris. »Er schien immer so gehorsam. Deswegen dachte ich ja auch, dass Lea zu Hansens Gefolgsleuten gehört.«

»Junge, pass bitte auf dich auf. Und auf sie! Sie hat keine Ahnung, worauf sie sich hier eingelassen hat. Fenris wird ihr den Arsch aufreißen, wenn er erfährt, dass sie ihr eigenes Spiel spielt.«

»Ich hab das im Griff. Ihr passiert nichts«, erwiderte Kris und seufzte.

»Das hoffe ich für dich.« Ein Pochen wurde laut, als hätte Erik seinem Sohn auf die Schulter geklopft. »Ich mag sie. Sie hat was von deiner Mutter.«

»Sie ist genauso stur«, murmelte er.

Ein dunkles Lachen erklang. »Sonst würde sie es mit dir auch nicht aushalten. Scheint auch nicht gerade ängstlich zu sein.«

»Wäre aber besser, sie wäre es«, knurrte Kris und lachte. Lea hob den Blick, sah ein Foto von Kris, wie er in den Fjord sprang. Er schrie in die Luft, riss die Arme in die Höhe, als wollte er die Welt umarmen.

Sie griff nach ihrer Kette und drückte das Gold in ihre Handfläche. Nun wusste sie einen Teil der Wahrheit. Kris war weder Verräter noch Übeltäter – da war sie sich sicher. Doch hatte sie immer mehr Fragen: Wer war Hansen in Wirklichkeit? Was hatte Kris mit Hansen vor? Wie passte ihr Vater ins Bild? Und was zur Hölle war der Part ihrer Mutter hierbei?

Es war nur noch eine dünne Linie, die sie überschreiten musste, bis sie das ganze Bild vor Augen hatte. Egal, wie viel Angst sie in Wirklichkeit hatte – vor Fenris, vor ihren Gefühlen für Kris, vor der Wahrheit ihrer Vergangenheit –, sie musste nach Geiranger.

Kapitel 34

NORWEGEN, ROVDE, KONG HANSEN LACHSFARM

Lea saß im SUV und starrte auf die Netzgehege. Die Sonne war bereits untergegangen, sodass lange Schatten über den Fjord zogen.

Ein Glühwürmchen schwebte über die noch heiße Motorhaube hinweg, während Lea in die Stille horchte.

Sie hatten seit der Rückfahrt nicht miteinander geredet. Lea konnte beinahe hören, wie Kris über das Gespräch mit seinem Vater nachdachte. Er schien jeden Gedanken dreimal umzudrehen, nur um wieder am Anfang zu stehen. Ein Seufzer entfuhr ihm, dass Lea kurz lächelte.

»Ich habe das Gespräch mit deinem Vater gehört«, sagte sie und starrte auf ihre Hände im Schoß.

Kris bewegte sich nicht. »Hmm.«

»Ich kann jetzt nicht aufgeben. Morgen fahre ich nach Geiranger«, erwiderte Lea und sah wieder auf das Glühwürmchen, das jetzt auf der Windschutzscheibe saß.

»Ich weiß.«

»Mit dir oder ohne dich.« Lea schluckte. »Ich schaffe das auch allein. Du brauchst nicht …«

»Was brauche ich nicht?« Er sah sie an, zog die Augenbrauen zusammen. Sie zuckte mit den Schultern.

»Bei mir bleiben. Ich meine, ich bin ein großes Mädchen. Ich schaffe das und mache mein Ding, weißt du?«

Er lachte. »Ja, das weiß ich.«

»Ich bin sowieso nur ein Mädchen für eine Nacht«, stammelte sie, während eine Stimme in ihr flüsterte: *Red dir das nur ein.* Lea räusperte sich. »Ich meine, so was hier«, sagte sie und zeigte um sich herum, »mache ich eigentlich nicht. Hatte ich ja schon gesagt. Von daher …«

»Du redest so einen Müll«, erwiderte er und strich sich über den Bart. »Du weißt, was ich empfinde.«

»Bitte, sag es nicht, okay?« Sie schüttelte den Kopf. »Ich will dir nicht im Weg sein, bei was immer du machst. Vielleicht ist es besser so.«

Er lachte auf. »Ja klar.«

»Was?«

Er drehte sich zu ihr. Seine finstere Miene stach aus der Dunkelheit hervor. »Hör zu: In den letzten Wochen ist viel passiert. Ich kann verstehen, dass du verwirrt bist. Erst suchst du nur deine Mutter. Dann komme ich, Arschloch, und mach dir das

Leben schwer. Und dann gelangst du auch noch zwischen die Fronten, mit denen du eigentlich nichts zu tun hast. Ich verstehe das.«

»Ich brauche dich nicht«, murmelte sie eher zu sich selbst und starrte wieder auf den Fjord, wo sich nun der Vollmond spiegelte. »Nur meine Antworten. Das ist alles.«

Kris seufzte. »Ich fahre dich! Morgen früh.«

»Du hilfst mir?«, fragte Lea und sah ihn mit großen Augen an. Er strich ihr eine Strähne aus dem Gesicht.

»Glaubst du, ich lasse dich allein fahren?«

Lea zuckte mit den Schultern, während sie zwischen Freude und Furcht hin und her schwankte.

»Wir dürfen nur Hansen nicht die ganze Wahrheit erzählen. Er würde Fenris mitschicken und das … wäre nicht gut«, sagte er und legte seine Hand in ihren Nacken.

Lea schloss die Augen, verfing sich in ihrem Gedankenwirrwarr. »Ich habe Angst«, sagte sie, ohne es gewollt zu haben.

»Hmm«, schnaubte er. »Du musst keine Angst vor Fenris haben – er ist nur Hansens Handlanger. Und wegen deiner Mutter: Keiner zwingt dich, sie zu suchen. Das weißt du. Ich kann dich auch sofort nach Bergen fahren und du bist raus aus der Nummer.«

Lea sah auf. »Du willst mich unbedingt loswerden, was?«

Seine Zornesfalte grub sich tief in seine Stirn.

»Das habe ich nicht gesagt, aber … wenn du das Gespräch gehört hast, dann weißt du, dass ich keine Scherze mache. Selbst mein Vater macht sich Sorgen um dich.«

»Hmm«, erwiderte Lea und grinste. »Ich habe keine Angst wegen Hansen oder meiner Mutter.« Sie knetete ihre Hände, bevor sie seinen Blick suchte. »Ich habe Angst wegen der Dinge, die du heute gesagt hast. Dass du dir keinen Spaß aus mir machst.«

Er schmunzelte. »Na ja, ein bisschen Spaß fände ich schon schön«, sagte er und streichelte ihre nackten Beine empor.

Sie schlug seine Hand weg. »Hey, ich meine das ernst. Ich weiß nicht, wie so was funktioniert. Was ist, wenn ich es verkacke. Ich führe normalerweise keine Beziehungen. Ich meine …« Sie erstarrte, riss die Augen auf. »O Gott, ist das hier überhaupt eine Beziehung?«

Er nickte, ohne ein Wort zu sagen, während sich ein Grinsen über sein Gesicht zog.

Lea runzelte die Stirn, strich sich die Haare hinter die Ohren. »Ich werde es verkacken – ganz sicher. Und du wirst das Weite suchen, sobald du meine ganzen Marotten kennengelernt hast«, stammelte sie und schloss die Augen, als sie sah, dass Kris immer näher rückte.

»Ich bin zum Beispiel mal extra auf ein Black Sabbath-Konzert gegangen, nur um mir dieses Shirt von denen zu kaufen. Die Musik hasse ich, aber ich musste dieses Shirt haben. Ich hab da irgendwie ne Macke. Keine Ahnung, was da oben falsch läuft.« Sie kicherte und verdrehte die Augen. *Gott, was ist los mit dir*, fragte sie sich selbst, als die Aufregung in ihr überschäumte. *Du hattest mehr als genug Männer. Du weißt, wie das geht.* »Aber nicht so«, antwortete sie sich selbst.

Kris schmunzelte. »Mache ich dich nervös?«, fragte er und streichelte wieder ihr Bein empor bis zu ihrem Höschen.

Sie drückte sich gegen die Tür und lächelte. »Ein bisschen vielleicht.«

Er umspielte ihre Wange, während er ihr mit der anderen Hand den Slip herunterzog. »Hmm. Hätte nicht gedacht, dass das bei dir möglich ist.«

»Hätte ich auch nicht gedacht«, erwiderte sie, als eine Welle der Lust sie ergriff. Ein Schauer fuhr durch ihren Unterleib. Ihr Atem stockte.

Tu es einfach! Sie stutzte. *Und zwar jetzt!*

Lea nahm seine Hand und kletterte auf seinen Schoß. »Versprich mir, dass du mich nicht hinters Licht führst«, flüsterte sie und küsste seine Lippen.

»Ich versprechs«, erwiderte er und sah ihr tief in die Augen.

Sie stutzte. »Du haust nicht einfach ab und lässt mich allein?«

»Dafür ist es zu spät, glaube ich.« Er strich ihre Haare zurück und küsste ihre Sommersprossen. »Du hast mich schon im Netz«, flüsterte er, küsste ihren Hals. »Wahrscheinlich schon seit dem ersten Tag.«

Sie lächelte und legte ihren Kopf zurück. Sein Penis drückte sich durch die Hose, pochte gegen ihre Scham. Der würzige Duft von Kiefern betörte sie, während sie ihr Gesicht in seinen Haaren vergrub. Mit einer Bewegung lüftete sie ihren Minirock, dass sie nackt auf ihm saß. Gleichzeitig öffnete sie seine Jeans, die er mit einem Ruck hinunterzog.

Die Stille der Nacht umgab sie und hüllte sie in einen Kokon. Lea hatte sich nie sicherer gefühlt als in Kris' Armen. Sie streifte das T-Shirt über seinen Kopf und streichelte von seinen Brustmuskeln zu seinem Bauch. Die feinen Härchen kribbelten unter ihren Fingerspitzen. Mit einer Bewegung schlüpfte sie aus dem Black Sabbath-Shirt. Die Kühle der Nacht ließ ihre Brustwarzen anschwellen.

Kris erstarrte. Er rührte sich nicht, sondern sah sie nur an. Mit dem Blick verfolgte er ihre Gesichtszüge und wanderte über ihr Schlüsselbein zu ihren Brüsten bis zu ihrem Bauchnabel. Er stöhnte leise auf, während sein Glied sich ihr entgegenstreckte. »Du bist so schön«, flüsterte er und fuhr ihre Konturen mit seinen Händen ab. »Elskerinnen min.«

Lea lächelte. Sie nahm sein Gesicht in ihre Hände und küsste ihn. Sein Bart kitzelte ihre Wangen, erfüllte sie mit einem Prickeln. Sie wollte alles von ihm besitzen; jeden Zentimeter auf ihrer Haut spüren. Ihre Zunge streichelte über seine Lippen, forderte ihn heraus, sie zu lieben.

Er erwiderte ihren Kuss, während er sich mit den Fingern in ihre Pobacken krallte. Immer drängender wurde sein Atem, dass Lea eine Gänsehaut bekam. Er hob sie auf sein Glied, drang vorsichtig ein.

Lea keuchte, als sie die Härte in sich spürte. Stück für Stück bewegte sie sich fort. Immer schneller drückte sie sich an seinen Leib. Er umfasste ihre Brüste, knetete sie mit seinen Händen. Lea warf den Kopf nach hinten, verlor die Angst, die sie gerade noch zurückgehalten hatte.

Es war, als hätte sie eine Ewigkeit auf diesen Moment gewartet. Sie krallte sich in seinen Rücken, strich über die Muskeln in seinem Nacken. Alles an ihm forderte sie heraus, sich ihm zu ergeben. Gleichzeitig wollte sie ihn in sich aufnehmen, als wären sie nur zu zweit ein Ganzes.

Er krallte sich in ihre langen Haare und saugte an ihren Brustwarzen. Ein Schauer durchfuhr Lea, dass sie sich an dem Haltegriff festklammerte. Immer weiter trieb er sie an, bis sich eine Explosion in ihr löste. Sie toste von ihren Zehen bis in ihre Brust, belebte jede Pore mit Energie. Ein Schrei entfuhr ihrer Kehle, während sie in sich zusammensackte, als hätte er ihr das Leben genommen.

Einen kurzen Moment später stöhnte auch Kris auf, verbiss sich in ihrer Schulter. Mit einem Zittern brach er unter seiner Lust zusammen.

Er atmete schnell. »Bitte«, keuchte er, »sag nie wieder, dass du ein Mädchen für eine Nacht bist«, stammelte er und legte seinen Kopf an ihre Brust.

Lea schlang ihre Arme um seinen Kopf und sog seinen Duft ein. Sie lächelte. »Ich überlegs mir.«

Kapitel 35

NORWEGEN, LAUVSTAD

»Was hast du Hansen gesagt?«, fragte Lea, während sie nach der Nummer ihres Vaters grübelte. Die Möwen kreischten über den Hafen, stritten sich um die Fischreste, die neben Lea auf dem Boden lagen.

»Ich habe ihm nur gesagt, dass du willst, dass ich dich begleite. Und … dass ich dich und deine Fortschritte überwachen werde«, sagte er und griente.

Sie lachte auf. »Überwachen?«

»Hätte ich das nicht gesagt, hätte er Fenris als deinen Aufpasser mitgeschickt. Er traut mir sowieso schon nicht, was dich angeht. Das hat er letztens in unserer Hütte deutlich gemacht«, erwiderte Kris und spannte die Kiefermuskeln an, während er hinaus aufs Wasser spähte. Lea sah von ihrem Blatt Papier auf, auf dem sie gerade eine Fünf notiert hatte.

»Ach, das hat er dir gesagt, als ich euch in der Küche erwischt habe.«

Er knurrte. »Hansen wollte, dass ich ihm jeden Tag einen Bericht über deine Fortschritte gebe. Dass ich dir nachspioniere – Tag und Nacht. Ich sollte deine Sachen durchwühlen, wenn nötig, und …«

»Und was?« Sie horchte auf, drückte die Mine des Kugelschreibers auf und zu.

»Na ja …« Er strich sich über den Bart, starrte weiterhin auf den Fjord. »Ich sollte dir ein bisschen nachsteigen. Dich um den Finger wickeln. Er meinte, er hätte deinen Blick gesehen und dass du mich magst. Das sollte ich ausnutzen, um dich ins … Du weißt schon.«

Lea glotzte ihn mit offenem Mund an. »Hat der sie noch alle? Du hast hoffentlich abgelehnt. Ich meine, er weiß nichts von uns, oder?«

»Nein, er weiß nichts von uns«, sagte er und streichelte über ihre Hand. »Ich habe ihm gesagt, dass ich dich im Auge behalte, aber auf meine Art.«

»Spinnst du?«

Er lachte. »Keine Angst. Ich habe ihm nur unwichtiges Zeug erzählt. Wann du aufstehst, was du isst und so weiter.«

»Okay?! Das ist echt gruselig – das weißt du schon, oder?« Lea runzelte die Stirn, suchte nach den Zahlen in ihrem Gedächtnis. »Warst du deswegen so sauer an dem Abend?«

Kris nickte. »Er wollte meine Loyalität testen. Hat ganz genau beobachtet, wie ich auf dich reagiere. Ob ich dich in Schutz nehme«, sagte er und stieß seinen Atem aus, während er die Hände in die Regenjacke steckte. »Ich musste mich wirklich zurückhalten, um ihm nicht an die Gurgel zu springen. Er hat Dinge gesagt …« Kris sah sie kurz an, veränderte seinen Blick. »Ich kann nicht darüber reden. Aber da war mein Plan und dann meine Gefühle für dich – und beides passte einfach nicht zusammen.«

»Hm«, machte Lea und schrieb eine weitere Zahl auf das Papier. »Ich verstehe. Aber was ich nicht verstehe, ist, warum du mir nicht einfach erzählst, was Sache ist. Ich meine«, sagte sie und schnaufte, »ich weiß doch eigentlich schon, dass Hansen Dreck am Stecken hat – gut. Fenris ist sein Handlanger – prima. Also, warum erzählst du mir nicht die ganze Story?«

Er schüttelte kaum merklich den Kopf. »Ich werde dich da nicht mit reinziehen, solange ich noch die Hoffnung hab, dass du einfach verschwinden kannst. Wenn wir deine Mutter gefunden haben, wirst du gehen. Dann lässt du das alles hier zurück – und Hansen wird dich in Ruhe lassen.«

Lea sah auf. »Ich werde nicht alles zurücklassen.«

»Du wirst trotzdem gehen, egal, was passiert.« Seine Zornesfalte vertiefte sich.

Lea musterte kurz seine erstarrte Mimik und lächelte ihn an. »Gib mir lieber dein Telefon. Ich muss meinen Vater anrufen.«

Kris griff in seine Hosentasche und zog sein Smartphone heraus.

Mit schnellen Fingern tippte Lea die Nummer ein, die sie sich gerade aus dem Gedächtnis zusammengesammelt hatte.

Ein Tuten ertönte, während die Möwen vor ihr auseinander stoben.

Hier ist die Mailbox von Professor Brinkmann. Hinterlassen Sie eine Nachricht nach dem Piepton. Ich rufe so bald wie möglich zurück. Piiiieeeep.

»Ich habe deine versteckte Nachricht gefunden und bin jetzt auf dem Weg zum Fjordcenter.« Lea schnaubte. »Es ist wirklich unglaublich, dass du mir das verschwiegen hast. Das werde ich dir nie verzeihen!« Sie drückte auf den roten Knopf und hielt Kris das Telefon hin. »Das wars schon. Danke schön.«

»Puh, du bist wirklich sauer auf deinen Vater, was?«

Lea sah hinaus auf den Fjord, auf dem langsam die Fähre näher kam, und lehnte sich an die Motorhaube. »Er hat mich belogen, mein Leben lang.«

Kris lehnte sich neben sie. »Er hatte wahrscheinlich seine Gründe.«

»Pff.« Sie schüttelte den Kopf. »Mag sein. Aber er hatte kein Recht dazu, über meinen Kopf hinweg zu entscheiden.«

»Aber du warst noch klein. Wie alt? Sechs Jahre?«

Sie sah ihn an und zog die Augenbrauen zusammen. »Und deswegen war es in Ordnung, mich so leiden zu lassen?«, fragte sie und schüttelte den Kopf. »Du weißt nicht, wie das war. Meine Mutter war sowieso schon immer weg – dauernd in Norwegen. Mal waren mein Vater und ich dabei, aber meistens nicht. Irgendwann hat mein Vater sie dann vor die Entscheidung gestellt: entweder wir oder ihr Job.«

»Und was hat sie gesagt?«

Lea lachte auf und sah auf ihre Füße. »Sie entschied sich für uns!«, sagte sie, während sie die Arme überkreuzte. »Doch wenig später ist sie einfach abgehauen. Sie hat ihre Sachen gepackt und ist weg. Bis heute verstehe ich nicht, was an diesem Abend eigentlich vorgefallen ist. Mein Vater und sie haben sich gestritten. Ich habe sie angefleht, zu bleiben, genauso wie mein Vater. Doch sie …« Lea atmete aus. »Sie meinte, dass sie nicht lange wegbleibt. Ich habe eine Ewigkeit am Fenster gehockt und auf sie gewartet. Habe erst die Blätter, dann die Schneeflocken und schließlich die umher schwirrenden Pollen gezählt – aber sie kam nie wieder.«

»Hmm.« Kris streichelte über ihren Arm, blieb ansonsten wie erstarrt.

Lea griente. »Erst als mein Vater die Rollläden morgens nicht mehr hochgezogen hat, sodass ich nicht mehr aus dem Fenster gucken konnte, wusste ich es: Ich hatte umsonst gewartet. Meine Mutter hatte uns endgültig verlassen. Mich. Sie hatte mich verlassen, obwohl sie versprochen hatte, für immer bei mir zu bleiben«, wisperte sie, bevor sie sich eine Träne aus dem Auge wischte. »Ich habe mich so geschämt.«

Kris seufzte und zog sie in seinen Arm. »Es war doch nicht deine Schuld.«

»Wessen denn?«, fragte Lea und legte ihren Kopf an seine Brust. »Ich bin ihre Tochter. Sie hätte mich mitnehmen können, oder holen, ganz egal. Aber sie wollte mich nicht mehr. Und jetzt, wo mein Vater sie auch noch gefunden hat …« Sie zog die Nase hoch und wich seinem Blick aus. »Wahrscheinlich wollte er mich nicht enttäuschen und hat es mir deswegen verschwiegen. So getan, als hätte sie nie wirklich existiert.«

Kris küsste ihren Scheitel. »Bestimmt hat sie dich nicht freiwillig verlassen. Ich würde das bei meinem Kind jedenfalls nicht tun«, murmelte er in ihr Haar.

Die Fähre tönte das Schiffshorn, während sie mit einem Brummen rückwärts anlandete.

»Ich wünschte, ich könnte dir glauben, aber …« Lea stieß sich vom Auto ab und öffnete die Beifahrertür. »Bald werden wir es wissen.«

* * *

Sie fuhren über die E39 in Richtung Südosten, folgten dem letzten Ausläufer des Rovdefjords. Er züngelte sich weit ins Land, wo das Grün in die Heide überging. Wenige Häuser verteilten sich an dessen Rand und lagen reglos da. Das Rotbraun der Holzvertäfelung fügte sich in die Umgebung, als wäre es ein Teil der rauen Natur.

Während das Wasser schließlich in Felsen überging, fuhr Kris den Gebirgspass empor.

Die Schneegrenze näherte sich und die Nebelkrähen stoben in den wolkenbedeckten Himmel. Höher und höher schlängelten sie sich in dem SUV voran, bis sie durch einen Tunnel fuhren. Die Lichter zischten an Lea vorbei; sie legte die Stirn an die Scheibe. Als wäre sie gar nicht anwesend, versank sie in ihren Gedanken.

Die Nähe zu Kris sowie die unendliche Stille – alles schien ihr so unwirklich, dass sie auch hätte träumen können.

Sie fuhren wieder ins Licht, kamen auf eine Hochebene. Lila Heidekraut erstreckte sich bis zum tiefen Grün des nächsten Berghangs. Ein Gletschersee funkelte in der Mitte, wurde von einem hohen Wasserfall gespeist, der direkt aus dem schneebedeckten Gipfel schoss. Mit seiner eisblauen Färbung wirkte das Wasser beinahe jungfräulich.

»Wow, wie schön das hier ist!«

Kris krallte sich an das Lenkrad. »Wir müssen noch einen kurzen Stopp machen.«

Lea drehte sich zu ihm. »Wieso?«

Er ließ seinen Atem fahren und fuhr an den Seitenstreifen. »Ich muss etwas erledigen.« Ohne auf sie zu achten, stieg er aus.

Lea runzelte die Stirn, schnallte sich ab. Sie verließ das Auto und suchte die Umgebung ab, konnte aber keine Menschenseele ausmachen. »Kris, was wollen wir hier?«

Er öffnete den Kofferraum und kramte darin, bevor er ihn wieder zuschlug. Mit einem großen Rucksack und zwei Schlafsäcken ging er voran in die Heide. »Komm.«

Lea verdrehte die Augen. Sie lief über die Straße, ihm hinterher, folgte seinen Fußspuren, die immer tiefer wurden. Das Torfmoos unter ihren Füßen quietschte mit jedem Schritt.

»Igitt, das ist ein Sumpf. So eine Scheiße.«

Er drehte sich um, nahm ihre Hand. »Tritt dahin, wohin ich trete.«

Sie liefen weiter bis zum Gletschersee, der beinahe durchsichtig dalag. Erst jetzt sah sie eine kleine Hütte, die sich auf einer Halbinsel hinter einem Wall aus Moor-Birken versteckte. Das Grün der Blätter legte sich auf die Hütte wie eine Haube. An dessen Front befand sich ein kurzer Steg. Sie sah verlassen aus, auch wenn die Fenster frisch geputzt und das Holz gepflegt waren.

Kris sprang über drei Steine auf die Halbinsel hinüber und hielt Lea erneut die Hand hin.

Sie folgte seiner Anweisung, hüpfte von einem Wackelstein auf den nächsten, bis sie schließlich in seinen Arm fiel. Mit einem Grinsen sah er sie an, küsste sie auf die Lippen.

»Du machst dich gut hier im Nirgendwo.«

»Willst du mich entführen, oder was soll das werden?«

»Nicht ganz.« Er wollte bereits weiterlaufen, als Lea seine Hand festhielt.

»Hey, warte mal. Was machen wir hier? Ich dachte, wir fahren zum Fjordcenter.«

Kris fuhr sich durch die langen Haare, die er heute offen trug. Sie lagen in Wellen auf seinen Schultern, schienen beinahe so wild wie diese Umgebung. Blonde Strähnen zogen sich durch das Braun und webten sich bis in seinen Vollbart. Seine Zornesfalte zog sich tiefer als sonst, während er sie anstarrte. »Es ist spät. Morgen fahren wir weiter«, sagte er und ging, ohne zu klopfen, in die Hütte.

Lea stöhnte, bevor sie hinter ihm herlief. »Aber … wir haben nichts zu essen. Und es ist kalt hier.«

Kris zog einen Pack Papiere aus der Rückenseite des Rucksacks. Ohne auf sie zu achten, schritt er zur Wand, öffnete ein Fach, das Lea vorher nicht registriert hatte. Er legte den Stapel Papiere hinein, schloss das Fach und rückte einen Schrank davor.

»Dann müssen wir uns wohl einen Fisch fangen«, sagte er und griff sich eine Angel, die in der Ecke der Hütte stand. »Und uns gegenseitig am Feuer wärmen.« Mit einem Grinsen ging er an ihr vorbei, streifte ihre Hand mit seinen Fingern. »Je schneller wir einen Fisch angeln, desto eher kann ich mich nackt an dich legen«, flüsterte er ihr ins Ohr und küsste ihre Schläfe.

Lea sah ein letztes Mal auf den Schrank, der jetzt vor dem Versteck in der Wand stand. Wie gerne hätte sie ihn weggeschoben und die Papiere gelesen. Für wen hatte er diese dort deponiert – und warum?

»Denk nicht mal dran«, raunte er.

Lea hob die Arme. »Okay, okay. Dann lass uns einen Fisch angeln. Ich sterbe vor Hunger.«

Kapitel 36

NORWEGEN, GEIRANGER

Lea hob den Blick, während die Fähre von Hellesylt durch den Geirangerfjord tuckerte. Touristen drängten sich an der Reling, knipsten Fotos der Seven Sisters. Die Wasserfälle sickerten wie kleine Rinnsale aus dem Felsen. Hänge aus nacktem Gestein fielen beinahe senkrecht in den Fjord, überthronten sie um mehr als tausend Meter.

Kris nahm sie von hinten in den Arm. »Da vorn ist es: Geiranger. Mein Freund Lars wartet da auf uns. Er wird uns ins Archiv des Fjordcenters bringen.«

Ein Kribbeln durchfuhr Leas Magen, während die Fähre sich dem Hafen näherte. Es war wie ein unheimliches Gefühl, das sie zwischen den dunklen Felsen ergriff.

Nicht wie das verliebte Kribbeln, das sie in letzter Zeit wegen Kris so oft gespürt hatte. Nein, es war, als wäre sie in die

Tiefe hinabgestürzt und sah nun alles aus weiter Ferne. Es schien ihr so abwegig, dass ihr Vater Informationen über ihre Mutter versteckte. Und doch war sie jetzt hier und beobachtete Krähen, die in Kreisen zum wolkenbedeckten Himmel flogen, bis Lea sie kaum noch erkennen konnte. Sie drückte Kris' Hände an ihren Körper; ihre Knie zitterten.

»Alles in Ordnung?«, flüsterte Kris in ihr Ohr, während er sie fester an sich schmiegte. »Es wird alles gut werden, glaub mir.«

Lea schüttelte den Kopf. »Es ist nur die Aufregung.«

Ein Ruck fuhr durch die Fähre, als sie an den Hafen anlandete. Der Wind strich durch Leas Haare und belebte ihren Körper. Sie nahm einen tiefen Atemzug, drückte die Aufregung zurück in die Tiefen ihres Geistes.

»Dann komm«, sagte Kris und nahm ihre Hand. Er zog sie hinunter aufs Autodeck, wo sie in den SUV stiegen.

Nach und nach fuhren die Autos von Bord. Kris startete den Motor, folgte der Schlange bis auf den kleinen Hafen, wo er in die nächste Parkbucht fuhr. Noch bevor er den Zündschlüssel aus dem Schloss gezogen hatte, zog sich ein Grinsen auf sein Gesicht. Lea folgte seinem Blick und sah einen großen Mann mit Brille, während Kris schon ausstieg.

»Lars!«

Der Mann mit Brille winkte ihnen zu. »Kris, du alter Maulesel. Hätte nie gedacht, dass du dich wirklich mal für norwegische Geschichte interessierst. Aber Mensch, hier bist du!« Er schlug in Kris' Hand ein und lachte.

Kris legte seinen Arm um ihn und zeigte auf Lea, die gerade aus dem Wagen stieg. »Das ist die Archäologin, von der ich dir erzählt hab. Sie sucht nach den alten Aufzeichnungen aus der St. Olav Kirche.«

Lea nickte. »Hi.«

»Ah, du bist also Lea Brinkmann, die Tochter des Professors«, erwiderte er mit einem Grinsen.

»Dann kommt mal mit«, sagte er und machte ein Okay-Zeichen, bevor er losmarschierte. »Mein Name ist Lars. Ich habe dir schon alle Aufzeichnungen heruntergeladen.« Er drehte sich kurz um und lächelte.

»Habt ihr ein elektronisches Verzeichnis?« Lea hetzte hinterher, stoppte bei einem Wall aus Touristen, die in einen Souvenirladen strömten.

Kris legte seine Hand in ihren Rücken, führte sie vorbei und weiter hinter Lars her.

»Mittlerweile ist bei uns alles online katalogisiert – in einer Cloud. Du wirst sehen, dass es ziemlich viele Dokumente sind. Die Kirche hat jedes Verzeichnis und jedes Register aufbewahrt.« Er führte sie über eine Treppe einen Wasserfall empor, der mit einem Krachen ins Tal schoss.

»Hast du auch Briefe gefunden?«, fragte Lea, während sie sich an einer Menschentraube vorbeischlängelte. Sie blickte in die Stromschnellen, die tosend davonflossen, und griff nach Kris' Hand.

»Ja, es ist alles auf einem Laptop abgelegt. Du musst dich da durchsuchen. Wird wahrscheinlich ein Weilchen dauern. Aber ich habe euch einen Raum vorbereitet, wo du in Ruhe recherchieren kannst.« Er ging über einen Metallsteg zu einem langen Gebäude und hielt eine Tür offen.

Lea lächelte. »Vielen Dank.«

»Danke, Mann«, erwiderte Kris und klopfte ihm auf die Schulter. »Ich bin dir was schuldig.«

Lars prustete. »Du bist mir noch das letzte Versprechen schuldig, mein Freund.«

»Ach, und das wäre?« Lea sah von Kris zu Lars, während sie ins Innere traten. Große Fenster erhellten den Raum mit Tageslicht; historische Bilder von verschiedenen Fjordlandschaften hingen an den Wänden.

»Kris hat früher immer groß getönt, dass er die Lachskultivierung revolutionieren will. Mit Aquakulturanlagen, die er an Land bauen wollte. So war es doch, ne?«

Kris senkte den Kopf und schob Lea weiter voran. Sie folgten den Bildern zu einer Treppe, die sie in den Keller führte.

»Ach, echt?«, fragte Lea. »Geht so was?«

»Ja, klar. Kris wollte ein großes Ding draus machen, nicht wahr? Hat schon in der Uni einen Plan ausgeheckt, wie er die Lachskultivierung in Sachen Umweltschutz salonfähig machen kann. Weniger Schadstoffe in den Fjorden, so war es doch, ne?«

»Oh, wow, das wusste ich nicht«, erwiderte Lea und suchte Kris' Blick. »Du hast also eine heimliche Leidenschaft?«, flüsterte sie ihm zu.

»Hmm«, knurrte er und versteckte sich hinter seinen langen Haaren.

»Du hast mir eine Beteiligung versprochen. Wir wollten reich werden, hast du das vergessen?«, fragte Lars und kicherte.

Mit seiner Faust schlug Kris ihm freundschaftlich auf die Brust. »Ist gut jetzt. Das ist Jahre her.«

Lars führte sie durch einen langen Flur. »Das heißt, du arbeitest immer noch für diesen Hansen, ja?«

»Hmm«, machte Kris. Lars schüttelte den Kopf.

»Wird Zeit, dass du da wegkommst, Alter.«

»Dauert nicht mehr lang«, erwiderte Kris, als Lars vor einer Tür stoppte.

Lea hielt die Luft an. Die Aufregung schnellte wieder in die Höhe, während sie sich fragte, was sich noch hinter Kris' Schleier versteckte. Er hatte ihr so viel nicht erzählt, und anscheinend hing alles mit dem zusammen, was er ihr nicht sagen wollte.

»Da sind wir.« Lars schloss die Tür auf und zeigte auf einen Schreibtisch. »Viel Spaß beim Suchen.«

Lea griff nach ihrer Herzkette, die wie ein Anker an ihrem Hals zerrte. Ein Pochen erfüllte ihre Ohren. Sie ging hinein und sah sich um. Eine kleine Couch, ein Tisch, zwei Stühle und ein Laptop – hier würde sie endlich ihre Mutter finden.

Kapitel 37

NORWEGEN, GEIRANGER, FJORDCENTER

Liebster Olav,

eine erdrückende Angst hält mich nachts wach. Der Sturm folgt unserer Spur, lässt uns nicht innehalten. Es ist, als würde dein Vater uns jagen. Als hätte sein Geist das Schwert in die Hand genommen und zwischen uns geschlagen.

Die Felsen Norwegens fliegen an mir vorbei wie ein grauer Nebel. Das Grün der Wälder ist so tief, dass ich beinahe an der Farbe ersticke.

Es ist Zeit, eine Entscheidung zu treffen.

Ohne dich werde ich keinen Fuß an Land setzen. Ich werde niemals diesen Mann heiraten, den ich nicht kenne. Noch werde ich die Liebe zu dir vergessen, so wie du es von mir verlangst. Es ist mein Leben, das ich mir in England zurückgeholt habe – und das lasse ich mir nicht mehr nehmen. Nicht von diesem Mann, der Krone des Königs, selbst nicht von dir.

In tiefer Zuneigung

Deine Judith

Was war mit Judith und Olav passiert? Lea starrte auf den flackernden Bildschirm.

Seit Stunden durchsuchte sie die Ordner, prüfte Berichte und Kirchenverzeichnisse. Die Aufzeichnungen der St. Olav Kirche gingen zurück bis ins elfte Jahrhundert nach Christus, als Sigurd am Rovdefjord seine Arbeit aufgenommen hatte.

Er hatte die erste Kapelle gebaut, genau an der Stelle, wo heute das alte Gotteshaus stand. Seine Unterlagen schienen wild durcheinander geschmissen – und doch hatte Lea einen weiteren Brief von Judith in seinen Dokumenten gefunden.

War Sigurd der Zeitzeuge, den sie gesucht hatte?

Sie sah zu Kris, der seinen Kopf auf den Tisch gelegt hatte. Er schnarchte leise vor sich hin, während seine Lider zuckten. Seine langen Wimpern flatterten im gedämpften Licht.

Lea strich ihm eine Strähne aus dem Gesicht und lächelte. Wenn es Liebe war, war sie noch so frisch wie die von Judith und Olav. Auch sie wusste nicht, ob es einen Weg gab, gemeinsam weiterzugehen. Was passierte, wenn sie ihre Mutter gefunden hatte? Würde sie dann wirklich Kris verlassen und weiterziehen? Oder blieben sie zusammen? Ein Knoten festigte sich in ihrer Brust. Es war die Angst, die sie immer noch nicht loslassen wollte.

Lea hatte es nie für möglich gehalten, sich in einen Mann zu verlieben. Eine Beziehung zu führen, war für sie Neuland. Und doch war sie in dieses Konstrukt hineingeraten, aus dem sie nicht mehr ausbrechen wollte. Auch wenn die Unsicherheit sie immer wieder einholte, war jede seiner Berührungen wie ein Fleckchen Sicherheit in ihrem Herzen. *Mein Berg im Sturm*, dachte sie, während sie seine Wange küsste.

Kris rümpfte die Nase und wischte sich über das Gesicht, bevor er zurück in einen festen Schlaf fiel.

Lea sah wieder auf und scrollte weiter. Irgendwo musste es noch einen Ordner geben, in dem sie mehr Informationen über Sigurd fand. Sie starrte auf die Bezeichnungen, sortierte einen Ordner nach dem anderen aus, als würde sie eine Triage im Krankenhaus machen. Die Dateien flogen an ihrem Blick vorbei, bis sie plötzlich stockte.

Sigurd Skråningsmann, las sie unter einem Ordner und runzelte die Stirn.

Lea erinnerte sich noch genau, als ihr Vater von einem Symposium zu Nordischer Namensgeschichte zurückgekehrt war. Er hatte ihr einen metallenen Armreif mitgebracht, der ihr zuletzt mit zehn Jahren gepasst hatte. Doch sie sah die Inschrift immer noch vor sich, als hätte sie den Armreif erst gestern in der Hand gehalten: *Für Lila Skråningsmann – ich habe dich gefunden, als ich sie suchte.*

Lea blickte auf. *Nein, das kann nicht sein.*

Ihr Atem stockte, während sie sich an ihre Kette klammerte. Ihr Vater konnte die Inschrift nicht wegen des Verschwindens ihrer Mutter eingraviert haben. Als Hinweis für sie, bis sie alt genug war, es zu verstehen. *Nein!* Das ginge zu weit. *Auf gar keinen Fall.* Sie schüttelte den Kopf.

Ihre Hände zitterten, als sie wieder zur Maus griff.

Sie öffnete den Ordner und riss die Augen auf. Hier war nur ein Dokument abgelegt. Ein flaues Gefühl zog durch ihren Magen; Kris schnarchte. Kälte rauschte durch ihren Körper, als die Buchstaben vor ihr aufsprangen.

05. April im Jahre des Herrn 1067

Ein Sturm zieht auf, der die Stimme des toten Königs mit sich trägt. Die Wände wackeln so stark, dass ich lieber draußen bei den Schafen schlafe. Immer wieder ertönen die Rufe der Wale. Sie jammern um den Tod, der über den Fjord zieht. Es steht zwischen den Zeilen und versteckt sich gleichzeitig in der Tiefe. Möge Gott ihrer Seelen gnädig sein und sie auf ihrem Weg ins Himmelreich begleiten.

Sie erschauerte, als eine Gänsehaut über ihren Rücken jagte. Das musste der Bericht des Zeitzeugen über das gesunkene Wikingerschiff sein. Ihr Vater hatte ihn gefunden und doch niemandem etwas gesagt, sondern hier im Archiv des Fjordcenters versteckt. Wie hatte er die Dokumente derart präparieren können? Alles in ihr drehte sich.

Mit einem Finger scrollte sie weiter und fand auf der nächsten Seite ein Gedicht, das Sigurds Initialen trug.

Das Schiff zwischen den Bergen,
der Schatz vierzehn Faden im Wasser,
doch wo man ihn sieht,
das Weiß der Wolken sich zieht.

Sie kniff die Augen zusammen. Es war eine Ortsbeschreibung – da war sie sich sicher. Das musste der Fundort des Schatzes sein.

Mit offenem Mund blieb Lea zurück, während die Gedanken durch ihren Kopf rasten.

»K-k-kris.« Sie stupste ihn an, sah zurück auf den Bildschirm.

»Hmm.« Kris räusperte sich, bevor er zurück in den Schlaf fiel. Lea beachtete ihn nicht weiter – das Dokument endete noch nicht. Sie scrollte hinunter und biss sich auf die Fingernägel. Was war mit ihrer Mutter? Hier musste es doch noch einen Hinweis geben.

Eine Kopie eines Briefes folgte. Es war nicht die Handschrift von Judith, oder die ihres Vaters. Auch nicht die von Sigurd, der die Zeilen zuvor verfasst hatte. Sie hatte weniger Schnörkel, aber mehr Schwung; war weniger pointiert und doch unverwechselbar.

Leas Atmung kippte, als das Bild eines alten Einkaufszettels in ihren Gedanken aufblitzte. Er hing am Kühlschrank zu Hause in Deutschland, geschrieben von ihrer Mutter vor mehr als zwanzig Jahren. Das Einzige, was Lea jeden Tag an die Existenz ihrer Mutter erinnert hatte.

»K-k-kris?«, stotterte sie, während sie an ihm rüttelte.

»Hmm?«, knurrte er.

»Wach auf!«, murmelte sie wie beiläufig und ließ ihren Blick nicht von dem Bildschirm gleiten. Das Schwarz der Tintenschrift stach ihr ins Auge.

Sie konnte nicht länger warten, bevor die Aufregung in ihr überschwappte.

Meine liebe Tochter,

ich kann es kaum glauben: Heute ist dein Geburtstag – und ich bin nicht bei dir, um mit dir den Apfelkuchen zu essen. Das Leben ist oft stürmischer, als der Wetterbericht es vorhersagt. Ich muss noch eine Weile hierbleiben, um ein paar Dinge zu regeln. Du wirst das sicher verstehen – irgendwann.

Alles Liebe zum Geburtstag wünscht dir
deine Mama.

Darunter stand eine Notiz in einer anderen Handschrift, die Leas Herz noch höher schnellen ließ.

Der Schatz birgt ihr Geheimnis.

Lea schreckte vom Bildschirm weg. Ihr Vater hatte ihr eine weitere Nachricht hinterlassen. Als hätte ihr jemand in die Magengrube geboxt, keuchte sie nach Luft.

Kris regte sich neben ihr, blinzelte den Schlaf aus den Augen. »Hey, w-w-as ist los?«

Alles in ihr drehte sich, sauste umher wie ein Orkan.

Ihre Mutter hatte ihr einen Brief geschrieben. Sie hatte Lea nicht vergessen. Doch sie war nie wiedergekommen.

Der Schatz birgt ihr Geheimnis, flüsterte ihre innere Stimme. Sie sah auf, fand das Unverständnis in Kris' Blick, als es ihr völlig klar wurde.

»Ich muss den Schatz finden!«

Kapitel 38

NORWEGEN, GEIRANGER

Ein Zittern ging durch Leas Körper, als die Wut sie überflutete. Sie rannte die Stufen hinunter, die vom Regen glitschig waren. Unter ihr brodelte der Wasserfall ins Tal. Das Donnern trieb sie an.

»Hey, warte«, schrie Kris ihr hinterher. »Wo willst du denn jetzt so schnell hin?«

»Ich bin so scheiß wütend. Ich meine …« Sie stoppte kurz, drehte sich um und fixierte den Fjord. Regentropfen liefen ihr in die Augen.

»… was soll das heißen: *Du wirst das sicher verstehen – irgendwann?*«, brüllte sie zurück und eilte weiter. »Nein, ich versteh es nicht!«

»Jetzt warte doch mal.« Kris holte sie ein und griff nach ihrem Handgelenk. »Ich weiß …«

Tränen schossen in Leas Augen. »Nein, das weißt du nicht«, keifte sie und schniefte. »Sie hat mir versprochen, zurückzukommen. Zu meinem Geburtstag wollte sie da sein. Sie wollte mir einen Apfelkuchen backen, den wir in meinem alten Baumhaus essen wollten. Egal, ob es schneit oder nicht.« Sie wischte sich übers Gesicht.

»Wir wollten nur die Streusel und Rosinen essen – und den Rest hätte mein Vater essen müssen. Aber …«, stammelte sie und blickte sich wieder um, fuhr sich durch die nassen Haare. »Sie war nicht da. Es gab keinen Apfelkuchen. Gar nichts. Mein Vater war weg in Norwegen, und ich saß zu Hause bei der Nachbarin und wusste nicht, was los ist. Ich …« Sie biss sich auf die Lippe und suchte nach einem Ausweg. Die Gefühle überfluteten sie, schäumten die Angst in ihr empor, während Kris immer näher kam.

Er sah sie mit einem weichen Blick an, der Lea ins Herz stach. Das Wasser tropfte von seinen langen Haaren. Als wäre sie ein verletztes Tier, das eingeschläfert werden musste, streichelte er über ihre Hand.

»Schhh. Es ist schon gut.«

Die Berührung schmerzte auf ihrer Haut.

In ihr wirbelte immer noch der Orkan, wehte ihr Innerstes nach außen. Warum spielte ihr Vater dieses Spiel mit ihr? Und was hatte ihre Mutter mit dem Schatz zu tun? Nichts ergab einen Sinn.

Selbst Kris schien aus ihrer Welt mit jedem Atemzug zu schwinden, als hätte er nie existiert. Ein Schauder fuhr über ihren Nacken, während sie seine Berührung nicht mehr ertrug. Sie riss ihre Hand davon und schüttelte den Kopf.

»Ich kann das nicht. Nein!«, sagte sie, während sie die letzte Träne wegwischte. »Gib mir die Autoschlüssel.«

»Was?« Kris sah sie mit großen Augen an.

Lea streckte die Hand aus. »Die Autoschlüssel!«

»Auf gar keinen Fall. So fährst du nicht.«

Lea suchte seinen Blick, erstarrte innerlich. »Dann nicht«, zischte sie und drehte sich um.

Mit erhobener Hand ging sie zur Straße und winkte einem Teslafahrer zu. Das ACDC-Shirt klebte auf ihrer Haut.

Ein Mann mit Schnäuzer und Sonnenbrille stoppte, ließ das Fenster herunter. »Hey, Süße, was stehst du denn hier im Regen? Willst du mitfahren?«

Lea lächelte und öffnete die Fahrertür. »Gerne.« Noch bevor sie einsteigen konnte, knallte Kris die Tür wieder ins Schloss.

»Verzieh dich!«, knurrte er zum Fahrer, der gleich weiterfuhr. Das Wasser spritzte von den Reifen. Kris drehte sich um, schob sie zum Kai. »Was zur Hölle machst du da?«

Lea zog die Augenbrauen zusammen, stemmte sich gegen ihn. »Ich hab keine Zeit. Du verstehst das nicht«, sagte sie und stampfte los. »Dann gehe ich eben zu Fuß.«

Die Zornesfalte auf seiner Stirn vertiefte sich. Das Braungrün schwärzte sich wie die Tiefe des Fjords.

»Es reicht. Beruhige dich.« Er packte sie unter den Armen und hob sie über seine Schulter. Ohne auf sie zu achten, ging er in die entgegengesetzte Richtung.

Lea schlug wild um sich, trommelte auf seinen Rücken. »Lass mich runter, du Arsch.«

Er schnaubte, stellte sie wieder auf die Füße. Seine Haare flogen im Wind, ließen ihn wie einen Barbaren aussehen. Er funkelte sie an, als Lea ihm mit einem Knall ins Gesicht schlug.

»Ich brauche dich nicht. Niemanden brauche ich. Und niemand braucht mich«, fauchte sie.

»Verdammt, was redest du da?« Kris hielt sich kurz die Wange, die bereits rot leuchtete. »Ich brauche dich, okay?«, donnerte er. »Du kannst nicht einfach über den Dalsnibba-Pass laufen. Das Ding ist über tausend Meter hoch. Da liegt Schnee. Keine Menschenseele lebt da. Und wo willst du überhaupt hin?«

»Was geht es dich an?« Die Tränen brausten zurück in ihre Lider.

»Gott! Weil ich in dich verliebt bin, du Nervensäge«, brüllte er und riss die Arme hoch.

Lea schüttelte den Kopf, wischte sich das Nass aus den Augen. »Aber du kannst mich nicht lieben.«

»Wieso denn nicht?«

Lea umschlang sich mit ihren Armen.

»Weil …«, stammelte sie und sah sich um, aber fand keinen Ausweg. »Weil …«

»Weil was?«

»Weil es dann irgendwann weh tut. Zufrieden?«, schrie sie ihm entgegen, während der Regen auf ihre Haut prasselte. »Ich kann nicht schon wieder am Fenster auf jemanden warten, der mich verlassen hat. Nicht noch mal!«

Kris erstarrte. Er strich sich das feuchte Haar zurück und festigte seinen Stand.

»Ich liebe dich, okay? Wegen mir musst du nie wieder am Fenster warten. Ich bleibe, wo du bist!«, schrie er über das Trommeln des Regens zurück.

Ihr Puls raste. *Hat er gerade gesagt, dass er mich liebt?* Als hätte er in dem Moment die Worte ausgesprochen, die sie hören musste, öffnete sich ihr Verstand. Ein Feuerwerk entzündete sich in ihrem Leib und füllte sie mit Wärme. Die Röte stieg in ihr Gesicht, als ihr jedes Wort noch mal in den Sinn kam. *Ich bleibe, wo du bist!*

Sie ging auf ihn zu und streckte die Hände nach ihm aus.

»Schlag mich nicht schon wieder«, raunte Kris und ging einen Schritt zurück.

Lea schmunzelte, folgte seinem Gang. »Keine Angst«, murmelte sie, während sie die Hände auf seine Wangen legte. »Ich tue dir nicht weh.«

Er sah ihr tief in die Augen und grinste. »Dann bleib bei mir.«

»Mach ich«, flüsterte sie und legte ihre Lippen auf seine.

Sie streichelte seine Zunge mit der Wärme des Feuerwerks, das unverändert in ihrem Leib explodierte. Mit jeder Bewegung entdeckte sie mehr von seiner Seele, während sich alles in ihr drehte.

Kris' Worte hallten immer noch durch ihren Kopf. Nie zuvor hatte sie jemand im Herzen berührt, dass sie einfach nur in seinem Armen zergehen wollte. Die Scham fiel von ihr ab.

Stück für Stück durchbrach Kris ihre Hülle, während sie die Unsicherheit vergaß, die der Regen mit sich nahm.

Lea löste sich von seinen Lippen, strich mit den Fingern die Nässe von seinem Mund. Sie wollte den Eid erwidern. Als würde die Liebe erst dadurch wirksam, dass man sie aussprach. Ein letztes Blinzeln gab ihr die Sicherheit, die sie brauchte.

»Ich liebe dich auch, mein Berg im Sturm.«

Kapitel 39

NORWEGEN, DALSNIBBA-PASS,
LARS' BERGHÜTTE

Lea schloss nicht die Augen. Sie wollte ihn sehen, während er auf ihr lag. Jede Facette nahm sie in sich auf, als sich das Gefühl der Liebe immer tiefer in ihr verankerte. Seine kleine Narbe am Auge, die hohen Wangenknochen, das Lichterspiel auf seiner Haut – kein Moment verging, in dem Lea nicht lächelte.

Neben ihnen knisterte ein Feuer im Kamin. Funken stoben auf, flogen hinauf in den Abzug. Seine langen Haare glänzten im Schein. Er sah sie unbeirrt an, als wollte er sie nie wieder loslassen. Stoß um Stoß kam er ihr näher. Sanfter als zuvor, doch nicht weniger drängend. Als hätte Lea endgültig ihre Einsamkeit aufgegeben, drückte sie ihm ihre Hüfte entgegen. Er umfasste ihre Schultern, presste sie fest an seinen Körper.

Lea krallte sich in seinen Rücken, der vor Erregung vibrierte. Immer tiefer drang er in sie ein, bis sie nur noch eins waren. Als wäre Kris das fehlende Teil zu ihrem Herzen, pulsierte es nun kräftiger als je zuvor. Sie schloss die Augen und inhalierte seinen Duft. Die würzige Note verfing sich in ihrer Erregung und ließ sie stöhnen. Sie bäumte sich auf, während Wellen der Lust sie durchflossen. Erst ganz leicht wie das Plätschern eines Bachs, dann brausend wie ein Tsunami, der auf Land traf.

Sie fuhr durch seine Haare, sah ihn immer noch an. Das Geheimnis war aus seinen Augen verschwunden. Es gab keine offenen Fragen mehr, die durch seinen Blick schlichen. Nur Antworten, die ihr ein Gefühl der Vertrautheit gaben, das Lea bis dahin nicht gekannt hatte.

Die Welle erreichte ihren Zenit. Lea schrie ihre Liebe hinaus, zitterte am ganzen Leib. Kris lächelte sie an. Ein Zucken ging durch seinen Körper, während sich jeder Muskel unter ihren Händen anspannte. Zusammen vollendeten sie ihren Akt, nur um weiterhin eng umschlungen zu verweilen.

Lea keuchte. »Ich glaube, ich habe dich wirklich gesucht.«

»Und ich dich gefunden«, erwiderte Kris und küsste sie auf die Stirn.

Lea schmiegte sich tiefer in seinen Arm, als sie durch die hohen Fenster in die sternenklare Nacht starrte. Die Regenwolken waren weitergezogen. Nur der Schein des zunehmenden Mondes leuchtete in die Dunkelheit.

»Dein Freund Lars muss richtig Asche haben, wenn er sich so was leisten kann.«

Kris lachte. »Sein Vater arbeitet in der Ölindustrie. Ihm gehört das Haus hier.«

»Und wir dürfen hier einfach übernachten?«, fragte Lea und zog die Wolldecke höher, während Kris von ihr hinunterrollte.

»Es ist das Ferienhaus seiner Familie. Seit ich Lars in Oslo durchs Studium geprügelt habe, darf ich hier wohnen, wenn ich in der Gegend bin«, antwortete Kris und legte einen Arm hinter seinen Kopf.

»Und währenddessen hast du diese Idee mit der Zuchtanlage an Land zusammengesponnen?«

Kris schmunzelte. »Es war eine fixe Idee bei einem Bier. Wir haben immer über die Mieten in Oslo gescherzt. Dass selbst Millionäre keine Wohnung finden würden, weil jedes Jahr die Miete immer teurer wurde. Irgendwann hatte Lars zwei Jobs und ich drei. Alles neben dem Studium, nur um uns irgendwie eine Wohnung in der Nähe vom Blindern Campus leisten zu können.«

Lea stützte sich auf ihren Ellenbogen ab und küsste seinen Brustmuskel. »Hört sich stressig an.«

»War es auch«, sagte er und strich über ihre Wange. »Aber wie sagt man so schön: Aus dem größten Leid erwachsen die besten Ideen. Und so war es dann auch. Ein Bier folgte dem nächsten und plötzlich dachte ich: Hey, warum nicht?! Wieso nicht Fische an Land züchten und so die Schadstoffbelastung reduzieren.«

»Und warum hast du es nicht durchgezogen? Ich meine,

mit Lars und deinem Plan?«, fragte Lea und legte ihr Kinn auf seine Brust.

Kris' Blick verfinsterte sich.

»Weil meine Mutter dann gestorben ist und …« Er stockte, sah sie durchdringend an. »Ich konnte meinen Vater nicht allein lassen.«

»Ich verstehe«, erwiderte Lea. »Sieh es mal so: Ich bin eigentlich nie von meinem Vater weggekommen. Nach der Schule habe ich in Münster studiert – Bachelor in nordischer Archäologie. Selbst für den Master bin ich nicht abgehauen, da mein Vater meinte, dass ich in Münster die besten Chancen auf eine Doktorstelle hätte. Schließlich ist er doch der Star-Archäologe, Professor Dr. Dr. Thomas Brinkmann. Noch nicht mal ausgezogen bin ich.« Lea schnaufte. »Ich glaube, eigentlich hatte mein Vater Angst, mich gehen zu lassen, und ich hab mich mehr mit anderen Dingen beschäftigt.«

»Mit Alkohol und Männern«, murmelte Kris und schmunzelte.

Lea sah auf. »He, du weißt es also noch?«

»So was bleibt im Kopf, wenn man sich verliebt hat. Bin nur froh, dass du dir das mit dem Mädchen für eine Nacht anders überlegt hast«, sagte er mit einem Grienen. »Wer weiß, wie viele Männer du schon hast abblitzen lassen.«

Sie kniff ihm in die Seite. »So viele waren es auch nicht.«

Kris drückte sie fester in seinen Arm, küsste ihre Schläfe. »Mir egal. Sag mir lieber, wie es jetzt weitergeht? Hast du nun eine Spur zum Schatz gefunden?«

Lea lächelte. »Sigurd hat ein Gedicht hinterlassen. Er sagt, dass der Schatz zwischen den Bergen vierzehn Faden im Wasser liegt.«

Kris runzelte die Stirn. »Vierzehn Faden? Das sind gerade mal 25 Meter. Bist du dir sicher?«

»Ja, so stand's da.«

»Hmm. Der Fjord geht wesentlich tiefer«, erwiderte er und sah ins Feuer. Lea legte sich zurück in seinen Arm.

»Vielleicht meinte er auch 140 Faden. Passt das eher?«

Kris zog die Wolldecke über Leas Nacktheit und drehte sich zu ihr. »140 Faden sind ungefähr 250 Meter. Der Fjord ist im Mittel circa hundert Meter tief, maximal zweihundert.«

»Aber du hast doch letztens von einem Riff geredet. Dort, wo Magnus sein Schiff versenkt hat. Das ist doch sicher nicht so tief«, sagte sie und legte eine Hand auf seine Wange.

Er biss sich auf die Lippe. »Das glaub ich nicht. Jeder kennt das Riff. Jedes Jahr kommen Taucher und machen dort ihre PADI-Scheine. Die hätten das Wrack schon längst gefunden. Es muss woanders sein.«

Lea sah ihm tief in die Augen und strich durch seinen Bart. »Gibt es irgendwo untermeerische Karten, in denen die Topografie der Fjorde eingezeichnet ist?«

»Dafür müssen wir ins Aquarium nach Ålesund«, überlegte Kris laut.

Lea schluckte. »Da hat meine Mutter gearbeitet.«

Kris streichelte sanft über ihre Wange bis zu ihrem Hals. Das Knistern des Feuers erfüllte die Luft.

»Soll ich ohne dich dorthin fahren? Du kannst so lange hier warten …«

»Nein, ich komme mit.«

Ein Lächeln huschte über seine Lippen. »Du lässt dich nicht aufhalten, was?«

»Niemals!«, murmelte Lea und umschlang ihn mit dem Bein, während sie wieder zu den Sternen sah.

Kapitel 40

NORWEGEN, ÅLESUND, ATLANTERHAVSPARK

»Meinst du, die helfen uns?«, fragte Lea, während sie den Weg hinunter zum Aquarium ging.

Kris zwinkerte. »Das werden wir gleich sehen.« Er schob sie voran zur Eingangstür.

Es war kurz vor 16 Uhr – beinahe Schließungszeit. Touristen strömten mit ihren Kindern an ihnen vorbei. Das Kraken-Kuscheltier eines kleinen Mädchens lächelte sie an. Aufregung stieg in Lea auf. Hier hatte ihre Mutter also gearbeitet.

Sie sah sich um. Eine große Eingangshalle mit einer Felswand erstreckte sich vor ihr. Das flimmernde Licht der Aquarien war schon in den angrenzenden Gängen zu sehen.

Sie folgte Kris zu der Information, wo ein junger Mann gerade mit einer älteren Frau mit roter Cat-Eye-Brille sprach.

Lea griff nach Kris' Arm. »Ich mach das schon«, sagte sie und küsste ihn auf den Mund, bevor sie an die Theke trat.

Der junge Mann drehte sich um. »Entschuldigung, wir schließen jeden Moment.«

Lea lächelte. »Ich weiß, es tut mir leid. Aber ich bin die Tochter von Marina Brinkmann. Sie hat mal hier gearbeitet. Mein Freund und ich suchen nach topografischen Karten der Fjorde hier in der Umgebung.«

Die ältere Frau hob den Blick, weitete die Augen, während sie ihre Brille abnahm. »Marina Brinkmann?«

Lea sah kurz zu Kris und wieder zurück. »Ja, kennen Sie sie?«

Sie erstarrte. »Ich glaubs ja wohl nicht. Es ist zwanzig Jahre her. Das kann doch nicht …«, murmelte sie, wie zu sich selbst. Mit dem Blick musterte sie Leas Sommersprossen, bis sie dem jungen Mann auf die Schulter klopfte. »Lass sie durch«, sagte sie und setzte die Cat-Eye-Brille zurück auf die Nase. »Kommt! Folgt mir.«

Lea griff nach Kris' Hand, während ihr ein Schauer über den Rücken lief. »Das war einfacher, als ich gedacht habe«, flüsterte sie.

»Deine Mutter ist wohl in Erinnerung geblieben«, erwiderte Kris und schob Lea weiter durch einen der Flure.

Sie folgten der älteren Frau, die mit zwei Metern Abstand voranlief. Der Gang war wie leer gefegt. Alle Besucher hatten das Gebäude verlassen. Nur sie blieben zurück, sodass Leas Aufregung in ihr überschäumte. Als hätte ihre Mutter ihren

Fingerabdruck hinterlassen, erkannte Lea überall ihre Handschrift auf der Beschilderung. In großen Buchstaben erklärte sie den Besuchern die Ökologie der Fjorde Norwegens – *gezeichnet Rina.*

Eine Gänsehaut rauschte über Leas Arme. Sie gingen an einem Geröllhaufen vorbei durch die Cafeteria, von wo man die Freiluftbecken sehen konnte. Ein Seehund robbte gerade an Land. Das Küchenpersonal rückte die Stühle zurecht; wischte über die Tische. Geschirr klirrte. Sie eilten weiter. Die Frau machte keinen Halt.

Ein großes Landschaftsbecken versteckte sich im nächsten Gang. Dorsche schwammen dort ihre Bahnen. Heilbutt und Katfisch kämpften um Fischreste. Ein Rochen glitt über die Scheibe und zeigte sein freundliches Gesicht, während ein Meeraal sich unter ihm entlangschlängelte. Lea stoppte. Das tiefe Blau hypnotisierte sie. Es wirkte so idyllisch, dass sie es nie wieder vergessen wollte. Ganz anders als in der dunklen Finsternis ihres Traums.

»Das ist wunderschön, oder?«, fragte Lea, während sie nach ihrer Herzkette griff und in sich hineinlächelte.

»Die Idee zu dem Becken hatte deine Mutter«, sagte die Frau und zeigte auf den Fischschwarm im Wasser, der gerade an Lea vorbeizog. »Damals hatten wir noch die normale Ausstellung, in der man die Fische einzeln betrachten konnte. Standard-Aquarien, wenn ihr versteht?! Aber Rina meinte, dass der Besucher so gar keine Verbindung zur Natur aufbauen könnte. Dass alles wirkte, als wäre man im Zoogeschäft. Sie wollte den Menschen einen richtigen Blick unter Wasser ermöglichen. *In eine friedliche Welt*, so hat sie es damals ausgedrückt. Also hat sie dieses Becken geplant – mit vier Millionen Liter Wasser und 26,5 Zentimeter dicken Acrylglaswänden. Ein echter Hingucker, was?«

»Das hat meine Mutter geplant?«, fragte Lea und blieb mit offenem Mund zurück.

Die Frau lächelte. »Jedes Detail.«

»Ist echt der Hammer.« Kris drückte ihr einen Kuss auf die Schläfe.

Zum ersten Mal in ihrem Leben verstand Lea, warum ihre Mutter sie immer wieder alleingelassen hatte. Sie wollte den Frieden für Lea bewahren. *Ich zeige es dir, wenn du so weit bist*, hörte sie die Stimme ihrer Mutter in ihr Ohr flüstern. Es war wirklich friedlich – die Ordnung im Durcheinander, die ruhigen Bewegungen der Fischflossen, das Licht, das sich im Wasser brach. Etwas Schöneres konnte Lea sich nicht vorstellen.

Ein Husten wurde laut. Die ältere Frau stand vor einer Tür und winkte sie herein. »Kommt. Lasst uns reden.«

Lea riss sich von dem Meerwasserbecken los und ging in den Raum, an dem ›Susi Blix‹ geschrieben stand. Kris hielt immer noch ihre Hand, führte sie zu einem der Stühle, die vor einem kleinen Schreibtisch standen.

»Du bist also die Tochter von Rina, ja?«, fragte sie und kniff die Augen zusammen. »Hast du einen Ausweis für mich?«

Lea runzelte die Stirn und griff nach ihrem Geldbeutel. Sie zog ihren Ausweis heraus und legte ihn auf das dunkle Holz des Schreibtisches. »Ich heiße Lea und wohne mit meinem Vater in Deutschland. Vor ungefähr zwei Monaten bin ich hierhergekommen, um meine Mutter zu suchen. Sie ist …«

»… verschwunden, ich weiß.« Sie schielte über die Brille – erst zu Lea, dann zu Kris. »Wer ist der Kerl?«

Kris räusperte sich. »Ich bin Kris Fjell und komme aus Rovde. Ich helfe Lea bei ihrer Suche.«

»Hmm«, erwiderte sie. »Und ihr sucht das Schiff?«

Lea sah Kris an, runzelte die Stirn.

»Nun gut«, sagte die Frau, ohne sie weiter zu beachten. »Ich bin Susi und habe damals mit deiner Mutter zusammengearbeitet. Es wundert mich, dass dein Vater dich auf die Suche geschickt hat. Geht's ihm gut?«

Lea rümpfte die Nase. »Ich denke schon. Wieso fragen Sie?«

Susi lehnte sich in den Drehstuhl und musterte sie. »Kann mir nicht vorstellen, dass er das hier gutheißen würde.« Sie stutzte und sah noch mal zu Kris. »Es ist gefährlich, was ihr hier treibt. Wisst ihr das?«

»Hmm«, knurrte Kris, ohne wirklich zu antworten.

Lea rückte unruhig auf ihrem Stuhl umher. Anscheinend hatte sie hier in ein Wespennest gestochen – aber das würde sie nicht aufhalten. »Wir wollten uns die topografische Karte des Rovdefjords angucken. Haben Sie eine?«

Susi schmunzelte, während sie ihre Brille von der Nase nahm und auf dem Bügel kaute. »Als hätte ich ein Déjà-vu … Deine Mutter hat vor zwanzig Jahren dieselbe Frage gestellt. Nicht viel später kam dein Vater – wieder dieselbe Frage. Und nun sitzt du vor mir und jetzt rate«, murmelte sie und lachte auf, bevor sie ihre Brille zurück auf die Nase setzte.

»Und haben die beiden etwas gefunden?«, fragte Kris.

Susi grinste breit. »Ich zeigs euch, wenn ihr wollt.«

Leas Puls schoss in die Höhe. Ein Hämmern wummerte durch ihre Ohren, während sie nur nickte.

Ohne zu warten, rollte Susi quer durch den Raum zu einem Metallschrank. Sie nahm eine Schlüsselkette von ihrem Hals und öffnete das Schloss. Mit einem Knacken schob sie die Tür auf und holte ein eingerolltes Papier heraus.

»Ich habe sie für deinen Vater aufbewahrt. Er wollte, dass ich sie zerstöre, aber … ich konnte es nicht. In dieser Karte steckt jahrelange Arbeit, und sie ist noch nicht mal ganz beendet. Aber nun ja.« Sie glitt zurück zum Schreibtisch und rollte die Karte aus. In jede Ecke stellte sie ein Gewicht, bevor sie sich darüber beugte. »Mal sehen, was haben wir denn hier.« Sie pustete über das blaue Papier, dass der Staub aufwirbelte.

Kris rückte nach vorn. »Können Sie uns die tiefste Stelle im Fjord zeigen?«

Lea folgte seinem Blick, sodass alle drei mit dem Kopf über der Karte hingen. Sie ging die Höhenlinien nach und orientierte sich am Relief. Es ging an einer Seite steil bergab, dort, wo der Wasserfall in den Fjord brauste. Auf der anderen Seite, wo die Häuser standen, verlief er flach, bis auf einmal eine Senke entstand.

Susi führte ihren Finger über die Linien. »Hier ist Rovde. Der tiefste Punkt liegt am Übergang zum Voldsfjord bei rund fünfhundert Meter. Doch im Mittel liegt die Tiefe bei hundert, maximal zweihundert Meter.«

Lea runzelte die Stirn. »Soweit ins Land wird der Sturm sie nicht getrieben haben. Das Schiff muss vorher untergegangen sein – im Strömungsgebiet zur Meeresmündung.«

Kris nickte und zeigte auf eine Erhöhung. »Ist das hier das Riff?«

»Genau. Es liegt auf einer Sandbank in der Mitte des Rovdefjords«, antwortete Susi und rückte ihre Brille zurecht. »Wo ist es denn? Wo ist es denn? Zwanzig Jahre sind ne lange Zeit. Irgendwo habe ich es doch …«

Lea überflog die Linien. Sie folgte den Höhen und Tiefen, die sich über die blaue Karte erstreckten. Sie wanden sich um die Berge, erbauten eine eigene Welt aus Gassen und Tälern. Lea schlitzte die Augen, als sie auf eine Unebenheit stieß. Wie zwei Berge schossen Erhöhungen aus einem Tief, als hätte Gott hier das Gestein selbst zusammengeschoben.

Sie rückte noch ein Stück näher, nur um ganz sicher zu sein. Das Gedicht kam ihr in den Sinn. *Das Schiff zwischen den Bergen*, dachte sie und sah den Hinweis bildlich vor sich. »Hier. Wie zwei Berge, mit einer Erhöhung in der Mitte. Was sind das? 25 Meter?«, fragte sie und starrte Kris an.

Der runzelte die Stirn. Ein Hauch von Enttäuschung zog durch seinen Blick, während er sie nur kurz anlächelte.

»Aha! Da ist es.« Susi klopfte auf den Tisch. »Genau danach habe ich gesucht«, sagte sie und drückte mit dem Zeigefinger auf die Stelle. »Hier gibt es eine Erhöhung zwischen zwei untermeerischen Rücken. Sind etwa zwanzig Meter bis zum Grund.«

Kris beugte sich noch tiefer. »Das ist nicht weit von der Möbelfabrik entfernt«, murmelte er.

»Aber wieso hat das noch niemand entdeckt?«, fragte Lea, während sie Kris' Blick suchte. Er starrte immer noch auf die Karte, war in seinen eigenen Gedanken versunken.

Susi nickte. »Zum einen, weil es nur eine klitzekleine Unebenheit im Meeresboden ist, und zum anderen, weil sich kein Schwein für die Erforschung der genauen Topografie interessiert. Hätte ich nicht vor zwanzig Jahren Studenten durch jeden Fjord der Provinz Møre og Romsdal gejagt, wüssten selbst wir jetzt nichts davon. Die meisten Dinge unter Wasser bleiben uns nun mal verborgen.«

»Und meine Mutter und mein Vater haben danach gesucht und den Ort auf der Karte gefunden?«, fragte Lea.

Susi rieb sich den Nacken und nickte. »Vor zwanzig Jahren – und danach ist deine Mutter nie wiedergekommen. Ich weiß nicht, ob oder was sie gefunden haben. Aber egal, was es mit diesem Schiff auf sich hat, es ist gefährlich, wenn man danach sucht.«

»Wieso glauben Sie das?«, fragte Lea und hob die Augenbrauen.

Susi nahm ihre Hand. »Weil deine Mutter dich über alles geliebt hat. Jede Sekunde hat sie von dir gesprochen. Sie hätte dich nicht verlassen. Nie im Leben!«

Kapitel 41

NORWEGEN,
ÅLESUND, THON HOTEL

Der Wind wehte über den Hafen. Lea verfolgte mit dem Blick eine Möwe, die über dem Meer schwebte. Rote, blaue und gelbe Häuser reihten sich am Kai auf. Die Farben spiegelten sich im Wasser und verschwammen zu einem Schimmer.

Hier auf dem Balkon des Hotels konnte Lea atmen. Sie genoss die Ruhe, die sich langsam auf sie übertrug.

Sie hatte die Nacht nicht geschlafen. Immer wieder war sie von der Dunkelheit ihres Albtraums aufgeschreckt worden und hatte sich in Kris' Wärme geflüchtet. Doch als er ihr einen Kuss auf die Stirn gehaucht und aus dem Bett gekrabbelt war, verließ sie auch der Schlaf endgültig. Er ging – raus aus dem Hotelzimmer –, ohne etwas zu sagen. Wo wollte er mitten in der Nacht hin?

Der Schatten, der sich über das Braungrün seiner Augen gelegt hatte, war Lea nicht entgangen. Seine Unruhe kribbelte auf ihrer Haut, seit sie das Aquarium verlassen hatten. Nur wenige Worte hatte er seitdem mit ihr gesprochen. Er hatte sie immer wieder angelächelt, während sein Blick ganz woanders war.

Nach Stunden kam Kris zurück, schlüpfte unter die Decke und schmiegte seinen nackten Körper an ihre Haut. Er roch an ihren Haaren und küsste ihren Hals, als wollte er sie nie wieder vergessen. Irgendetwas nagte an seinen Gedanken, aber was?

Lea kuschelte sich tiefer in die Wolldecke auf dem Balkonstuhl. Sie hatte ihre Beine angezogen und das Kinn auf die Knie abgelegt. Mit festem Griff umklammerte sie ihre Schenkel, um das Gleichgewicht nicht zu verlieren.

Erste Sonnenstrahlen flimmerten zum Horizont, als die Balkontür von innen aufgeschoben wurde. Kris kam heraus und rieb sich die Augen. Seine Haare standen zu allen Seiten ab. Er schlurfte zu ihr, blickte ihr nur kurz ins Gesicht. Seine Zornesfalte grub sich tief in die Haut.

Mit einem Lächeln küsste er sie auf den Mund. Seine Zunge streichelte ihre Lippen, als wollte er jeden Moment auskosten.

»Guten Morgen«, hauchte er ihr ins Ohr und setzte sich neben sie auf einen Stuhl.

Lea nahm seine Hand und verhedderte ihre Finger in seine. »Ich überlege die ganze Zeit, ob Olav und Judith im Fjord ertrunken sind. Glaubst du, sie sind da unten gestorben?«, fragte Lea, während sie wieder auf den Hafen guckte.

Kris folgte ihrem Blick. »Kann sein. Die Schiffe waren damals nicht so stabil wie heute. Wenn der Sturm sie voll erwischt hat, wie es die Geschichte erzählt, dann …«

»Sie haben sich geliebt«, flüsterte Lea und schluckte.

»Hmm.« Er drückte ihre Hand, wich ihrem Blick aus. »Ich weiß.«

Lea ließ den Kopf sinken. »Er wollte nicht um sie kämpfen. Wusstest du das auch?«, fragte sie und knetete ihre Hände. »Er wollte sie gehen lassen.«

»Hmm.« Kris versteifte.

Lea blickte auf. »Wo warst du letzte Nacht?« Die Unruhe bauschte sich in ihr auf. Warum sah er sie nicht an?

Kris rückte auf seinem Stuhl umher und räusperte sich. »Ich musste nachdenken.«

Lea hielt die Luft an. »Über uns?«

»Nein!«, raunte er und runzelte die Stirn. »Aber bevor wir nach Rovde zurückfahren, muss ich dir was zeigen.«

* * *

Als Lea aus dem SUV stieg, brachen die Wellen gerade am Strand. Versteckt zwischen den Bergen erstreckte sich eine Bucht mit weißem Sand.

Holzscheite waren zu einem großen Haufen gestapelt; ein Feuer brannte bis in den Himmel. Überall tanzten Menschen. Familien picknickten im Sand, während die Kinder umher hopsten und lachten.

Lea hob die Hand an die Augen. Das Meer brauste in einem stetigen Rauschen. Surfboards schwammen im Wasser und düsten durch die Wellen. Sie waren winzig im Gegensatz zu den grünen Berghängen, die sie mit mehreren hundert Metern überragten.

»Wo sind wir?«, fragte Lea und sah zu Kris. Er lächelte sie an.

»Am Hoddeviksanden. Es ist Mittsommer. Zeit die bösen Geister zu vertreiben«, sagte er und nahm ihre Hand.

Sie gingen einen Pfad hinunter zum Strand. Lea zog ihre Schuhe aus und streckte ihre Zehen ins Arktische Meer. Es war eiskalt. Ein Schauer kribbelte über ihre Haut, dass sie quiekte. Sie sah zu Kris und lachte. Seine Lippen kräuselten sich, aber der Blick blieb leer.

Sie liefen zu einem freien Fleck. Kris breitete eine Decke aus und strich sie glatt. Aus seinem Rucksack reichte er ihr einen Apfelsaft. Er bereitete ein Fladenbrot mit Butter und Zucker zu, legte eine geräucherte Lachsseite daneben auf ein Brettchen.

Lea schmunzelte. »Was hast du vor? Wird das meine Henkersmahlzeit?«, fragte sie, während die Flammen ihr Gesicht wärmten.

»Hmm.« Kris zog sie auf die Decke. »Ich wollte dir nur einen besonderen Ort zeigen, falls es unser letzter Abend ist.«

»Was?« Lea rückte ab, während schreiende Kinder an ihr vorbei stürmten.

Kris packte ihren Arm und führte sie zurück. »Keine Angst, ich gehe nicht weg. Lass mich einfach reden.«

Was meinte er? Die Unruhe loderte in ihrem Herzen auf und züngelte sich an ihrem Leib empor.

»Okay, aber schnell.«

Er sah auf den Horizont, nestelte an seinen Fingern.

»Ich glaub, es ist Zeit, dass du die Wahrheit erfährst. Ich meine … die ganze Wahrheit.«

»Okay?!«, erwiderte Lea und bewegte sich nicht. Er lächelte sie an, versteckte seinen müden Blick nicht länger.

»Es fing an, als meine Mutter krank wurde. Erst habe ich das nicht wirklich ernst genommen. Ich bin in Oslo geblieben, habe studiert. Habe mein Leben einfach so weitergelebt, als wäre nichts passiert, bis …« Er seufzte. »Bis meine Mutter eines Tages angerufen hat, dass mein Vater im Krankenhaus wäre. Sie wollte nicht sagen, warum. Alles schien irgendwie komisch, also bin ich hingefahren.« Er nahm ein Stück Brot und biss ab, während er überlegte. »Als ich in Rovde angekommen bin, war mein Vater wieder zu Hause. Ich sah es sofort, als ich durch die Tür gekommen bin. Seine Blutergüsse im Gesicht; die Platzwunde an der Stirn. Das Bein war bis zur Hüfte gegipst – der Knochen in tausend Teile gebrochen.«

Lea stockte der Atem. »O mein Gott, was ist denn passiert?«

»Das habe ich auch gefragt, aber er ist mir immer ausgewichen. Hat gemeint, es wäre ein Unfall auf dem Kutter gewesen. Dass es halb so schlimm wäre. Doch ich habe es in den Augen meiner Mutter gesehen. Er hatte mich angelogen, wollte mich wieder nach Oslo schicken.« Kris schüttelte den Kopf und trank einen Schluck Apfelsaft.

»Und bist du gegangen?«, fragte Lea und nippte ebenfalls an ihrer Flasche.

Er lachte. »Natürlich nicht. Meine Mutter …«, sagte er und brummte. »Es wurde immer schlimmer mit dem Krebs. Vor allem nach dem Unfall meines Vaters. Es war, als hätten seine Verletzungen meiner Mutter die letzte Kraft geraubt. Und mein Vater konnte sich kaum bewegen. Ich konnte nicht gehen. Es war klar, dass da irgendetwas falsch lief.«

Lea streichelte über seinen Rücken. »Deswegen humpelt dein Vater also. Das tut mir leid«, flüsterte sie.

»Das war noch nicht alles«, knurrte er und ballte eine Faust. »Eines Tages ist Fenris zum Haus meiner Eltern gekommen. Er hat an die Tür geballert und geschrien, dass mein Vater ihm Geld schulde. Dass er das Haus und den Kutter in Brand setzt, wenn er nicht endlich zahlt. Also bin ich rausgerannt und habe ihn zur Rede gestellt. Meine Mutter ist dazwischengegangen. Alles ging so schnell. Wir haben uns geprügelt. Er hat mich mit seinem Schlagring erwischt. Hier, am Auge.«

Lea musterte die silbrige Narbe an Kris linkem Auge, während alles in ihr tobte. »Dieser Mistkerl.«

»Ich habe versucht, meine Eltern zu beschützen, aber …« Er biss die Zähne zusammen, dass die Wangenknochen hervorstachen. »Ich konnte es nicht. Nachdem mich Fenris zu Boden geprügelt hatte, ist Hansen gekommen – und schließlich ist alles klar geworden. Er hatte meinen Vater erpresst und zusammenschlagen lassen. Alle Fischer am Fjord. Nach und nach hat er ihnen die Kutter abgenommen, um seine Flotte zu erweitern. Jedes Schiff, das er für sich erpresst hat, muss nach diesem Schatz suchen. Gleichzeitig müssen sie mit Treibnetzen jagen, um mehr Gewinn zu machen und Hansens Geschäfte zu finanzieren. Alles auf Kosten der Natur – unserer Traditionen. Es gibt keine Fische mehr, nichts«, fauchte er und schlug die Faust in den Sand.

»Aber ich dachte, mit Treibnetzen zu jagen, sei verboten?«, fragte Lea. Sie legte die Hand auf seine Schulter, traute sich kaum, ihn zu berühren.

Kris lachte auf, schielte auf seine Hände. »Wo kein Kläger, da kein Richter, nicht wahr? Er hat alle in seiner Hand – die Polizei, die Fischer, die Medien. Spendet dauernd große Beträge an irgendwelche Naturschutzorganisationen, nur um den Schein zu wahren«, sagte er. »Nein, er macht, was er will.«

»Und wieso arbeitest du dann für ihn?«, erwiderte Lea und rückte zu ihm. »Ich meine … ich verstehe das nicht.«

Er sah sie an und schmunzelte. »An dem Abend, als Fenris zu unserem Haus kam und ich da blutend auf dem Boden lag, habe ich mir geschworen, dass ich dem Kerl ein Ende setze. Ich habe ihm gesagt, dass ich für ihn arbeite. Dass ich nützlich sein kann, wenn er meinen Vater in Ruhe lässt. Und ich hab keine Ahnung, warum, aber er hat einen Deal mit mir gemacht: Ich mache, was er sagt, und er lässt meinem Vater seinen Kutter. Keiner darf ihn anrühren«, antwortete er mit einem Grienen. »Seitdem erledige ich seine Drecksarbeit.«

»Bjørn!«, murmelte Lea und setzte eins und eins zusammen. Alles ergab plötzlich einen Sinn. »Was hast du jetzt vor?«

»Ich habe Beweise gegen ihn gesammelt. Durch deine Hilfe konnte ich die letzten Unterlagen aus einem Safe hinter dem Lachsgemälde im Archiv bekommen. Er wird bald merken, dass etwas fehlt, aber ich musste sie nehmen«, sagte er.

Lea zog die Augenbrauen zusammen. »Deswegen hast du also meinen Schlüssel genommen und bist ins Archiv.«

Er nickte. »Ich habe einen Kontakt zur Aftenposten in Oslo. Als wir uns in Bergen kennengelernt haben, habe ich ihn im Sjøboden getroffen. Er ist Reporter und will die ganze Story aufdecken. Dann ist Hansen wegen Hehlerei, Wilderei und was weiß ich noch dran.«

»Lass mich raten: Und in der Berghütte hast du dem Reporter die Unterlagen versteckt, die du aus dem Archiv geholt hast, richtig?«, fragte sie und grinste, als sie endlich verstand.

Kris zwinkerte. »Du glaubst gar nicht, wie lange ich versucht habe, in das blöde Archiv zu kommen.«

»Ich hätte dir geholfen, wenn du nicht so ein Arsch gewesen wärst!«, erwiderte Lea.

»Hmm«, machte er und küsste ihre Hand. »Ich wusste ja nicht, ob du eine von Hansen Anhängerinnen bist. Er hat so viele Leute – sie verstecken sich überall. Und als er dann in die Hütte kam und mich gezwungen hat, dich auszuspionieren, da wusste ich endgültig, dass du nicht zu ihm gehörst. Mir ist ein Riesenstein von den Schultern gefallen.«

»Warum?«, wisperte Lea.

Er blickte wieder zum Horizont, lächelte in sich hinein.

»Weil ich mich da schon längst in dich verliebt hatte. Trotzdem war ich so scheiß sauer auf dich und Hansen – einfach auf alles. Dass du gerade jetzt auftauchen musst, wenn ich in dieser beschissenen Situation festhänge. Ich konnte nicht …«, raunte er und biss sich auf die Lippen. Er drehte sich zu ihr und nahm ihre Hände in seine. »Hör zu: Ich gebe zu, ich hätte nie gedacht, dass du den Schatz findest. Dein Vater hat mehr als zwanzig Jahre danach gesucht und ist immer ins Leere gelaufen. Und du?« Er zuckte mit dem Lid, während eine Welle auf den Strand klatschte. »Ich muss dich um was bitten, und ich weiß, dass das Scheiße ist.«

Lea stockte. Die Wärme seiner Haut strömte durch ihren Körper. »Was ist es?«

»Du musst alles vergessen, was du in den letzten Tagen herausgefunden hast. Hansen darf den Schatz nicht finden. Wenn er den in die Finger kriegt und zu Geld macht, dann wird er nur noch mehr mit dem Fjord verwachsen. Er hat sowieso schon so viel Macht. Das darf nicht passieren!«, sagte er und drückte ihre Hände, dass sie schmerzten.

Lea zuckte zurück. »Aber … was ist mit meiner Mutter?«

Kris schluckte.

»Ich weiß, dass du sie finden willst. Es zerreißt mir das Herz, dich um so etwas zu bitten«, murmelte er, während das Feuer neben ihnen knisterte und die Kinder kreischten. »Aber Lea, bitte, sie ist seit einer Ewigkeit verschwunden, genauso wie der Schatz. Lass ihn, wo er ist. Suche ihn nicht. Warte wenigstens, bis der Deal mit meinem Kontaktmann von der Zeitung durch ist. Bis Hansen endlich im Gefängnis ist. Bitte!«

Lea ließ seine Hände los und erstarrte. Alles, was sie gewollt hatte, war, ihre Mutter zu finden. Nur deswegen war sie nach Norwegen gekommen. Und jetzt sollte sie die Spur einfach vergessen?

Der Wind pfiff durch ihre Haare, während die Gedanken in ihr Purzelbäume schlugen. Kein Ton brachte sie über die Lippen, während sie das Funkeln in Kris' Augen beobachtete.

Mein Berg im Sturm, dachte sie, als ein Schwall Trauer über sie hereinbrach und sich mit dem Tosen des Arktischen Meers verband.

Kapitel 42

NORWEGEN,
ROVDE, KNURRHARRN-HÜTTE

»Hi, Lykke, hast du uns vermisst?«, fragte Lea und hockte sich zu ihr. Sie kraulte ihren Kopf, während die Ziege meckerte. Der Wasserfall sprudelte im Hintergrund. Lea atmete einen tiefen Atemzug ein, ließ die Frische ihren Körper beleben. »Ja, ich weiß. Wir waren zu lange weg, was?«

Kris tätschelte ihren Rumpf und ging weiter zur Hütte. Er raffte den Rucksack noch höher. Die Anspannung in seinem Körper übertrug sich auf die Luft. Lykke trottete hinter ihm her, ließ Lea allein. Sie blökte ein Klagelied, als könnte sie Kris' Gedanken hören.

Sie waren wieder zu Hause und doch war es anders. Lea war gefahren, um ihre Mutter zu finden. Stattdessen stand sie jetzt vor einer Entscheidung: suchte sie den Schatz, oder half sie

Kris und vergaß, was sie herausgefunden hatte? Alles in ihr wirbelte umher, wie die Wellen am Hoddevik. Als steckte sie mitten im Sog, der sie über den Sand schleuderte, war sie ohne Orientierung. Sie seufzte und schlurfte hinter Kris her in die Hütte. Kaum war sie durch die Tür, drückte Kris diese zu und lehnte Lea an die Wand.

»Hör zu: Ich habs mir anders überlegt.«

»Nein, das möchte ich nicht.«

»Du sollst dich nicht entscheiden müssen.«

»Ich will aber nicht, dass du deinen Vater im Stich lässt. Trotzdem …«

»Ich weiß! Du sollst auch deine Mutter finden.« Er war ihr so nah, dass sein Atem auf ihrer Haut prickelte.

Lea schüttelte den Kopf. »Aber was ist mit dir? Was ist mit den Menschen hier?« Der Duft von Kiefernholz strömte durch die Luft, ließ Lea lächeln. »Ich muss mit Hansen sprechen.«

»Was? Nein, das machst du nicht. Was ist, wenn er schon gemerkt hat, dass die Papiere aus dem Safe fehlen? Du hältst dich von ihm fern. Am besten …«

Ein Klopfen wurde laut; Lea zuckte zusammen. »Wer ist das?«, flüsterte sie und weitete die Augen.

Kris schüttelte den Kopf, während sich seine Augen verdunkelten. »Bleib, wo du bist«, sagte er und öffnete die Tür.

»Kris, du Faulpelz, da bist du ja wieder? Wolltest du gar nicht Hallo sagen?«, hörte sie Fenris' Stimme, die bedrohlich krächzte.

Kris schnaufte. »Was willst du?«

»Wo ist die Kleine? Der Chef will sie sprechen«, raunte Fenris und drückte die Tür ganz auf, dass sie gegen die Wand knallte. Lea erstarrte.

»Kann das nicht bis morgen warten? Wir sind gerade erst zurückgekommen«, erwiderte Kris.

Fenris lachte auf. »Nein, Mann, kann es nicht. Jetzt will er das Püppchen sprechen, nicht erst morgen!«

Kris ballte eine Faust, ging einen Schritt vor. Ein Knurren erfüllte die Luft.

Sie löste sich aus der Starre und setzte ein Lächeln auf. »Fenris, du stinkst immer noch aus dem Maul. Wie wärs denn mal mit Zähneputzen?«, fragte Lea und drückte sich an Kris vorbei, nicht ohne seine Hand zu streicheln. Sie ging voran, wartete nicht auf Fenris. Lykke meckerte. Doch sie musste es mit eigenen Augen sehen: War Hansen wirklich der Mistkerl, für den Kris ihn hielt?

* * *

Lea ging ins Büro und klopfte kurz gegen die Tür.

»Ah, Frau Brinkmann! Sie sind wieder da – wie schön«, sagte Hansen und zeigte auf einen Loungesessel. »Haben Sie was rausgefunden?«

Lea lächelte, zupfte an ihrem Queen-Shirt. »Nicht direkt.«

»Hm, nicht direkt«, wiederholte er, während er eine Cognac-Flasche mit einem Plopp öffnete. Er sah auf, funkelte sie an. »Das heißt?«

Die Ungeduld in seinem Blick rauschte wie eine Gänsehaut über Leas Nacken. Seine Halsschlagader pulsierte schnell, als würde er seine Erregung zurückhalten. Etwas hatte sich verändert. Hansens Bild bröckelte in Leas Kopf zu Staub.

Lea legte den Kopf schief. »Wir waren in Geiranger. Mehrere Tage sogar. Doch wir haben nur weitere Briefe von Judith gefunden, in denen sie über die Liebe zu Olav erzählt. Kein Wort über den Schatz oder einen Zeitzeugen.«

Hansen starrte sie an.

Lea starrte zurück, zuckte nicht mit den Wimpern. *Bleib ganz ruhig, Lea!*

»Hm. Das ist schade«, murmelte Hansen und schüttete sich einen Schluck Cognac ein, während er einen Knopf seines Sakkos öffnete. »Wollen Sie auch?« Er zeigte auf die Flasche.

Lea lächelte. »Nein, danke. Ich halte mich in letzter Zeit ein wenig mit dem Alkohol zurück.«

»Wie geht's jetzt weiter?«

»Puh! Gute Frage«, erwiderte Lea und schnalzte mit der Zunge.

»Ich habe viel Geld investiert«, murmelte er beinahe tonlos, ohne sie anzusehen.

Lea versteifte. »Leider geht die Spur ins Leere.«

»Hm. Wissen Sie, der junge Fjell hat mir ein Versprechen gegeben. Vor vielen Jahren, als ich seiner Familie aus der Not geholfen habe. Ja, schlimme Sache war das.« Er nahm einen Schluck, spülte den Alkohol durch den Mund, bevor er ihn schluckte. »Er hat mich angefleht, dass ich ihm eine Chance gebe. Hat mich sehr an mich selbst erinnert. Dieses Funkeln in den Augen. Ich denke, das kennen Sie, nicht wahr?«, sagte er und suchte ihren Blick. »Vielleicht sollte ich noch mal mit Kris reden – oder seinem Vater?«, fragte Hansen und lächelte breit. War das eine Drohung?

Lea verkniff die Augen. »Die werden Ihnen nicht weiterhelfen können.«

Hansen trank seinen Cognac auf Ex und stieß die Luft aus. »Wissen Sie, ich wäre nicht da, wo ich jetzt bin, wenn ich ein Nein immer akzeptiert hätte. Es gibt Mittel und Wege, um zu bekommen, was man will.« Er lächelte, dass seine Zähne weiß aufblitzten. Mit ruhigen Händen stellte er sein Glas ab. Er zog sein Sakko aus, legte es auf einen Stuhl und krempelte sich die Ärmel hoch. »Mein Vater hat dafür immer den Gürtel genommen. Hat funktioniert. Doch was mein Vater nicht bedacht hat, ist, dass er sich den ganzen Aufwand auch hätte sparen können«, erzählte er und schlenderte zu ihr. »Den Gürtel ausziehen, mich übers Knie legen, meine Schreie ertragen – alles völlig unnötig, hätte er mir zuvor die richtige Motivation gegeben.«

Lea hielt die Luft an, während Hansen sich auf ihre Lehnen abstützte und ihr ganz nah kam. Sein eisblauer Blick durchbohrte ihre Mauer.

Er schlitzte die Augen, stieß die Luft durch seine zusammengebissenen Zähne aus. »Sie werden eine Spur finden, sonst muss ich selbst auf die Suche gehen. Haben Sie das verstanden?«, zischte er.

Lea nickte, drückte sich so tief in den Sessel wie möglich. Er musterte sie einen weiteren Moment, bevor er sich erhob.

»Und ich denke, mein erster Halt wird an der alten Kirche im Dorf sein – zusammen mit Fenris«, sagte er und grinste breit.

In diesem Augenblick erkannte Lea sein wahres Gesicht. Jedes Wort von Kris fand sie in Hansens Mimik wieder. Die Bosheit, die sich hinter seinen Augen versteckte, hielt er nicht länger zurück. Selbst sein Lächeln erzählte von einer Gefahr, die sich um Leas Brust krallte und ihr den Atem nahm.

Kapitel 43

NORWEGEN, ROVDE

Lea klopfte an die Tür. Wolken hatten sich vor die Sonne geschoben und drückten die Luftfeuchtigkeit zum Boden. Der Regen prasselte auf sie nieder, ließ sie zittern.

Sie tapste von einem auf den anderen Fuß, zog die Regenjacke enger, als Airin öffnete.

»Oh, du lebst noch?«, fragte sie mit hochgezogenen Augenbrauen.

Lea stürmte hinein. »Du musst mir helfen.«

»Wobei?« Airin schloss die Tür.

Lea marschierte durchs Wohn-Esszimmer. Einmal hin, einmal her. Regenwasser tropfte von ihren Ärmeln.

»In mir dreht sich alles. Und … ich weiß nicht, wo ich sonst hingehen soll«, sagte sie und fuhr sich durchs Haar. »So eine Scheiße!«

Airin nahm sie am Ellenbogen und setzte sie auf einen Stuhl. »Jetzt mal ganz ruhig. Hat Kris dir das Shampoo geklaut, oder was ist dein Problem?«

Lea sah auf ihre Hände und spreizte die Finger. »Irgendwie rinnt mir gerade alles durch die Hände. Ich weiß nicht mehr, wo oben und unten ist.«

Airin setzte sich neben sie. »Herzchen! Das ist ja nicht zum Aushalten. Immer noch der Kerl?«

Lea sah ihr tief in die Augen. »Ich habe den Schatz gefunden.«

»Welchen Schatz?«

»Den, den Hansen schon seit einer Ewigkeit sucht«, stammelte Lea und stützte ihren Kopf in die Hände.

»Oh, scheiße«, murmelte Airin und lehnte sich in den Stuhl, blickte sich kurz um.

»Und meine Mutter hat auch irgendwas damit zu tun. Keine Ahnung. Aber jetzt kommt Kris und bittet mich, alles zu vergessen. Dabei will ich doch nur meine Mutter finden. Aber Kris …«

Airin packte ihr Handgelenk. »Jetzt warte mal. Nicht so schnell. Also, du hast den Schatz gefunden?«, flüsterte sie.

Lea blickte auf. »Ich glaube, ich weiß, wo man ihn finden kann.«

»Und deine Mutter?«, fragte Airin und runzelte die Stirn.

Lea verspannte. »Sie hat irgendwas mit dem Schatz zu tun. Mein Vater hat gemeint, dass ich ihr Geheimnis beim Schatz finde. Keine Ahnung, ob sie den selbst vor zwanzig Jahren gefunden hat und damit abgehauen ist, oder …«

Die Farbe wich aus Airins Gesicht. »Dein Vater wusste davon? Aber …« Sie blickte von links nach rechts. »Geh sofort zu Hansen. Sag ihm alles, was du weißt.«

»Ich kann nicht!«

»Wieso nicht?«

»Ich kann dir nicht alles erklären. Am besten, du weißt so wenig wie möglich«, erwiderte Lea und knetete ihre Finger. »Kris will nicht, dass Hansen den Schatz findet.«

»Und weil er es nicht will, machst du, was er sagt, oder was?«, fragte Airin und funkelte sie an.

»So einfach ist das nicht.« Lea schüttelte den Kopf. »Hansen ist … gefährlich.«

Airin lachte freudlos auf.

»Du meinst wohl eher, du hast dich endgültig in Kris verliebt«, ätzte sie und schnalzte mit der Zunge. »Pass lieber auf, dass du deinen Verstand nicht verlierst.«

»Scheiße, ja«, wisperte Lea, bevor sie sich auf die Lippe biss. »Ich kann Kris nicht hängen lassen. Aber ich kann auch nicht … Was ist mit meiner Mutter?«

Airin knirschte mit den Zähnen. »Ich glaubs nicht, was ich jetzt sage«, murmelte sie und stockte.

Sie blickte kurz zum Fjord, wo der Regen auf der Oberfläche tanzte, und atmete tief durch. »Ich habe damals auch lange meinem Vater hinterhergeweint, aber irgendwann musste ich erwachsen werden.«

Sie setzte sich auf, packte Leas Hand so fest, dass diese erstarrte. »Du musst dich schon entscheiden: Vergangenheit oder

Zukunft. Aber Kris … Herzchen, mach dich lieber vom Acker. Ich hab dir gesagt, dass der Kerl Probleme macht.«

Warum sagte Airin das nur immer wieder? »Er ist nicht das Problem«, erwiderte Lea und suchte Airins Blick.

Sie beugte sich vor. »Das mag sein, aber das andere Problem ist zu groß für dich«, flüsterte sie.

Lea runzelte die Stirn. Worüber redete Airin? Etwas stach in ihren Nacken. Sie drehte sich um, suchte die offene Küche ab, aber fand niemanden.

Airin zog an ihrer Hand, drückte sie immer wieder fest zu, als wollte sie ihr Morsezeichen geben. »Geh! Verlasse diesen Ort – am besten jetzt sofort«, flüsterte sie und räusperte sich. Sie blickte Lea über die Schulter.

Lea schluckte. Ein Schauer fuhr durch ihre Eingeweide.

Airin setzte sich auf. »Das ist alles, was ich dir dazu sagen kann.«

Kapitel 44

NORWEGEN,
ROVDE, KNURRHARRN-HÜTTE

»Was machst du?«, fragte Lea, als sie zu Kris an den Fjord ging. Die Kiesel knirschten unter ihren Füßen. Lykke blökte.

»Ich warte auf einen Anruf von meinem Kontaktmann«, sagte er, suchte ihren Blick. »Hab mir Sorgen um dich gemacht.«

»Mir geht's gut«, erwiderte sie und lächelte.

Er sah hinaus auf den Horizont, wo sich die Berghänge wie eine Wand entlangzogen. Die Sonne verschwand gerade hinter dem Grat und erhellte mit den letzten Strahlen den Himmel. Ein lilafarbener Dunst zog sich darüber, spiegelte sich im Wasser wider. »Als wären wir auf einem anderen Planeten, nicht wahr?«, murmelte er und nestelte seine Finger in ihre Hand.

»Meine Eltern haben sich in Norwegen kennengelernt, wusstest du das?«, erzählte Lea und schmunzelte. »Mein Vater ist mit so einem Metalldetektor über irgendeinen Strand in der Nähe von Trondheim gelaufen. Wollte alte Münzen aus der Wikingerzeit finden.«

Kris lächelte, während Lykke sich neben ihn legte. »Dein Vater ist schon speziell.«

»Kann man so sagen«, murmelte sie und zwinkerte ihn an. »Jedenfalls stand meine Mutter am Strand, mit einem Fernglas in der Hand. Eine Schweinswalschule hatte gerade in der Bucht Schutz gesucht – und sie war meinem Vater im Weg. Meine Mutter meinte immer, sie hätten sich gezankt wie die Rohrspatzen. Sie wollte den Blick auf die Wale nicht verlieren, und er wollte nicht, dass sie sein Suchraster zerstört.«

»Muss heiß hergegangen sein bei den beiden.«

Lea nickte, während sich ein Kloß in ihrem Hals festsetzte. »Meine Mutter meinte, sie haben sich von der ersten Sekunde an geliebt. Doch erst als der Himmel lila aufleuchtete und das Meer mit seiner Farbe verschluckte, hätten sie diese Liebe auch gespürt. Sie nannte es immer: *die Farbe des Nordmeers*. Von jetzt auf gleich wurde ihnen klar, dass sie ohneeinander nicht mehr leben konnten. Als wäre das Lila ein Zeichen gewesen – mein Zeichen.«

Kris sah sie an, zog die Augenbrauen zusammen. »Deins?«

»Meine Eltern haben immer gesagt, dass ich das war. Dass meine Seele den Himmel erleuchtet und das Meer in Farbe getaucht hat. Deswegen nennen sie mich auch Lila.«

Kris wendete sich ab, starrte wieder auf den Fjord. »Sie nennt dich Lila?«

»Meine Mama?«, fragte Lea und strich sich eine Strähne hinters Ohr. »Ja, früher, als sie noch da war.«

Kris räusperte sich; Lykke meckerte.

»Glaubst du, sie ist tot?«, sprach sie das erste Mal das aus, was sie nicht glauben wollte. Eine Träne rann ihre Wange hinunter, obwohl sie keinen Kloß im Hals hatte.

Kris stockte. Er strich sie davon und küsste die Stelle, die sie gerade noch benetzt hatte. »Wenn, dann hat sie dich geliebt. Ganz sicher.«

»Ich werde Hansen nichts erzählen. Kümmere dich um deinen Plan und ich … werde sie gehen lassen«, stammelte Lea und sah wieder auf das Lila, als wäre es dieses Mal ihre Mutter, die das Zeichen gab.

Kris nahm ihr Gesicht in seine Hände. »Bist du sicher?«

Lea nickte. »Ich will nicht mehr in der Vergangenheit leben.«

Er funkelte mit dem Braungrün seiner Augen; entspannte seine Schultern.

Lächelnd legte er seine Lippen auf ihre, küsste sie so behutsam, als wäre sie verletzt. Seine Zunge streichelte ihre, bedankte sich mit einem Hauch Wärme.

Ein Klingeln riss Lea aus Kris' Armen. Lykke blökte. Sie sah auf und fand seinen Blick auf ihr. Er beachtete die Störung nicht, sondern vertiefte sich in ihre Gestalt.

»Dein Telefon«, sagte Lea und nickte zu seiner Hosentasche.

Er schmunzelte. »Ich bin gleich zurück, elskerinnen min.«

»Beeil dich. Ich will dir noch von Hansen erzählen«, rief sie ihm hinterher, bevor sie sich wieder dem Lila zuwendete.

Lea atmete tief ein. Die Frische der Seeluft durchströmte sie und ließ ihren Puls gleichmäßig schlagen. Das Plätschern der Wellen forderte sie auf, einen Schritt weiterzugehen. Nun war es an der Zeit. Als hätte sich ein Schalter in ihr umgelegt, erfüllte sie ein Gefühl von Endlichkeit.

»Es tut mir leid, Mama. Aber ich kann nicht mehr auf dich warten.« Eine weitere Träne schlüpfte über ihr Lid. Sie schniefte; Lykke meckerte. »Es ist Zeit, loszulassen«, sagte sie eher zu sich selbst und kniete sich auf die Kiesel.

Der Fjord schwappte an Land; Algen züngelten sich durchs Nass. Lea blickte in den lila Himmel und stemmte ihre Hand ins Wasser, als könnte sie so eine Verbindung zu ihrer Mutter aufnehmen. Kälte rauschte durch ihren Arm bis zum Herzen.

»Vergiss nie: Ich liebe dich, okay?«, flüsterte sie, während sie sich mit der anderen Hand an die Herzkette griff.

Der Blas eines Schweinswals stieß in der Ferne in die Luft. Lea lächelte. Ein Funken Freiheit füllte ihren Bauch. Zum ersten Mal konnte sie atmen, ohne an ihren Gedanken zu ersticken. Sie hatte sich entschieden – es war vorbei.

Mit einem Lächeln setzte sich Lea auf ihre Füße. Sie streichelte Lykke über den Kopf, als ein Klicken laut wurde. »Keine falsche Bewegung, Püppchen«, raunte Fenris' Stimme.

Sie drehte sich um, vergaß zu atmen.

Kris stand mit den Händen hinter dem Körper vor ihr.

Sein Blick war so schwarz, dass ihr ein Schauer durch den Leib stürmte. »Alles wird gut«, murmelte er.

Lykke meckerte, stand auf.

»Was ist los?«, fragte Lea, als sich jeder Muskel in ihrem Körper verkrampfte.

Fenris zielte eine Pistole auf Kris' Hinterkopf, hatte den Abzug bereits gespannt. »Mach jetzt keine Mucken.«

Lea erhob sich. »Fenris, was soll der Scheiß? Das ist nicht witzig.«

»Ich finds mordslustig.« Er giggelte. »Komm, leg ihr die Kabelbinder an.«

Lykke meckerte wieder, zeigte ihre Hörner. Sie eilte auf Fenris zu, während Lea eine Faust ballte. Mit einem Schritt wich Fenris zurück, riss Kris hinterher. »Ich schwör: Wenn du diese scheiß Ziege nicht wegnimmst, dann baller ich sie um«, spie er und fletschte die Zähne. Kris versteifte.

Ohne zu überlegen, hob Lea die Hände. »Schon gut, schon gut. Ich binde sie an.« Sie zog Lykke zurück und band sie an einen Baum.

»BÄHHHH!«

»Es ist alles in Ordnung, Lykke. Ich bring ihn dir zurück. Versprochen!«, flüsterte Lea der Ziege ins Ohr, bevor sie sich aufstellte. Mit zusammengekniffenen Augen drehte sie sich um. »Und nun?«

Erst jetzt kam Airin aus ihrem Versteck. Sie blutete aus dem Mundwinkel und blickte ihr nicht in die Augen.

»Airin, was soll das?«

»Es tut mir leid«, murmelte sie und schniefte. »Ich hab dich gewarnt.« Sie nahm Leas Hände und fummelte den Kabelbinder um ihre Handgelenke. Mit einem Ruck zog sie diesen fest, aber ließ ihr genug Platz, dass sie sich noch bewegen konnte.

»Und jetzt komm her!«, keifte Fenris und schubste Kris von sich weg, riss gleichzeitig Lea zu sich.

Sie wand sich; Kris stob auf sie zu.

»Na, na, na! Eine falsche Bewegung und das Püppchen hat ne Kugel in der Birne.« Er drückte Lea die Waffe an den Kopf.

Kris stoppte, riss die Augen auf. »Tu ihr nichts, okay? Ich mache alles, was du willst.«

Die Kälte des Metalls brannte auf ihrer Kopfhaut; Angst explodierte in ihrem Inneren. Sie suchte Kris' Blick, der sie nicht losließ. Lykke meckerte, zog an dem Seil. Sie hatte keine Wahl – sie musste Fenris gehorchen, auch wenn sie ihm am liebsten in die Eier getreten hätte. Doch sie war wie erstarrt.

Fenris griente, dass die Narben in seinem Gesicht von Falten durchzogen wurden. »Na dann vorwärts. Wir haben was zu erledigen!«

Kapitel 45

NORWEGEN, ROVDE, LACHSFARM-FEUCHTRAUM

Lea zerrte an ihrer Fessel. Ihr Blick hetzte durch den Feuchtraum. Metallschränke, Waschbecken, Schlachtmesser – wenn sie doch nur an ein Messer käme. Immer wieder zog sie an dem Kabelbinder und bekam ihn doch nicht los. Der Knebel steckte fest in ihrem Mund, ließ sie nach Luft würgen.

Sie sah zu Kris, der seine Muskeln anspannte. Auch er riss seine Arme auseinander, wand sich mit geschlossenen Augen. Ein Knurren entfloh seiner Kehle.

»Versucht es gar nicht erst«, sagte Airin, die ihnen gegenübersaß. Sie ließ die Schultern hängen; tiefe Augenringe verdunkelten ihre Mimik.

Lea wimmerte, riss die Augen auf. Warum half Airin ihnen nicht? Fenris hatte sie hier zurückgelassen – allein. Sie konnte ihnen doch die Fesseln öffnen und mit ihnen verschwinden.

Airin lachte auf. »Du willst, dass ich dir die Fesseln öffne, was?«, fragte sie. »Ach, Herzchen, dafür ist es schon lange zu spät. Ich habe dir gesagt, dass du verschwinden sollst. Nicht nur einmal.« Sie seufzte, fuhr sich durch die Haare. »Aber du bist so stur.«

Kris hob seinen Blick und brummte.

»Und du …« Airin zeigte auf Kris. »Was hast du dir dabei gedacht? Ziehst sie auch noch in die ganze Sache mit rein«, raunte sie und schüttelte den Kopf. »Ist doch klar, dass das schiefgeht. Und mir könnt ihr die Schuld nicht geben. Ich wollte das alles nicht. Nein, nein, nein. Hansen hat mich in der Hand. Schon lange. Das Geld ist mir wie Wasser durch die Finger geronnen, und als ich keins mehr hatte, hat er sich als Wohltäter aufgespielt. Hat erst die Bar und dann das Haus meines Vaters bei der Bank abgelöst. Ich hätte alles verloren. Erst als ich gemerkt habe, dass er den Unfall meines Vaters verursacht hat … Na ja, es war ein Pakt mit dem Teufel.«

Lea schnaufte, runzelte die Stirn. Was meinte sie?

Wasser tropfte auf den Boden; eine Pfütze bildete sich vor Airins Füßen. Sie senkte den Blick. »Glaubt mir, ich wollte das alles nicht, aber …«, sagte sie und zuckte mit den Schultern. »Ich brauche das Geld. Außerdem hat Fenris mir klargemacht, dass ich besser nicht aus der Reihe tanze. Das blaue Auge hat mir letztens gereicht. Hab dir sowieso schon zu viel geholfen. Und jetzt auch noch das.« Sie lächelte, dass das trockene Blut an ihrer Lippe aufplatzte. »Warum kommst du auch zu mir und erzählst mir alles, wenn Fenris hinter der Tür steht? Einer Fremden?!«

Lea schluckte. Daher hatte sie also das blaue Auge gehabt – von Fenris. Hatte Lea ihr zu viel erzählt? Sie hätte es wissen müssen. Spätestens bei ihrem letzten Besuch, als sie dieses Stechen im Nacken gespürt hatte, hätte sie die Gefahr erkennen müssen. Doch jetzt war es zu spät. Sie saßen im Feuchtraum der Lachszuchtanlage fest, ohne einen Ausweg.

Die Tür polterte auf. Fenris stürmte mit seiner Pistole in der Hand herein, gefolgt von Hansen. Seine eisblauen Augen waren starr, während Fenris breit grinste.

Airin sprang auf die Füße. »Hey, ich möchte mein Geld. Jetzt!«

»Später«, fauchte Fenris und schob sie aus dem Weg.

Airin ging weiter zu Hansen, stellte sich vor ihm auf. »Ich will nichts damit zu tun haben, hören Sie? Geben Sie mir einfach das Geld und dann verschwinde ich. Ich sage kein Wort.«

Hansen nickte Fenris zu; seine Mimik erstarrte. Ohne zu zögern, hob Fenris die Waffe und schoss.

Der Knall hallte durch den Feuchtraum wie eine Explosion. Rauch züngelte aus dem Lauf. Lea zuckte zusammen. Ein Schrei entfloh ihrer Kehle, den sie selbst kaum hörte. Sie riss die Augen auf, suchte nach ihren Gedanken. Was war da gerade passiert? Hatte Fenris etwa geschossen?

Als hätte Airin ihre Gedanken gehört, wandte sie sich um, sah ihr direkt in die Augen. Blut sickerte durch ihr weißes Shirt; das Rot breitete sich aus. Airin senkte den Kopf und griff an ihren Bauch. Sie torkelte voran, keuchte. Wie eine Puppe ohne Fäden fiel sie zu Boden, dass das Blut in die Pfütze sickerte.

»Eine weniger«, säuselte Fenris und lachte.

Kris zerrte wieder an dem Kabelbinder, zog die Augenbrauen zusammen. Ein Gurgeln entwich seinem Knebel.

Er rutschte vor Lea und schützte sie mit seinem Körper. Lea legte kurz die Stirn in seinen Nacken, sog den Kieferndurft ein. Warum hatte sie nicht einfach den Mund gehalten?

Noch bevor sich der Geruch auf ihre Sinne legte, stürmte Fenris nach vorn und riss Kris von ihr weg. Er schleppte ihn an die gegenüberliegende Wand und schmiss ihn mit einem Krachen gegen einen Metallschrank.

»Na, na, na! Sei doch nicht so anhänglich. Das Püppchen kann selbst auf sich aufpassen. War es nicht so?« Fenris kicherte. »Denk dran, Großer, ich kann dem Püppchen auch eine Kugel in die Birne schießen. Hab noch genügend übrig.« Er zielte auf Leas Kopf und machte eine Schussbewegung.

Lea ballte die Fäuste, während ihre Beine zitterten. Zorn mischte sich mit Angst. Was konnte sie nur tun?

Mit hochrotem Kopf erstarrte Kris; seine Nasenflügel bebten. Er bewegte sich keinen Millimeter, hielt Fenris mit seinem Blick gefangen. Seine Brust bewegte sich schnell im Takt seines Atems.

Hansen trat vor, verschränkte die Arme hinter dem Rücken. »Mir war klar, dass ich dem da nicht vertrauen kann. Es wäre auch zu schön gewesen. Aber bei Ihnen …« Er schnalzte mit der Zunge. »Ich hatte gehofft, dass wir ein gemeinsames Interesse haben, Frau Brinkmann. Aber … da habe ich mich wohl geirrt«, murmelte er und kniete sich zu ihr. »Es ist immer wieder überraschend: Sie sind ihrer Mutter so ähnlich – als würde sie gerade vor mir stehen. Sie war auch so eine impertinente Frau. Wusste nicht, wann man den Mund halten sollte.« Er starrte sie an, als suchte er etwas in ihrer Tiefe. Mit einem Ruck riss er den Knebel aus ihrem Mund.

Lea hustete und hob ihren Blick. »Sie sind ein Schwein!«

Hansen lachte laut auf. »Das hat Ihre Mutter auch gesagt …«, erwiderte er, als sich sein Blick verdunkelte. »… kurz bevor ich sie in den Fjord geworfen hab.«

Lea keuchte. Mit einem Schlag wich die Luft aus ihren Lungen. »Was?«

Er kam ihr ganz nah. »Ihre Mutter war ein elendiges Miststück. Ich habe sie getötet und im Fjord versenkt.«

»Auf Nimmerwiedersehen«, säuselte Fenris und giggelte. »Ich hab ja gesagt, ich wette gegen dich.«

Kris stöhnte unter seinem Knebel. Seine Stirn lag in Falten, während er ihren Blick suchte.

Lea schüttelte den Kopf. »Das ist nicht wahr!«

Hansen erhob sich, stieg über die Leiche von Airin hinweg. »O doch! Sie ist zu mir gekommen und wollte mich bedrohen. Sie hat gesagt, sie würde meine Machenschaften auffliegen lassen. Dass ich mit Treibnetzen arbeite.« Er kräuselte die Lippen. »Als ob das noch jemanden interessiert, was mit den scheiß Walen passiert.« Er lachte, dass seine Zähne aufblitzten.

»Sie hat gedacht, sie könnte mich mit der Polizei erpressen, dabei sind das alles meine Leute. Keiner von denen würde mir in den Rücken fallen. Denen sind die bunten Scheine viel zu sehr ans Herz gewachsen. In dem Moment hat deine Mutter gemerkt, dass sie einen Fehler begangen hatte«, sagte er und ging auf und ab. »Sie wurde ganz hibbelig. Hat gestottert. Um ihr Leben gefleht. Hat auch von dir geredet, wenn ich mich recht erinnere. Ich hab wirklich jede Minute genossen, nicht wahr, Fenris?«

Der nickte, fletschte die Zähne.

»Und wieso …« Lea schniefte. »Wieso mussten sie meine Mutter dann töten? Sie konnte Ihnen doch gar nichts mehr tun.«

Hansen stockte, fuhr herum. »Weil sie plötzlich von dem Schatz erzählt hat. Dass sie wüsste, wo er ist. Dass ich ihn nie finden würde.« Sein Lächeln erstarb. »Sie hat mich an der Nase herumgeführt, also musste sie sterben. Niemand verarscht Agnar Hansen. Niemand!«, schrie er.

Lea zuckte zusammen, als Tränen in ihre Augen stiegen. »Wusste mein Vater davon?«

»Der alte Kauz?« Hansen stoppte und lächelte in sich hinein. »Der hat nur seine Forschung gesehen. Eine kleine Lüge über einen Liebhaber, eine größere Spende und schon hat er weitergearbeitet – für mich.«

Das kann nicht sein, dachte Lea und schüttelte den Kopf. *Nicht ihr Vater!* Die Tränen rollten über ihre Wangen. Salz belegte ihre Zunge, während die Gedanken durch ihren Kopf rasten. Ihre Mutter war tot. Wieso war ihre Mutter tot? Sie war doch beim Schatz. *Scheiße, sie liegt beim Schatz im Fjord begraben*, dachte sie und würgte.

»Ich werde Sie umbringen. Ihr ganzes Unternehmen werde ich in Schutt und Asche legen, bis Ihnen die Scheiße aus den Ohren kommt. Haben Sie das gehört?«, schrie Lea unter Tränen.

Hansen drehte sich ruckartig um und knallte ihr die Hand ins Gesicht. Seine Augen waren von Dunkelheit erfüllt, zeigten sein wahres Gesicht. Als hätte er Freude an der Gewalt, zuckte er mit den Mundwinkeln.

Lea versteinerte. Das Scheppern vibrierte in ihrem Kopf; ein metallischer Geschmack belegte ihre Zunge. Nur der Schmerz erfasste ihre Aufmerksamkeit, blitzte durch jede Pore. Er hatte sie geschlagen! Etwas zerbrach in ihr, als das Blut von ihrer Lippe tropfte.

»Grrrr. Hmmmmpf. Grrrrrrr!« Kris wand sich wie ein Wurm, während Fenris ihn in den Würgegriff nahm. Er keuchte und ätzte. Mit geweiteten Augen bekämpfte er den Abstand zwischen Lea und ihm, ohne sich einen Zentimeter zu nähern.

»Kommen wir zur Sache.« Hansen stellte sich auf, zupfte an seinem Sakko. »Wo ist der Schatz? Ich weiß, dass Sie ihn gefunden haben. Also … wo ist er?«

Lea wich seinem Blick aus. »Ich sage Ihnen gar nichts, Sie widerliches Monster.«

Hansen griente. »Hab ich mir gedacht. Genauso ein Aas wie ihre Mutter. Nun gut.« Er ging zu Fenris, der Kris immer noch im Würgegriff hielt. Wie selbstverständlich nahm er die Waffe und drückte sie auf Kris' Stirn. »Also: Wo ist er? Und glauben Sie nicht, dass ich zögere.«

Lea kniff die Augenbrauen zusammen. Panik stieg in ihr auf. Was sollte sie jetzt tun? Sie musterte Fenris' breites Grinsen, beobachtete Hansen, der sie nur anstarrte. Kris schüttelte sacht mit dem Kopf. Ein Flehen lag in seinen Augen, dass sie Hansen bloß nicht den Schatz aushändigen sollte. Die Messer waren immer noch zu weit entfernt. Lea runzelte die Stirn, zog wieder an ihren Fesseln.

Hansen schnaubte. Ein Zucken fuhr durch seinen Körper. Er riss die Pistole zur Seite und schoss in den Boden.

Der Knall hallte in Leas Innerem wider, ließ sie zittern. Was sollte sie nun tun? Sie konnte Hansen nicht einfach den Schatz ausliefern. *Doch sonst tötet er Kris,* flüsterte ihre innere Stimme. Wenn er den Schatz fand, war alles umsonst. *Scheiße, was mache ich jetzt?*

»Letzte Warnung!« Hansen presste die Waffe erneut an Kris' Stirn, dass seine Haut verbrannte, und drückte den Abzug bis zur Sicherung.

Als würde Kris jede Facette von ihr aufnehmen, starrte er Lea an. Er reagierte nicht mit einem Schrei auf das Schwelen seiner Haut. Sein Blick wurde weich; die Zornesfalte glättete sich. Ein letztes Funkeln blitzte ihr entgegen, bevor er die Augen schloss, als hätte er mit seinem Leben abgeschlossen.

Ihr Puls raste in die Höhe.

»Warten Sie!«, schrie Lea und schluckte. »Ich zeige Ihnen, wo er ist. Aber lassen Sie Kris in Ruhe.«

Kapitel 46

NORWEGEN, ROVDEFJORD, KONG HANSEN-KUTTER

»Wir sind da!«, sagte Lea und sah zum Ufer, wo die Konturen der Möbelfabrik von den letzten Sonnenstrahlen beschienen wurden. Kein Mensch war zu sehen. Lea seufzte.

Sie hatte überlegt, Hansen anzulügen. Vielleicht hätte sie ihn zu einem anderen Ort führen können. Doch was dann? Nachdem sie alles hin und her gedacht hatte, blieb ihr nur die Wahrheit.

Kris war in sich zusammengesackt und verzog das Gesicht. Der Knebel steckte immer noch tief in seinem Mund. Sein Kinn lag auf seiner Brust, während er sich an die Bordwand lehnte. Die Verbrennung zeichnete sich rot auf seiner Stirn ab.

Eine Möwe kreischte über ihren Köpfen. Lea wusste, was Kris dachte: Er wollte sich zur Wehr setzen – aber sie musste auf den richtigen Moment warten. Irgendwann würde sich eine Chance bieten, die Flucht zu ergreifen. Wenn nicht bald, dann womöglich nie.

Hansen blickte in die Tiefe des Fjords und rief: »Sie soll sich fertig machen. Du gehst mit ihr runter.«

Fenris nickte und kam zu Lea, die sich neben Kris an die Bordwand kauerte.

»So, Püppchen, wir beiden haben jetzt ein Date mit den Fischen.« Er schnitt den Kabelbinder durch und griente. »Hier, mach dich schick. Da unten werden dir die Nippel hart«, sagte er und warf ihr Neoprenanzug und Tauchermaske zu.

Lea weitete die Augen. »Was? Ich … Ich kann nicht tauchen.«

Kris erwachte aus seiner Starre, stob mit geweiteten Augen voran. »Hmpffffff. Grrrffff. Miiiiihhhh!«

Fenris stutzte, bevor er zu Hansen sah.

»Nimm ihm den Knebel raus«, raunte Hansen und nickte.

Fenris riss ihm das Stück Stoff aus dem Mund.

»Ich …« Kris röchelte und hustete. »Ich tauche mit dir. Lass Lea hier.«

»Nein! Du bleibst bei mir. Sie taucht mit Fenris«, herrschte Hansen und hielt die Pistole wieder in die Höhe. »Glaubst du, ich bin blöd?«

Kris rückte noch ein Stück nach vorn. »Sie verdammtes Arschl…«

Mit Wumms schlug Fenris die Faust in Kris' Gesicht. »Halt die Schnauze! Du hast den Chef gehört.«

Kris knallte gegen die Bordwand und ächzte. Nach wenigen

Sekunden spuckte er einen Schwall Blut aufs Deck, bevor er die Augen schlitzte.

»Aufhören!«, schrie Lea und zappelte, ohne dass sie etwas damit bewirken konnte.

Fenris schnitt ihre Fessel durch. »Keine Angst, mein Großer, ich pass schon auf deine Kleine auf«, schnurrte er und strich ihr durchs Haar. Lea zuckte zurück, floh mit befreiten Händen zu Kris an die Bordwand.

»Ist alles okay?«, flüsterte sie und befühlte sein Gesicht.

Er nickte, drückte seine Stirn an ihre. »Du wirst tauchen.«

Lea schüttelte den Kopf.

»Du schaffst das. Zieh den Neopren an. Ich warte hier auf dich«, sagte er und küsste sie lange auf den Mund.

»Ich kann dich doch hier nicht allein lassen«, flüsterte Lea, während sie seinen Blick suchte. Der Wind wehte eine Gänsehaut über ihren Rücken.

»Ich komm schon klar«, erwiderte Kris und küsste sie auf die Stirn. »Es wird verdammt kalt da unten sein. Tauch nicht zu schnell ab oder auf. Mach Pausen. Das Wichtigste ist, dass du regelmäßig atmest. Halte nie die Luft an, okay?«

Lea nickte, stürzte sich in eine Umarmung. Sie fuhr die Hände durch seine Haare, verweilte in seinem Nacken. Sein Zittern bebte gegen Leas Haut. Eine Böe wehte über das Deck – am liebsten hätte sie ihn geschnappt und wäre mit ihm davongeflogen.

»Ey, aufhören!« Fenris packte Lea an den Haaren und zerrte an ihrem Metallica-Shirt, dass es riss. Nackte Haut schien unter den Fetzen des Shirts hervor. »Die Sonne geht jeden Moment unter. Zieh dich an«, schnauzte er.

Lea schälte sich aus ihren Klamotten. Mit zitternden Händen zwängte sie sich in den Neoprenanzug, band sich die Haare zurück. Sie fokussierte das Braungrün in Kris' Augen; jeder Farbpixel beruhigte ihre Seele.

Fenris stellte sich hinter sie und ließ den Verschluss ihres Neoprens ganz langsam nach oben gleiten. Lea erstarrte unter seinen Berührungen. Kris knurrte, während Fenris' Atem in ihrem Nacken kitzelte.

»Ich warne dich. Tust du ihr was an, töte ich dich«, sagte Kris in einem dunklen Ton, der keinen Zweifel an seiner Ehrlichkeit ließ.

Lea sah noch mal zum Ufer. Eine letzte Träne floh aus ihrem Augenwinkel, während immer noch keine Menschenseele zu sehen war. Ein Hilferuf wäre ins Nichts geflogen. Hilflosigkeit überrollte sie.

»Es kann losgehen. Bringt mir mein Gold. Und gnade dir Gott, du hast mich angelogen wie deine Mutter«, grummelte Hansen.

»Na los!« Fenris schubste sie voran und führte sie zum Schergang, wo sonst der Fang eingeholt wurde.

Kris' Muskeln zuckten; Lea zitterte. Sie suchte ein letztes Mal seinen Blick. Er zwinkerte. *Mein Berg im Sturm …* Vielleicht würde Lea ihn nie wiedersehen. Womöglich würden sie schon bald sterben. Ein Kloß festigte sich in ihrem Hals – Lea schluckte, wandte sich ab.

Unter ihr brodelte das Wasser. Der Fjord war so dunkel, dass sie nichts in der Tiefe erkennen konnte. Nur das Schwarz aus ihrem Albtraum kam ihr in den Sinn, während sie die Luftblasen zählte, die vom Meeresboden an die Oberfläche strömten. Eine Welle klatschte gegen die Bordwand. Die Berghänge spiegelten sich im Wasser wider.

»Hier! Anziehen«, keifte Fenris und schlug ihr die Flossen gegen die Brust.

Mit einem Schnaufen nahm sie diese entgegen, zog sie an. Sie setzte ihre Tauchermaske auf, schlüpfte in die Tarierweste und nahm die Sauerstoffanzeige in die Hand.

Fenris lächelte. »Erinnert mich an die letzten Momente deiner Mutter. Nur, dass sie keine Taucherausrüstung anhatte, sondern ein Loch im Bauch.«

Wut rauschte durch Leas Eingeweide. »Können wir jetzt, oder willst du noch länger quatschen?«

Ohne Vorwarnung schubste Fenris sie in den Fjord. Das Nass schlug über ihr zusammen; die Kälte presste ihr die Luft aus den Lungen. Als wäre sie gegen eine Eiswand gedonnert, erstarrte sie für einen Moment. Schließlich erwachten ihre Sinne und sie paddelte an die Oberfläche.

Mit einem Platschen sprang Fenris in den Fjord und tauchte neben ihr wieder auf. »Damit du keinen Scheiß da unten baust«, sagte er und hakte ein Führungsseil an ihre Weste. »Komm!«

Sie blinzelte ein letztes Mal zum Kutter, bevor sie Fenris in die Tiefe hinterher paddelte.

Mach dir jetzt nicht in die Hose, dachte sie, als sie in die Dunkelheit unter sich sah. Sie folgte Fenris' Leuchte, erinnerte sich daran, zu atmen.

Ein, aus, ein, aus.

»Wir sind jetzt auf fünf Meter«, sagte Fenris durch den Lautsprecher in ihrer Maske.

Ein Schwarm Makrelen stob an ihr vorbei. Lea ließ die Luft fahren. Blasen stiegen zur Oberfläche hinauf.

Wie konnte sie diesem Albtraum nur entkommen? Lea sah sich um. Partikel flohen durchs Wasser. Ein Messer steckte an Fenris Tauchgürtel, war aber so weit entfernt wie der nächste Mensch an Land.

Sie schwamm weiter hinab in die Tiefe. Der Druck in ihren Ohren ploppte heraus.

»Zehn Meter«, sagte Fenris, sah kurz zu ihr.

Je tiefer sie kam, desto schwärzer wurde es. Ihr Herz hämmerte in ihrer Brust, als ein Braunalgenbüschel an ihr vorbeizog. Angst breitete sich in ihr aus. Das Adrenalin schoss durch ihre Blutbahn. Immer wieder sah sie sich um, als erwartete sie Besuch.

»Fünfzehn Meter. Kann nicht mehr weit sein. Wenn du etwas siehst …«, raunte er und riss sie über das Führungsseil weiter in die Tiefe.

»Glaubst du, dann sag ich dir das?«, fragte sie, während ihre Zähne klapperten.

Er lachte. »Dein loses Mundwerk verlierst du selbst hier unten nicht, was?«

Schatten schwärzten sich in der Ferne. Sie flitzten durch das dunkle Blau, umkreisten einander. Lea weitete die Augen. Sie ruckelte am Seil. »Was ist das?«

Fenris stockte. »Wahrscheinlich ein Fischschwarm.«

Während Lea weiterpaddelte, verfolgte sie die Schatten mit dem Blick. Sie flohen in Richtung Grund. Felsen zeichneten sich unter ihr ab. Sie kniff die Augen zusammen und zeigte nach vorn. »Da unten ist Ende.«

Fenris folgte ihrem Zeig, als Blasen aus seiner Maske zischten. »Dann los.«

Lea paddelte neben Fenris zum Grund. Ein Klicken ertönte. Lea stutzte. »Hast du das gehört?«

»Deine Einbildung. Mehr nicht.« Fenris zerrte am Seil, riss sie weiter. »Woohoo! Da ist es. Ich glaubs nicht.« Sein Lachen hallte durch den Lautsprecher.

Lea kniff die Augen zusammen. Ein zwanzig Meter langes Holzgerüst lag auf Felsen und Sand. Krabben stelzten darüber hinweg; Miesmuscheln siedelten an dessen Außenhülle. »Da ist der Rumpf.«

»Ich glaubs nicht. Endlich«, schrie Fenris wieder durch den Lautsprecher. »Bist wohl doch zu was gut.«

Lea paddelte weiter bis zum großen Drachenkopf am Bug. Die feinen Schnitzereien waren selbst nach tausend Jahren immer noch erhalten. Ein Lächeln zog sich über ihr Gesicht, während ein kalter Schauer sie ergriff.

»Ich dachte, das Schiff sei längst verrottet. Sicher, dass das bereits vor tausend Jahren gesunken ist?«, fragte Fenris.

Lea paddelte weiter, umrundete den Bug. »Wenn das Wasser so kalt ist wie hier, fault das Holz nicht so schnell weg. Es gab hier keine biologische Zersetzung – deswegen ist der Rumpf noch da.«

Beinahe vergaß sie die Angst beim Anblick der großen Holzbalken. Sie lagen dort ineinander verankert, als wären sie gerade noch über die See gefahren. Große Ruder lagen am Boden verteilt.

Lea paddelte voran in die Mitte des Schiffs, wo einmal das Deck gewesen war. Ein abgebrochener Mast lugte aus dessen Mitte hervor und zeigte einen Teil der Zerstörung – deswegen musste das Schiff vor einer Ewigkeit untergegangen sein. Sie glitt auf den Sandboden und sah sich um. Kein Gold, keine Diamanten – wo war der Schatz?

»Was soll das?«, fragte Fenris, der zwei Meter hinter ihr paddelte. »Wir sollen den Schatz finden. Wo ist er?«

Lea drehte sich um und runzelte die Stirn. »Das Schiff ist hier, also müsste er auch da sein.«

»Ist er aber nicht, nur das olle Wrack. Wenn das ein Spielchen ist …«

Lea griff in den Sand; ein Heilbutt flatterte davon. Sie tastete sich durch den Untergrund, stieß auf etwas Hartes.

Eine einzelne Münze steckte zwischen ihren Fingern; das Gold glänzte in Fenris Lichtschein.

»Eine Münze? Wo ist der Rest?«, schrie Fenris und zerrte an der Führungsleine.

Lea rümpfte die Nase, verstand es selbst nicht. Nur eine einzige Münze? Hier müsste ein Haufen davon liegen. Sie sah sich um, aber fand nur Felsen und Sand.

»Wo ist der beschissene Schatz, du Hure!«, schnauzte Fenris und lüftete sein Messer. Mit Gewalt zog er an der Leine, dass Lea erschrak. Immer schneller holte er das Seil ein.

Sie stemmte sich mit aller Kraft dagegen; ein Brülllaut hallte durch den Fjord. »Ich weiß es nicht.«

»Sag sofort …«

Ein Schatten schnappte Fenris und riss ihn mit fort. Luftblasen schnellten nach oben. Die Führungsleine ruckelte; das Messer sank wie ein Blatt im Wind zu Boden. Nur das Rauschen in Leas Maske erfüllte die Stille, während sie der Blutspur im Wasser folgte. Mit offenem Mund blieb sie zurück.

»Fenris?«, wisperte sie, als wäre er nur weitergepaddelt.

Ein weiteres Klicken antwortete ihr, bevor ein Orca sie anlächelte. Mit Fenris' zuckendem Bein im Maul nickte er ihr zu, grunzte und quiekte, bevor er schließlich weiter schwamm. Mehrere schwarz-weiße Schatten folgten ihm.

Lea nahm das zerrissene Ende des Führungsseils in die Hand. *Sie haben ihn gefressen*, dachte sie und pinkelte sich in den Neoprenanzug.

Kapitel 47

NORWEGEN, ROVDEFJORD, KONG HANSEN-KUTTER

Lea durchbrach die Wasseroberfläche. Sie riss sich die Maske vom Kopf und bewegte den Kiefer, um den Druck zu lösen. »Hilfe!«, krächzte sie. Was war da gerade passiert?

Sie war sich der dunklen Tiefe unter ihr nur allzu bewusst, paddelte so schnell, als wollte sie senkrecht aus dem Wasser schwimmen.

»Wo ist Fenris?«, rief Hansen ihr über die Reling zu.

»Weg. Gefressen«, rief sie zurück, während sie immer noch nicht richtig verstand, was sie da gerade gesehen hatte. »Die Wale haben ihn geholt.«

Hansen hielt die Waffe hoch, sah übers Deck und wieder zu ihr. Mit einem verkniffenen Gesicht wedelte er mit der Hand. »Komm her. Hilf ihr«, sagte er zu Kris.

Er kam zur Reling und lächelte sie an. Erleichterung strahlte aus seinem Blick. Seine Hände waren immer noch durch den Kabelbinder am Rücken zusammengebunden. Mit einem Ratsch durchschnitt Hansen das Plastik und schubste ihn in Richtung Schergang.

»Und mach ja keinen Scheiß.«

Kris schnappte sich den Rettungsring und warf ihr diesen zu. »Halt dich fest.« Lea steckte den Kopf hindurch, bevor er sie über die Bordwand nach oben zog. Eine Taubheit breitete sich in ihr aus. Mit letzter Kraft ließ Lea sich aufs Deck fallen. Ihr Atem rasselte in der Brust.

»Was ist passiert? Haben Sie den Schatz gefunden?«, ätzte Hansen und zuckte mit der Waffe. Kris nahm Lea die Weste ab, befreite sie von Tauchermaske und Flossen.

»Ich habe es gemacht, wie du gesagt hast. Geatmet, langsam aufgestiegen, Pausen gemacht«, murmelte sie und starrte ins Leere. Kälte erfüllte ihre Glieder, dass sie zitterte.

Er strich ihre Haare zurück und küsste sie. »Das hast du gut gemacht.«

Lea sah auf, bebte am ganzen Körper. »Fenris ist tot«, wisperte sie und suchte Kris' Blick. »Da waren Orcas. Die haben ihn …«

»Ich habs gehört«, erwiderte Kris und nahm sie in den Arm. »Hauptsache, du bist wieder zurückgekommen.«

»Hey!« Hansen riss Lea zur Seite und zeigte mit der Waffe auf ihre Brust. »Keine Faxen jetzt! Sagen Sie schon: Was ist mit dem Schatz?«

Lea hielt die Münze hoch, die sie die ganze Zeit zwischen die Finger geklemmt hatte. Das Porträt von einem Mann mit Bart und Krone war auf das Gold geprägt. *Edward der Bekenner*, stand in Latein auf der Umschrift. »Das war alles.«

»Was?« Hansen runzelte die Stirn, nahm ihr die Münze ab. Er drehte sie in der Hand, starrte auf das Gold. »Aber … wo ist der Rest?«

Lea zuckte mit den Schultern, suchte Schutz in Kris' Umarmung. »Er war nicht da.«

»Nicht da? Aber wo ist er, verdammt nochmal?«

Lea zitterte, schloss die Augen. *Das Schiff zwischen den Bergen, der Schatz vierzehn Faden im Wasser, doch wo man ihn sieht, das Weiß der Wolken sich zieht. Aber nicht im Fjord,* dachte Lea und öffnete die Augen.

Die Nacht war bereits angebrochen. Der Schein der untergegangenen Sonne umgab die Berge wie einen Schleier. Ein Gipfel reihte sich an den nächsten. Hänge voller Geröll und wilder Vegetation fielen in den Fjord, aber verbargen auch alles dahinter.

»Wo?«, schrie Hansen sie an und drückte den Lauf der Pistole an ihren Kopf. Als hätte er damit einen Schalter bei Kris betätigt, wütete dieser voran und schlug ihm die Waffe aus der Hand.

Die Pistole polterte aufs Deck und blieb hinter den Kämpfenden liegen. Hansen weitete die Augen; sein Sakko wehte im Wind. Ohne zu zögern, stürzte Kris sich auf ihn. Sie taumelten vor und zurück, schlugen mit einem Krachen gegen die Bordwände. Wie in Endlosschleife fielen sie übereinander her, ohne dass einer die Oberhand gewann.

Lea hielt die Luft an. Ihre Hände zitterten noch von der Kälte in ihren Adern. Sie zuckte zusammen – das Krachen befeuerte ihre Angst. Immer wieder sah sie zum Land, das circa hundert Meter entfernt lag. Was sollte sie jetzt tun?

Sie krabbelte übers Deck. Die Waffe lag direkt vor ihr – nur zwei Schritte entfernt. Sie beschleunigte, fiel auf den Bauch. Schmerz hallte durch ihre Gelenke. Wenn sie die Pistole in der Hand hielt, könnte sie …

Hansen sprang voran und schnitt ihr den Weg ab. Ein Lachen entfloh seiner Kehle, während er die Augen aufriss und sie verhöhnte.

»Lass sie in Ruhe!«, brüllte Kris und setzte ihm nach. Mit einem Hieb schlug er Hansen zu Boden.

Ein Schrei ertönte. Hansen knallte mit dem Rücken auf das Holz. Blut trat aus einer Platzwunde auf seiner Stirn. Er knurrte, als wäre er ein verletzter Wolf. Mit einem Grienen schnappte er sich die Waffe und kam auf die Beine.

Lea hielt die Luft an, während sie jede Einzelheit der Szenerie in sich aufnahm. Hansen. Die Waffe. Kris. Der Fjord. *Tu etwas, Lea! Jetzt!*

»Da hast du dich mit dem Falschen angelegt, Kleiner?«, zischte er und hielt die Pistole hoch, während ihm das Blut die Wange hinunterlief. »Ich brauche nur Frau Brinkmann. Du … bist austauschbar.« Ein Lächeln trat auf sein Gesicht, das von Boshaftigkeit sprach.

Kris torkelte zurück, sah sich um. Er stand nicht weit vom Schergang entfernt und doch nicht nah genug, um zu fliehen. »Sie werden den Schatz nie finden. Er ist weg. Und bald hetze ich ihnen die Økokrim auf den Hals.«

»Die Einheit für Finanz- und Umweltkriminalität?« Hansen lachte schallend auf. »Gute Idee, aber wie willst du das anstellen, wenn du auf dem Grund des Fjords langsam verrottest?«, fragte er und drückte den Abzug bis zur Sicherung durch. »Und jetzt verabschiede dich von Frau Brinkmann.«

Wie in Zeitlupe verfolgte Lea das Treiben vor sich, bis das Klicken der Sicherung sie aufweckte. Sie löste sich aus der Starre und ignorierte das Zittern. Obwohl jeder Muskel in ihrem Körper brannte, rannte sie los. Der Wind wehte sie voran. Sie konnte nicht schon wieder am Fenster auf jemanden warten, der nie wieder zurückkam.

Mit einem Sprung hechtete sie zu Kris, als das Mündungsfeuer in ihren Augenwinkeln explodierte. Sie knallte gegen Kris' Brust, sah Hansen mit offenem Mund dastehen. Gleichzeitig hörte sie ihren eigenen Schrei, als die Kugel ihren Oberschenkelmuskel zerfetzte.

Sie sog ein letztes Mal den Kiefernduft ein, verabschiedete sich mit einem Lächeln, als sie gemeinsam mit Kris in die Kälte des Fjords stürzte.

Kapitel 48

NORWEGEN, HINTERLAND

Ein goldener Schimmer waberte vor Leas Augen. *Wo bin ich?*, dachte sie, als eine Lawine aus Schmerz sie begrub. Immer wieder fuhr ein Stechen durch ihr Bein bis zu ihrem Herzen, das schneller und schneller pulsierte. Die Wärme sickerte aus ihren Adern.

Was ist passiert? Sie konnte sich einfach nicht erinnern. Ein Schrei zerriss ihr Inneres.

»Was ist mit ihr?«, flüsterte eine dunkle Stimme.

»Sie wurde angeschossen. Bitte, hilf ihr«, hetzte eine andere.

Hände packten sie. Finger befühlten ihren Körper. Doch sie sah nur den goldenen Schein vor ihrem inneren Auge.

Sie hatte ihn schon mal gesehen. Er war wie ein Gedanke aus einer lang entfernten Zeit, den sie kaum noch erinnerte. Wie ein Déjà-vu, das sie nicht richtig zuordnen konnte.

»Bleib bei mir«, schrie die Stimme. »Mach jetzt keinen Scheiß, hörst du?«

Das Gold zerging in der Kälte, setzte ihre Zellen in Brand. Wie eine Feuerwalze rollte es durch ihren Körper und ließ sie erschauern. Die Asche wandelte den Schmerz in ein Grün, das in dem Braun der Erde zerging. Triebe wuchsen über den Schmerz hinweg, glänzten wie Tau auf einem Blatt im Morgengrauen. Ein Lächeln erwärmte sie.

»Ich bleibe, wo du bist!«, flüsterte die Stimme in ihr Ohr. »Lass mich nicht allein.«

Ein weiterer Stich tief in ihrem Bein ließ Lea erstarren.

Die Härte einer Berührung nahm ihr die Luft. Immer heißer brannte die Feuerwalze durch ihren Leib, bis die Lawine unter seiner Berührung schmolz – der Schmerz floss dahin. Alles verschwand im Nichts; Lea war bereit, zu gehen. *Ist es jetzt vorbei?*

Das Grün blühte in ihrem Inneren und flüsterte: »Noch nicht, mein Schatz.«

»Mama?«, wisperte Lea in sich hinein. »Wo warst du?«

Es sprießte in ihre Seele, erfüllte den Schmerz mit Hoffnung. »Ich bin durch den Fjord geschwommen und hab dir Hilfe geschickt. Hast du sie gesehen?«

»Ich erinnere mich nicht.«

Wie die Tiefe der Berge hielt das Grün sie in ihrem Bann. »Sie haben für dich gelächelt.«

Die Erinnerung an ein schwarz-weißes Grinsen wuchs in Leas Verstand, während sie nur eins wissen wollte: »Mama, wo bist du?«

»Ich bin durch den Fjord geschwommen. Das Ufer war steinig … Vergiss nie: Ich liebe dich!«

Ein Schrei schrillte wieder in ihrem Kopf. Lea riss die Augen auf. Mit einem Röcheln füllte sich ihre Lunge mit Sauerstoff. Sie wirbelte umher, als das Nichts sich mit Leben füllte.

Kapitel 49

NORWEGEN, HINTERLAND

Der Ruf einer Nebelkrähe weckte Lea aus ihrem Schlaf. Etwas kitzelte an ihrem Bein. Sie öffnete die Lider und blinzelte. »Was machst du da?«

Kris' Vater hob den Blick und brummte. Die Meerschaumpfeife hing in seinem Mundwinkel. »Deinen Verband wechseln«, erwiderte er. »Du bist zurück. Dachte schon, du wachst gar nicht mehr auf.«

Sie rieb sich die Augen, hustete den Schleim aus dem Rachen. »Was … ist passiert?«

»Du bist angeschossen worden. Zum Glück nur eine Fleischwunde, aber du hast viel Blut verloren«, sagte Erik und drückte ein großes Pflaster auf ihr nacktes Bein.

Die Erinnerungen schossen zurück in ihren Kopf.

Hansen. Verlorener Schatz. Fenris – gefressen. Ein Schuss. Kris.

Lea schreckte hoch. Der Schmerz stach in ihr Bein, dass sie zusammenzuckte.

»Vorsichtig! Mach langsam, Mädchen. Ich kann zwar Wunder bewirken, aber so schnell heilt das auch nicht«, sagte Erik und grinste. »Wirst erst mal eine Weile humpeln, so wie ich.«

»Wo ist Kris? Geht's ihm gut?«

Erik drehte sich zur Seite, ließ den Blick auf seinen Sohn frei.

Kris saß mit geschlossenen Augen in einem Schaukelstuhl in der Ecke. Die Sonnenstrahlen fingen sich in der Brandwunde, die nun nicht mehr ganz so rot hervorstach. Seine Haare lagen ihm auf den Schultern. Immer wieder zuckte sein Lid, während er langsam aus dem Schlaf erwachte.

»Er sitzt schon seit Tagen hier. Hat ihn ganz schön mitgenommen. Er dachte, du stirbst. Aber dann hast du doch noch die Kurve bekommen«, murmelte Erik, während er das blutige Verbandszeug in eine Tüte steckte. »Du darfst dich nicht zu viel bewegen, sonst reißt die Naht.«

Lea nickte, während ihre Gedanken immer noch ihren Erinnerungen hinterherjagten. Was war nur passiert? Sie sah an sich hinunter und befühlte das große Pflaster auf ihrem Oberschenkel. Der Schmerz pulsierte unter der Haut. Lea stöhnte. Sie hob den Blick und registrierte zum ersten Mal das fremde Zimmer, während Erik hinaushumpelte.

Bilder von verschiedenen Schiffstypen hingen an den Wänden; ein Modell eines Kutters baumelte von der Decke. Die Wände waren in einem tiefen Blau getüncht, hoben sich von dem weißen Holz der Möbel ab. Sie selbst lag in einem Bett mit Blick zum Fenster. In der Weite konnte sie nur das Grün der Berge erkennen. Der Fjord war nicht zu sehen. Sie runzelte die Stirn.

»Wo sind wir?«, flüsterte sie zu sich selbst.

»In meiner Hütte im Hinterland von Rovde«, sagte Kris, der jetzt die Augen geöffnet hatte. Er lächelte sie an. »Da bist du ja, elskerinnen min.«

Ein Kribbeln fuhr durch Leas Unterleib, als sie das Funkeln in seinen Augen sah. Mit jeder Minute erwachte ihr Körper aus dem langen Schlaf, während ein Teil von ihr noch in ihrem Traum festhing. »Meine Mutter …«

Kris senkte den Blick, rückte mit seinem Schaukelstuhl zum Bett.

»Sie ist an Land geschwommen.«

»Lea.«

Sie zog sich in den Sitz. »Deswegen ist der Schatz weg. Meine Mutter hat ihn.«

Kris nahm ihre Hand in seine. »Lea …«

»Nein, warte. Sie hat überlebt, hörst du? Hansen hat ihr nur in den Bauch geschossen. In meinem Traum, da habe ich sie gehört. Sie konnte das Ufer erreichen und hat …«

»Lea, so war das nicht.« Er schüttelte den Kopf.

»Doch.« Sie entriss ihm ihre Hand. »Sie konnte fliehen und hat sich dann den Schatz …«

Kris suchte ihren Blick, verkniff die Lippen, als er eine Kette durch seine Finger fallen ließ. Sie pendelte vor Leas Gesicht. Das Gold der Herzhälfte riss an ihrer Aufmerksamkeit.

Ohne ein Wort griff sie sich an den Hals, wo das Gegenstück immer noch auf ihrer Haut lag.

»Aber … Was … Woher hast du die?«, stammelte sie, als Tränen in ihr aufstiegen.

»Von deiner Mutter.«

Lea weitete die Augen. »Wo ist sie?«

»Im Garten.«

Lea überlegte nicht, sondern riss die Decke beiseite. Der Schmerz feuerte durch ihr Bein, dass sie stöhnte. »Ich wusste, dass sie es geschafft hat. Warum kommt sie denn nicht hoch? Ich muss zu ihr.« Lea stemmte sich weiter nach vorn. »Komm, hilf mir!«

Kris seufzte und setzte sich auf die Bettkante. Er drückte sie zurück in die Kissen.

»Hey!«

»Lea! Mein Vater hat sie vor zwanzig Jahren aus dem Fjord gefischt«, murmelte er, während er sie wieder zudeckte.

Sie zog die Augenbrauen zusammen. »Meine Mutter war die ganze Zeit hier?«

Er nahm wieder ihre Hand und hauchte einen Kuss auf ihre Knöchel. »Deine Mutter war schwer verletzt …«

Lea schüttelte den Kopf. »Nein!«

»Meine Mutter hat sie verarztet, aber …«

»Nein!« Sie schlug ihm auf die Brust. »Sei still!«

»Sie ist gestorben. Hier! In diesem Haus«, sagte Kris beinahe tonlos, während eine Träne über seine Wange lief und im Bart hängenblieb.

»Nein, nein, nein.« Sie kniff die Augen zusammen, hielt sich die Ohren zu. »Das ist nicht wahr!«

Kris sagte kein Wort, sah sie nur mit einem weichen Blick an, dass Lea schwindelig wurde.

»Dann müsste ich doch davon wissen«, schrie sie ihn an und versteinerte. Ein Teil ihrer Seele spaltete sich für einen kurzen Moment ab. Als wäre sie in eine andere Realität gereist, betrachtete sie sich von außen. Sie lag nur da und hörte zu.

Nichts ergab einen Sinn für sie.

Kris drückte immer wieder ihre Hand, senkte den Blick.

»Wir haben nicht gewusst, wer sie war. Mein Vater hat die Polizei informiert, aber die hat nie wirklich ermittelt. Also haben wir …«

»Was habt ihr?«, schrie sie unter Tränen.

Er hob den Blick. »Wir haben sie hier am Berg begraben, wo sie ihren Frieden finden konnte.«

Die Gedanken rasten durch Leas Kopf. Sie blickte umher und suchte nach einer anderen Antwort, die ihr besser gefiel. Doch sie konnte keine finden.

Langsam brach die Wahrheit an die Oberfläche: Ihre Mutter war wirklich tot.

Sie war bereits vor zwanzig Jahren gestorben.

Lea hatte umsonst am Fenster gewartet.

Ein Wimmern entfloh ihrer Kehle, als sie in sich zusammensackte. Tränen rannen über ihr Gesicht und fielen auf ihre Hände, die nun nach einem Ausweg tasteten.

»Es tut mir leid«, murmelte Kris und zog sie in seinen Arm.

Die Trauer überrannte sie, als der Duft nach Kiefern in ihre Nase stieg. Sie sog ihn tief ein; die Luft blieb ihr weg. Sie stöhnte, während alles in ihr sinnlos erschien.

Sie würde ihre Mutter niemals finden – jedenfalls nicht lebendig.

Kapitel 50

NORWEGEN, HINTERLAND, KRIS' GARTEN

»Warum hast du es mir nicht gesagt?«, fragte Lea, als sie keine Tränen mehr hatte, die sie weinen konnte. Sie stand im Garten an einer Kiefer, unter der ihre Mutter begraben lag. Eine kleine Tafel mit der Aufschrift ›Lila‹ lag zwischen Moos und Gras. Lykke blökte, stupste gegen den Baum.

Mit einem Seufzer lehnte sich Lea in Kris' Arm und verfing sich in seiner Wärme, während ihr die Vergänglichkeit durch Mark und Bein ging.

»Weil ich es erst verstanden habe, als es zu spät war«, sagte er und strich ihr über die Haare. »Natürlich habe ich kurz gestutzt, als ich den Herzanhänger gesehen habe. Da dachte ich noch, es wäre Zufall. Aber als du mir die Geschichte von deinen Eltern am Strand erzählt hast – der Name Lila! –, da kam ich ins Grübeln. Und als Hansen dann alles erzählt hat, fiel es mir wie Schuppen von den Augen.«

Lea sah auf, streichelte Lykke über den Kopf. »Kannst du dich noch an sie erinnern?«

»Hmm. Ich war noch jung, aber ...« Er runzelte die Stirn. »Sie war wirklich sehr schwach, als mein Vater sie gefunden hat. Ihr Glück war der milde Winteranfang. Es hatte noch nicht geschneit und der Frost ließ auf sich warten. Der Fjord war also nur mäßig kalt«, sagte er und starrte auf die Rinde der Kiefer. »Ich weiß noch, dass meine Mutter immer noch Wildblumen pflücken konnte, weil die Spätblüher noch standen. Sie meinte damals, dass das ein Zeichen wäre. Dass kein einziger Winter jemals so lange auf sich warten gelassen hatte. Sie hat deiner Mutter immer einen Strauß ans Bett gestellt. Der Duft hat sie beruhigt – ihr Puls ging runter; sie konnte atmen. Deine Mutter sagte immer im Schlaf: *Sie riechen wie meine Lila.*« Er seufzte. »Damals habe ich das nicht verstanden, aber heute ...«

Lea schluckte.

»Seitdem gab es diese Tradition bei uns. Du weißt schon, dass meine Mutter Wildblumen pflückte. Ich glaube, als Andenken an deine Mutter«, erzählte er. »Jedenfalls hat meine Mutter sieben Tage an ihrem Bett ausgeharrt – sie gepflegt; die Wunde versorgt. Deine Mutter ist nie wirklich aufgewacht.«

»Warum habt ihr sie nicht in ein Krankenhaus gebracht?«

»Das nächste Krankenhaus wäre in Volda gewesen – vierzig Minuten mit der Fähre entfernt. Aber die Fähre fuhr an dem

Abend nicht mehr und meine Mutter hatte alles hier. Sie wusste, was sie tat.« Er zeigte hinter sich. »Das ist die alte Praxis meiner Mutter. Hier hat sie als Ärztin gearbeitet. Als sie gestorben ist, habe ich das Haus geerbt.«

»Hmm.« Lea nickte.

»Hinterher war deine Mutter zu schwach für einen Transport, deswegen …«, sagte er und legte seine Hände auf ihre Wangen, dass sie ihm in die Augen gucken musste. »Hör zu: Ich war da, als deine Mutter gestorben ist. Meine Mutter hatte sie im Arm. Hat ihr alte Volkslieder aus dem Norden vorgesungen, während deine Mutter langsam eingeschlafen ist. Sie hatte keine Schmerzen. Alles war friedlich. Aber vorher hat sie noch etwas gesagt.«

Lea vergaß zu atmen. »Was denn?«

»Bitte, sagt ihr, dass ich sie liebe«, antwortete Kris und sah ihr tief in die Augen, als wollte er ihre Seele erreichen. »Sie meinte dich – da bin ich mir jetzt sicher.«

Lea versteifte, während eine letzte Träne über ihre Wange lief. Lykke schmuste sich an ihr gesundes Bein.

»Das heißt, sie hat mich gar nicht mit meinem Vater zurückgelassen?«

Kris küsste ihren Scheitel, strich die Träne von ihrer Wange. »Nein«, hauchte er.

»Sie wäre nach Hause gekommen, wenn sie gekonnt hätte?« Lea schluchzte, als sie endgültig die Wahrheit verstand.

»Dafür lege ich meine Hand ins Feuer«, erwiderte Kris und drückte sie in seine Arme.

Lea bebte kurz unter der Trauer. Sie ordnete ihre Gedanken, stieß auf eine Frage. »Weiß mein Vater davon?«

»Nicht von mir.«

Dann weiß er gar nichts, dachte sie. Sie wischte sich die Tränen vom Gesicht und sah zur Gedenktafel. »Also denkt er immer noch, dass meine Mutter mit einem anderen abgehauen ist, so wie Hansen ihm das erzählt hat, ja?«

»Hmm. Kann sein.«

»BÄÄÄÄHHH!«

Es ergab keinen Sinn. Wieso hatte ihr Vater ihr dann die Hinweise hinterlassen? Doch sie hatte keine Kraft mehr, darüber nachzudenken. In ihr herrschte eine Leere, die ihr das Denken schwer machte. Zu lange hatte sie sich mit Geheimnissen herumgeschlagen …

Lea legte ihren Kopf an Kris' Brust, hörte das Hämmern seines Herzens. Sie schloss die Augen und sog seinen Duft tief ein. Es war Zeit, loszulassen – endgültig. Sie hatte ihre Antwort bekommen. Nun musste sie in die Zukunft sehen, so wie Airin es ihr geraten hatte. Sie löste sich aus Kris' Umarmung und schniefte den letzten Schmerz davon. Mit zittrigen Knien glitt sie auf den Boden und pflückte ein Vergissmeinnicht aus dem Gras. Sie legte es neben die Tafel und lächelte in den Himmel.

»Jetzt habe ich dich gefunden – und es ist alles gut, Mama.« Lea lächelte, während die Sonnenstrahlen sich warm auf ihre Haut legten. Lykke leckte ihr über die Wange. Sie hatte das Rätsel gelöst – aber eins blieb: Hansen musste für den Tod ihrer Mutter bezahlen!

Kapitel 51

NORWEGEN, HINTERLAND, KRIS' HÜTTE

Ich bin zurzeit außer Land. Sprechen Sie nach dem Piepton.

»Anscheinend bist du wieder auf Forschungsreise …« Lea holte tief Luft, festigte ihre Stimme. »Ich wollte dir nur sagen, dass … ich Mama gefunden hab. Du hattest recht: Ich hätte nach Hause kommen sollen. Doch bevor ich zurückreise, muss ich noch was erledigen, was dir wahrscheinlich nicht gefallen wird. Ich kann Hansen nicht davonkommen lassen, aber … das ist eine andere Geschichte. Ich erzähle sie dir später. Bis dann, Papa«, sagte sie und stockte kurz. »Ich liebe dich – und es tut mir leid, dass ich dich so angeschrien hab.« Sie drückte auf den roten Knopf und ließ den Arm sinken. »Danke.«

Kris nahm das Telefon entgegen und zwinkerte. »Sei froh, dass ich noch ein Zweithandy hab.«

Lea humpelte zum Sofa, zupfte an ihrem blauen Shirt ohne Aufdruck. »Gott, ich wünschte, ich hätte meine Klamotten hier. Das ist so …«

»Ich finde, du siehst in meinen Shirts heiß aus«, erwiderte Kris und griente.

Lea verdrehte die Augen. »Ist dein Vater noch da?«

»Nein.« Kris schmunzelte, während er den Kamin entzündete. »Er ist wieder in der Kirche, damit Hansen keinen Verdacht schöpft. Bis jetzt ist er ruhig, aber anscheinend hat er einen seiner Männer zum Fjordcenter geschickt. Es wird nicht lange dauern, bis er alle Fakten kennt.«

»Hast du einen Spion unter seinen Männern, oder woher weißt du das alles?«, fragte sie und ließ sich in die Sofakissen plumpsen.

Kris setzte sich neben sie, streichelte ihr Bein. »Jørgen. Lykke hat wohl so laut geblökt, dass er nachgesehen hat, was los ist. Er hat beobachtet, wie Fenris uns aufs Schiff gebracht hat. Dann hat er Airin im Feuchtraum gefunden. Ist wohl tausend Tode gestorben bei ihrem Anblick. Also hat er sich Lykke geschnappt und ist zu meinem Vater. Der ist gleich mit seinem Kutter los und hat uns gesucht. Hat uns aus dem Wasser gezogen«, erzählte Kris und zuckte mit den Augenbrauen. »Du siehst, es ist einiges passiert, als du geschlafen hast.«

Lea lächelte. »Kann man wohl sagen«, erwiderte sie und schloss kurz die Augen. Das Feuer knisterte, vertrieb die Kälte der Berge. Mit einem tiefen Atemzug sog sie die Ruhe in sich auf. »Aber jetzt bin ich wieder am Start.«

Kris lachte auf. »Was meinst du damit?«

»Ich will Hansen fertig machen – was sonst?«, erwiderte Lea und grinste breit.

Kris setzte sich auf. »Nichts da. Du bleibst hier und erholst dich. Dein Bein …«

»Meinem Bein geht es prima, deinem Vater sei Dank. Guck.« Sie beugte es ein paar Mal vor und zurück.

»Vergiss es«, zischte er und schüttelte den Kopf. »Nur über meine Leiche. Wir sind Hansen gerade so entkommen. Jørgen ist auf dem Weg nach Oslo, um als Zeuge bei der Økokrim auszusagen. Wir müssen nur warten.«

Lea nahm seine Hand. »Und was ist, wenn der wieder seine Spielchen spielt? Wenn er die Beamten besticht? Wenn sein Netz größer ist, als wir denken?«

Kris sah ihr tief in die Augen; die Zornesfalte grub sich in seine Stirn.

»Ist mir egal«, brummte er. »Ich bringe dich nicht mehr in Gefahr.«

»Und ich lasse den nicht mit dem Schatz abhauen«, schnauzte Lea und wischte mit einem Ruck seine Hand von sich. »Das waren meine Forschungsergebnisse. Es wäre meine Schuld, wenn er durch den Schatz noch mehr Einfluss bekommt. Wenn wir warten, dann schnappt der sich das ganze Gold.«

»Es ist zu gefährlich.«

»Das ist mir egal!«

Kris sprang auf. »Mir aber nicht!«, brüllte er und schnaufte. »Du wärst beinahe gestorben, da draußen im Fjord.«

Lea runzelte die Stirn, als sie die Angst in seinem Blick sah. »Bin ich aber nicht. Mir geht's gut.«

»Mir nicht! Ich hatte Angst. Nicht um mich – um dich!« Er fuhr sich durchs Haar, bevor er ihr ganz nah kam. »Noch mal ertrage ich das nicht, dich in meinen Armen voller Blut zu sehen. Blass wie eine Flunder. Kein Leben in den Gliedern.« Er zuckte zurück. »Nein! Vergiss es.«

Lea erwiderte seinen Blick. »Mir geht's gut«, säuselte sie erneut und strich ihm über die Wange, als könnte die Nähe ihn beruhigen. Kris senkte den Blick, wich ihr aus.

»Ja, aber … mir nicht. Meinetwegen hat dich Hansen angeschossen. Hätte ich dich früher da weggeholt …«

»Hätte, hätte, Würstchenkette. Dann wären wir nicht verliebt«, sagte Lea mit einem Schmunzeln. »Kris Fjell, ich war ein Wrack, bevor du in mein Leben getreten bist.«

»Und jetzt?«

»Jetzt bin ich … verletzt, aber glücklich.«

»Du weißt, dass ich dich vom ersten Moment an geliebt habe, elskerinnen min«, murmelte Kris und streichelte über ihr verwundetes Bein, dass es kribbelte.

Ein Schauer erfasste Lea und ließ sie atemlos zurück. »Was soll das eigentlich bedeuten: elskerinnen min? Das sagst du schon zu mir, seit wir uns kennengelernt haben.«

Kris blickte auf seine Hände. »Es bedeutet: meine Geliebte.«

»Das ist wunderschön«, wisperte Lea und blieb beinahe sprachlos zurück, als sie die Tiefe seiner Worte in die Vergangenheit übertrug.

Er lächelte sie an, ohne ihr näherzukommen. »Ich würde jetzt gerne …«

»Dann mach es doch einfach.« Sie spreizte die Beine, lud ihn ein.

»Aber … was ist, wenn …«

Lea packte seinen Kragen, zog ihn zu sich. »Mach dir lieber Sorgen, was passiert, wenn du es nicht tust«, murmelte sie und leckte ihm über den Hals, dass er eine Gänsehaut bekam.

Sein Atem beschleunigte sich. Er zog sein Hemd aus, strampelte sich aus der Jeans. Ohne auf eine weitere Einladung zu warten, hob er sie auf seine Hüfte. Ein Grinsen trat auf sein Gesicht, während das Rot des Feuers seine Haut beschien.

Lea lachte. Sie befreite sich von dem Shirt, dass ihre nackten Brüste wackelten. Eine Bewegung später lag sie auf dem Rücken. Sein Gewicht drückte sie tief in die Sofakissen. Der Druck seiner warmen Haut entfachte eine innere Ruhe, die sie durchatmen ließ. »Ich will, dass du mich dabei ansiehst«, flüsterte sie, während bereits sein Penis an ihrem Bein bebte.

Er lächelte, zog ihre Shorts behutsam herunter. »Dann lass mich rein.«

Sie spreizte ihre Beine noch weiter, drückte ihn in die richtige Position.

Ganz langsam presste er sich an sie. Sein Blick grub sich in ihren Verstand. Er umklammerte ihre Schulter, strich über ihre Sommersprossen. Eine Hand legte er unter ihren Hintern und gab ihr Halt. Stoß um Stoß kam er näher – so vorsichtig, als wäre ihre Verbindung zerbrechlich. »Tu ich dir weh?«

»Nein«, keuchte Lea. »Mach weiter.« Sie krallte sich in seinen Rücken. Ihre Brustwarzen reckten sich ihm entgegen. Sie wollte mehr von seiner Liebe in sich spüren. All der Schmerz sollte in ihrem Einklang vergehen – nichts anderes sollte von Bedeutung sein. Mit jedem Stoß drückte sie ihre Hüfte weiter nach oben, bis ein Kribbeln in ihrem Unterleib aufwirbelte. »Halt mich fest!«

Kris presste sich näher und näher; sein Atem kitzelte auf Leas Haut. Die Funken in seinem Blick brannten bis in die Tiefe, dass Lea zitterte. Immer fester verband er seinen Körper mit ihrem, küsste über ihre Wange bis zu den Lippen. »Mach mir nie wieder so eine Angst!«

»Lass mich nie wieder los.« Lea stöhnte, als sie sich in dem Braungrün seiner Augen verlor.

Selbst den Schmerz in ihrem Bein hatte sie in diesem Moment vergessen. Ihr Puls raste unter seiner Berührung. Als würde Kris ihr Herz wieder kitten, drückte er sie mit seinen Muskeln zusammen. Das Kribbeln wurde zu einer Erschütterung. Es zerriss ihr Innerstes, dass Lea schrie.

Wie erstarrt kostete Kris den Moment aus. Ein Lächeln trat auf sein Gesicht, das von Glückseligkeit sprach. Sein Penis bebte ein letztes Mal, bevor er die Augen zusammenkniff. Er zitterte vor Erregung, hielt sie noch fester als zuvor. Mit einem Keuchen sackte er auf ihrer Brust zusammen.

Lea streichelte über seinen Kopf. Ihr Blick wanderte durch den Raum, als die Gedanken zurück in ihren Kopf strömten.

»Ich hab eine Idee«, stammelte sie und keuchte nach Luft.

»Vergiss es! Ich kann nicht mehr«, erwiderte Kris mit geschlossenen Augen.

»Das meine ich nicht.« Lea schmunzelte.

Sie starrte über Kris hinweg zum Kamin. Eine Karte darüber zeigte die Region mit ihren Höhen und Tiefen. Das Gedicht wehte durch ihre Gedanken: *Das Schiff zwischen den Bergen, der Schatz vierzehn Faden im Wasser, doch wo man ihn sieht, das Weiß der Wolken sich zieht.*

»Ich habe an den Schatz gedacht. Wenn wir Hansen fertig machen wollen, dann müssen wir den Schatz finden, bevor er es tut.«

»Ich bereue die Frage jetzt schon, aber: Wie sollen wir das anstellen?«, nuschelte Kris und kuschelte sich an ihre Brust.

»Das Schiff war in den Bergen – zwar unter Wasser, aber das stimmte. Doch den Schatz sieht man, wo sich das Weiß der Wolken zieht«, murmelte sie und sog den würzigen Duft auf, der aus Kris' Haaren strömte. »Vierzehn Faden im Wasser«, dachte sie laut und legte den Kopf schief. »Das Weiß der Wolken sieht man in den Bergen. Vielleicht ist er in einem Bergsee. Irgendwer könnte den Schatz versteckt haben.«

»Einen Bergsee?« Kris runzelte die Stirn. »Hmm. Der Mørkevatnet liegt oben in den Bergen. Einen anderen gibt es hier in der Gegend nicht.«

»Nur den einen?«

»Ja, aber mit deinem Bein …«

Lea schob Kris beiseite. »Ich schaff das schon. Komm, los geht's!«

Kapitel 52

NORWEGEN, MØRKEVATNET-SEE

»Was hat Lars gesagt?«, fragte Lea, während die Steigung sie in den Sitz drückte.

Kris trat aufs Gaspedal, schaltete einen Gang herunter. »Dass er die Augen offen hält. Aber bisher ist niemand gekommen, um sich irgendwelche Dokumente anzusehen.«

Lea lächelte. »Dann sind wir hoffentlich noch die einzigen auf der Spur.«

Sie schlängelten sich durch die Höhen, vorbei an einem einsamen Bauernhof. Immer wieder stieg Kris aus, um ein Gatter zu öffnen, das das Vieh auf der Bergweide hielt. Je weiter sie fuhren, desto dichter schwirrte der Nebel über dem Hang.

Nur eine Herde Hirsche graste am Wegesrand und trotzte dem diesigen Wetter.

Lea hielt sich am Haltegriff fest, während der SUV über die steinige Straße ruckelte. Ein Poltern erfüllte den Innenraum des Wagens. Der schmale Weg ragte steil bergauf. »Und das soll eine Straße sein?«

Kris grinste. »Da vorn ist Ende. Ab da geht's zu Fuß weiter.«

Lea folgte Kris' Blick zu einem kleinen Schotterparkplatz. Ein Weg war nicht zu sehen. Lediglich ein Trampelpfad führte über Geröll steil bergauf bis zum Grat. Lea hielt die Luft an. »Ist das der Wanderweg?«

»Ich hab dir ja gesagt, mir gefällt die Idee nicht«, raunte er und parkte den SUV. »Einen anderen Weg zum See gibt's nicht.«

Lea drückte die Hand auf ihre Wunde, die stetig pochte. Sie wollte nichts sehnlicher, als zu diesem See zu gehen. Mit einem Ruck öffnete sie die Beifahrertür und hopste hinaus. »Dann lass uns gehen.« Sie humpelte voran.

Kris schüttelte den Kopf, griente gleichzeitig.

»Du bist echt …«

Lea drehte sich um. »Zielstrebig?«

»Immer noch nervig.« Er schnaufte. »Glaub mir, mit deinem verletzten Bein schaffst du den Weg nie. Und bevor du noch abstürzt …«

Als wäre Lea leicht wie eine Feder, bückte er sich und nahm sie huckepack.

»Hey!« Lea lachte.

»Beschwer dich auch noch«, knurrte Kris und stieg bereits die ersten Höhenmeter hinauf.

Lea drückte sich an seinen Rücken. Der Kieferngeruch floh ihr entgegen, ließ sie lächeln. »Glaubst du, der Schatz ist da?«

Mit großen Schritten kletterte Kris über das Geröll. Er folgte dem schmalen Pfad, atmete schnell.

»Es würde mich wundern, wenn. Als Kinder waren wir immer hier oben schwimmen, aber einen Schatz habe ich nie gesehen.«

Lea küsste ihn auf den Nacken. »Irgendwas muss hier sein. Das spüre ich«, nuschelte sie und fixierte den Weg. Neben ihnen fiel der Hang in die Tiefe. »Aber … lass mich bloß nicht fallen.«

Kris schmunzelte, packte ihre Beine noch fester. »Ich spring hinterher, wenn es so weit kommt. Versprochen.«

Noch wenige Meter und sie hatten den Grat erreicht. Lea öffnete den Mund. Vor ihnen erstreckte sich ein Plateau.

Von den Nebelschwaden war nichts mehr zu sehen. In der Mitte befand sich ein See mit einer kleinen Insel. Umgeben von schneebedeckten Gipfeln, herrschte hier die völlige Einsamkeit. Sie waren so nah, dass Lea das Eis beinahe riechen konnte. Schmetterlinge flogen über die Wasseroberfläche; die Sonne spiegelte sich im Nass wider. Nur der Wind zischte über das Grün aus Moosen und Flechten, das von lila Heidekraut getüncht wurde.

»Wow! Als hätte sich hier eine andere Welt versteckt«, murmelte sie und sah sich noch mal um. Der Fjord lag hinter ihnen am Horizont. Von hier konnte man bis zur Meeresmündung blicken.

Kris setzte sie vorsichtig ab und wischte sich den Schweiß von der Stirn. »Und was jetzt?«

Lea sah über die Idylle aus Berg und See, suchte nach einer Erleuchtung. Immer wieder überflog sie mit dem Blick das Gelände, ohne etwas Auffälliges zu sehen. Es gab keine Höhlen, keine Gebäude, kein Versteck im Unterholz. Nur den Grund des Sees sowie die Insel in dessen Mitte.

»Wie tief ist das Wasser hier?«, fragte Lea, während sie sich mit der Hand vor der Sonne schützte.

»Hmm.« Er stemmte die Hände in die Hüften und überblickte das Terrain. Seine Zornesfalte zog sich zwischen die Augenbrauen. »Es ist ein altes Gletscherbecken, das sich nicht so tief ins Gestein gefressen hat. Vielleicht zwanzig Meter an der tiefsten Stelle.«

Lea kniff die Augen zusammen. … *der Schatz vierzehn Faden im Wasser, doch wo man ihn sieht, das Weiß der Wolken sich zieht,* dachte sie immer wieder. Wo würde man einen Schatz verstecken, wenn ihn keiner finden sollte?

Sie blickte zur Insel, die einsam dalag. Eine Nebelkrähe erhob sich aus den Birken, die dort wuchsen. Sie verbargen, was dahinter lag.

»Was ist mit der Insel? Die ist doch circa 25 Meter vom Ufer entfernt.«

»Sie ist klein. Nicht mehr als ein paar Bäume und eine Lichtung.« Er zeigte auf einen Steinweg, der sich durch das seichte Wasser zog. »Da drüben können wir rüber. Wenn du nachsehen willst?«

Lea nickte, humpelte bereits voran. Kris stützte ihren Ellenbogen. Zusammen gingen sie über die Steinplatten, die von Wind und Wasser abgewetzt waren. Tiefe Spuren zeugten von einer langen Zeit, in der diese bereits auf die Insel führten.

Die Birken raschelten im Wind. Wie eine Mauer wuchsen sie an der Böschung entlang, ohne den Blick auf das Innere der Insel freizugeben.

Lea ging voran, griff nach Kris' Hand. Irgendetwas kribbelte in ihrem Bauch. Eine Aura ergriff sie, die sie nicht fassen konnte. Wie ein goldenes Tuch legte sie sich auf Leas Haut. Hier war mehr als nur eine verlassene Insel – das spürte sie.

»Alles in Ordnung?«, fragte Kris und verspannte.

Lea zitterte kurz. »Hier ist irgendwas.«

Kris drehte sich um, suchte die Umgebung ab. »Ich sehe niemanden.«

»Ich meine, vor uns.« Lea ging durch den Birkenhain, strich über die weißen Rinden, als könnte sie dadurch Kontakt zur Insel aufnehmen. »Da vorn.«

Kris legte seine Hand in ihren Rücken. Er schob sie voran, hielt sie gleichzeitig fest. Grillen zirpten. »Da ist die Lichtung.«

Sie kamen auf eine Wiese. Wildblumen blühten gelb und rot, befleckten das Grün des hohen Grases.

Lea ging voran und suchte die Umgebung ab. Es war nichts da, außer einsamer Natur. Eine Drossel sang ein kurzes Lied, flog schnell davon. Lea folgte ihrem Flug und wandte den Blick. Ein Stein ragte aus dem hohen Gras. Dahinter wuchsen keine Bäume – man hatte einen freien Blick auf den See und die schneebedeckten Gipfel. Wie automatisch schlenderte sie durchs Gras und legte ihre Hand auf den Felsen. Die Kühle floss in ihre Adern.

»Was ist das?«, fragte Kris und beugte sich zu ihr.

»Ich weiß nicht«, nuschelte sie, als sie einen verwelkten Blumenstrauß vor dem Stein bemerkte. Sie bückte sich, runzelte die Stirn. »Es ist ein …«, dachte sie laut, als es ihr die Sprache verschlug. Sie ließ sich auf den Hintern plumpsen, vergaß zu atmen. »Es ist ein Grabstein«, stammelte sie und zeigte auf die Inschrift.

In Erinnerung an meine geliebte Rina – meinen Schatz, den ich hier verloren habe.

Lea sog die Luft ein und keuchte. Was hatte das zu bedeuten? »Was …« Sie sah zu Kris und wieder zum Stein. »Ich dachte, mein Vater wusste nicht …«

»Anscheinend doch«, erwiderte Kris und zeigte auf eine weitere Zeile, die beinahe verwittert war.

Dein dich ewig liebender Ehemann, Thomas.

»Was hat das zu bedeuten? Und was sollen die Blumen hier? Was …« Lea fuhr sich durch die Haare. »Sie liegt doch gar nicht hier. Meine Mutter liegt an der Kiefer … in deinem Garten, oder nicht?«, kreischte sie ihn beinahe an.

Kris weitete die Augen. »Ja, das verspreche ich dir. Ich war dabei, als mein Vater sie begraben hat.«

»Aber, was …« Sie stockte. Ihr Vater hatte doch gewusst, dass ihre Mutter gestorben war. Er hatte ihr hier ein Andenken geschaffen – da war sich Lea sicher. Hier beim … »Der Schatz.

Er birgt ihr Geheimnis«, flüsterte sie und sah sich um. »Ich wusste, dass hier etwas ist. Komm, sieh dich um.« Sie tastete den Boden ab.

Kris kniete sich zu ihr, durchwühlte das hohe Gras. »Hier.« Er deutete auf eine Stelle unweit des Grabsteins ihrer Mutter. »Zwei weitere Steine.«

Lea krabbelte zu ihm, hielt sich das Bein. »Steht was drauf?«

Kris rieb mit seinen Händen über die Steine, entfernte das Moos.

»Da steht …« Er beugte sich tiefer. »*Als ich dich suchte …* Und auf dem anderen: *… habe ich dich gefunden.*«

Lea sackte zusammen. »Als ich dich suchte, habe ich dich gefunden. Lass mich raten: Olav und Judith?«

Kris überflog die Zeilen und nickte. »Die Liebe, die uns bis nach dem Tod verbindet, war der Schatz, nach dem wir suchten«, las er vor.

»Steht da das Jahr des Todes?«

»Tausend-einhundert-irgendwas«, erwiderte Kris.

Lea lächelte. »Sie haben den Sturm also überlebt und sind zusammengeblieben.«

Kris lachte auf. »Das schon, aber kein Gold. Und was jetzt?«

»Warte. Lass mich mal«, sagte Lea und schob Kris beiseite. Sie tastete die Steine ab, befühlte deren Konturen.

Die rauen Flächen gingen ineinander über. Wie aus einer Textur bildeten sie eine Einheit, bevor Lea auf eine glatte Stelle am hinteren Ende stieß. »Aha!«, sagte sie und grinste breit. Sie drückte und drehte, bis eine Kapsel aus dem Gestein sprang.

»Und da haben wirs.« Sie öffnete die Kapsel und schüttete den Inhalt in ihre Handfläche.

»Was ist das?«, fragte Kris. »Ein Ring?«

Lea schmunzelte. »Nicht nur ein Ring. Besser.« Sie drehte das Metall in ihren Fingern, musterte den Wotansknoten in dessen Gravur. »Der Siegelring von Harald Hardrada. Scheiße, wir sind reich!«

Kapitel 53

NORWEGEN, MØRKEVATNET-SEE

»Wir müssen den Ring so schnell wie möglich zum nächsten Museum bringen«, sagte Lea, während sie sich auf Kris' Arm stützte. Er führte sie am Ellenbogen durch den Birkenhain zurück zu der Steinbrücke.

»Das nächste ist das Universitätsmuseum in Bergen.«

»Sobald wir den Fund gemeldet haben, wird eine finanzielle Belohnung auf den Finder ausgeschrieben. Damit kannst du dann dein Projekt starten«, erwiderte Lea und stieg über einen Ast hinweg.

»Welches Projekt?«, fragte Kris und legte zusätzlich seinen Arm um sie, während er sie weiter voranschob.

»Die Lachsfarm auf dem Land!«

Kris sah sie kurz an, schmunzelte. »Erst mal müssen wir von diesem Berg runter und verschwinden, bevor ...«

»Ja, wen haben wir denn da?«, erhob sich eine dunkle Stimme über den See. Lea stoppte. Ihr Herzschlag beschleunigte sich.

»Scheiße, Hansen.«

»Hmm.« Kris versteifte, schlang seinen Arm noch fester um sie.

»Hätte nicht gedacht, dass ihr den Fjord überlebt.« Hansen grinste breit, während er am anderen Ende der Steinbrücke stehen blieb. Ohne Sakko, dafür mit einem Sportanzug, sah er wie ein Fremder aus. Ein großes Pflaster prangte an seinem Kopf.

»Haben wir aber, Sie Mistkerl«, murmelte Lea und schlitzte die Augen. Sie beugte sich zu Kris. »Was machen wir jetzt?«

Kris drehte sich um, sah zurück in den Hain.

Ein Schuss ertönte, dass Lea kurz aufschrie. Sie humpelte einen Schritt zurück; Krähen stoben auf. Der Knall hallte von den umliegenden Bergen wider, bevor die Stille sich wie eine Drohung über sie legte.

»Denkt gar nicht erst drüber nach, abzuhauen«, zischte Hansen und zuckte mit seiner Pistole. »Aber wie ich sehe …« Er zeigte auf Leas Bein. »… kommen Sie sowieso nicht weit.«

Kris schnaufte. »Ich schwöre Ihnen …«

»Ja, ja, ja. Lass uns diese Tiraden vergessen. Kommen wir zum Wesentlichen«, sagte er und festigte den Blick.

Lea drückte sich in Kris' Arm, wo sie den Ring an ihrem Finger versteckte. Sie wollte Hansen unter keinen Umständen den Schatz geben. Kris hatte sein Leben aufgegeben, um ihn aufzuhalten – sie nur ein paar Tage.

Doch was, wenn es der einzige Weg war? Wenn sie keine Wahl hatte? Sie ballte eine Faust.

»Frau Brinkmann, darf ich bitten?« Hansen winkte sie heran.

Kris trat vor sie. »Nein, dürfen Sie nicht!« Seine Schultern bebten vor Zorn.

»Junge, du weißt, dass ihr keine Wahl habt. Das Spiel hatten wir doch schon.« Er hob erneut die Waffe und zielte auf sie.

Lea sah sich um. Bis auf ein leises Rattern konnte sie nichts ausmachen. Keine Menschenseele würde ihnen helfen, wenn sie selbst nichts tat. Sie schluckte. Eine Flucht schien unmöglich, also gab es nur eine Chance …

Nachdem sie eine Entscheidung getroffen hatte, schob sie Kris mit zitternden Händen zur Seite. »Ich gehe!«

»Was? Nein!« Kris weitete die Augen, hielt ihren Arm fest.

Lea legte die Hand darauf. »Es ist nur ein Ring.«

»Der Ring ist mir scheißegal«, schnauzte Kris und zog sie in eine Umarmung.

»Frau Brinkmann, lassen Sie mich nicht böse werden!«, brüllte Hansen herüber.

Lea suchte Kris' Blick und fand die Tiefe, die sie liebte. *Mein Berg im Sturm …* »Ich mach das schon. Vertrau mir.«

Seine Augen verdunkelten sich; die Zornesfalte zitterte vor Erregung. Als wäre es ein Abschied, zog er sie in einen Kuss. Er liebkoste ihre Lippen und streichelte die Zunge. Ein Grollen entfuhr seiner Kehle, während er sie fest an sich drückte.

Ohne auf Hansen zu achten, verharrte er in der Zweisamkeit. Lea durchfuhr sein Haar, verweilte mit den Händen in seinem

Nacken. »Ich liebe dich«, flüsterte sie, während sie ihn von sich drückte.

»Lea!« Er schüttelte leicht den Kopf, aber ließ sie gleichzeitig los.

Lea humpelte voran über die Steinplatten – Hansen grinste über das ganze Gesicht. Er ließ die Waffe ein Stück sinken, dass Lea durchatmen konnte. Sie musste etwas unternehmen, bevor es zu spät war. Jeden Moment war sie ihm vollends ausgeliefert. Sie humpelte weiter voran, hörte wieder das Rattern.

Auch Hansen sah auf und drehte sich kurz um.

Jetzt, dachte Lea und stürzte sich vor. Mit einer schnellen Bewegung schlug sie Hansen die Waffe aus der Hand.

Sie fiel über ihn zu Boden, ätzte unter dem Schmerz in ihrem Bein. Ohne zu verschnaufen, drückte sie sich zurück auf die Knie. Sie musste als Erstes zur Waffe kommen! So schnell wie möglich krabbelte sie davon, suchte nach der Waffe im Heidekraut. Das Gestein stieß in ihr Fleisch. Etwas zerrte an ihrem Bein. Ein Schreien ertönte hinter ihr.

»Stopp!«, schrie Hansen ihr ins Ohr, als er den Arm um ihren Hals legte und sie zum Halten brachte.

Lea würgte, riss mit den Händen an seiner Umklammerung.

Kris stand in der Mitte der Steinbrücke und bewegte sich nicht mehr. Er hielt die Hände vor sich gestreckt, machte eine beruhigende Geste. »Ich bleibe hier stehen. Sie brauchen ihr nichts zu tun.«

»Bleib, wo du bist, sonst töte ich sie. Hast du gehört?«, schrie Hansen zu Kris, der nur nickte.

Fuck, jetzt sitze ich in der Falle, dachte Lea. Ihr Puls schoss in die Höhe; ein Rauschen füllte ihre Ohren. Sie wand sich in der Umklammerung, riss an seinem Sportanzug, aber konnte sich kein Stück befreien.

Hansen drückte ihren Hals noch ein Stück fester zu. »So, Ende jetzt. Ich weiß, ihr habt was gefunden. Gebt es mir!«

Lea röchelte, während sie den Kopf schüttelte. »Da war nichts.«

Hansen lachte auf, schlug ihr mit der Faust ins Gesicht. Lea sog die Luft ein. Der Schmerz erfasste sie wie eine Explosion. Er trieb durch ihr Gesicht und erreichte ihr Innerstes, das vor Angst zitterte. Mit großen Augen starrte sie umher. *Kris …*

»Her damit!«, brüllte Hansen.

Lea schloss die Augen. Sie blendete die Angst aus, fokussierte sich auf ihre Atmung. Mehr und mehr brannte ihre Lunge, auf der Suche nach Sauerstoff. Ihre Fingerspitzen kribbelten. Der Ring ruhte immer noch ungesehen an ihrer Hand.

Nach und nach fiel die Anspannung von ihr ab, als Zelle für Zelle starb. Sie ließ einen letzten Blick zu Kris gleiten, der den Mund aufriss und nach ihr schrie – doch sie konnte es nicht mehr hören. Stattdessen füllte eine Erinnerung ihren Kopf: *Vergiss nie, ich liebe dich. Papa passt auf dich auf, solange ich weg bin.*

Ein Klicken ertönte. »Lassen Sie sofort meine Tochter los!«, knurrte ein dunkle Stimme.

Hansen erstarrte.

War das etwa …

»Noch mal sage ich es nicht!«, knurrte die Stimme. Hansen lockerte seine Umklammerung, schubste Lea von sich weg. Sie rollte über den Boden und kam auf die Knie.

Der Schmerz loderte durch ihr Bein. Das Rattern wurde lauter; ein Schwall Sauerstoff drang durch ihre Kehle. Sie hustete und keuchte, während Kris schon bei ihr hockte.

»Papa?«, krächzte sie.

»Das wars, Hansen. Das Spiel ist vorbei!«, sagte ihr Vater und zwinkerte ihr zu. »Alles okay, mein Schatz?«

Lea nickte, hielt sich den Hals.

Ihr Vater stand in einer schwarzen Weste hinter Hansen, hielt die Waffe an seinen Kopf. Sein Körper war starr vor Anspannung, während er Hansen mit zusammengekniffenen Lippen fixierte. Der Anblick ließ sie sprachlos zurück.

Hansen hob die Hände. »Brinkmann! Wer hätte gedacht, dass sie doch einen Arsch in der Hose haben. Ich dachte …«

Leas Vater zog Hansen mit einem Wumms die Waffe über den Schädel. »Halten Sie die Klappe, Hansen!«

Er fiel auf seine Knie, hielt sich den Kopf. Ein Stöhnen drang aus seinem Hals.

Mit einer Dunkelheit im Blick beugte sich Leas Vater zu ihm. »Sie haben mir meine Frau genommen, aber nicht meine Tochter. Jetzt werden Sie dafür bezahlen!«

Das Rattern donnerte über sie hinweg. Ein Hubschrauber wirbelte durch den Himmel und kam über ihnen zum Stehen. Die Rotorblätter verdunkelten den Himmel; Luftwirbel zogen an Leas Haaren.

»Agnar Hansen, Sie sind verhaftet«, erklang es durch einen Lautsprecher. Ein maskierter Mann mit Sturmgewehr zielte auf Hansens Brust. »Hände hinter den Kopf und bleiben Sie auf den Knien.«

Männer in schwarzen Schutzwesten mit der Aufschrift ›Interpol‹ stürmten das Plateau. Sie musterten das Gelände, hielten ihre Waffen im Anschlag. Befehle wurden gebrüllt; Meldungen ins Mikrofon geschrien.

Lea blinzelte. Als wäre sie in einer anderen Realität, bekam sie vor Staunen den Mund nicht mehr zu.

Noch bevor sie etwas sagen konnte, klickten die Handschellen und Hansen wurde abgeführt.

»Dein Vater …«, stammelte Kris.

»Mein Vater«, krächzte Lea.

Kapitel 54

NORWEGEN,
MØRKEVATNET-SEE

»Papa, was …«, krächzte Lea, als ihre Stimme stockte. Sie packte sich an den Hals. Mit einem Husten lüftete sie ihre Kehle, als Kris sie schon auf seinen Arm hievte.

»Hier rüber«, sagte ihr Vater und zeigte auf einen Stein, wo Kris sie behutsam absetzte.

»Ist alles in Ordnung, elskerinnen min?«, fragte er und tastete ihren Körper nach Verletzungen ab.

Lea sog scharf die Luft ein. Sie fühlte sich wie erschlagen. »Ja, alles gut.«

»Was ist mit deinem Hals?«, fragte Kris und schielte darauf.

»Tut weh!«, antwortete Lea. »Nicht anfassen.«

»Wir brauchen einen Sanitäter«, brüllte ihr Vater über das Plateau und nickte zu Kris. »Wer ist das?«

Lea griff nach Kris' Hand. »Das ist mein Freund. Kris!«, röchelte sie.

»Dein Freund?« Ihr Vater schlitzte die Augen, stellte sich auf. »Kenne ich Sie nicht?«

Kris räusperte sich. »Ja, Sie haben mich auf der Lachsfarm kennengelernt.«

»Hm. Sie sind also einer von Hansens Leuten?«, fragte ihr Vater und fixierte Kris über seine schwarze Hornbrille hinweg.

»Nein, Papa«, erwiderte Lea und lächelte Kris an. »Jedenfalls nicht so richtig.«

»Ich habe selbst jahrelang Beweise zusammengetragen, Herr Brinkmann. Ich bin alles, aber sicher nicht einer von Hansens Männer!«, raunte Kris und stellte sich ihrem Vater entgegen.

Sein Blick öffnete sich. »Ah, Sie sind also der junge Mann, der die Økokrim verständigt hat?«

Kris nickte. »Hmm.«

»Sehr gut gemacht, Junge.« Ihr Vater klopfte Kris auf die Schulter, der mindestens einen Kopf größer war als er selbst. »Ich bin seit zwanzig Jahren hinter diesem Kerl her, aber du hast ihm den Todesstoß versetzt.«

Lea räusperte sich. »Wie meinst du das?«

»Als deine Mutter damals gegangen ist, bin ich gleich hinterher. Aber als ich in Norwegen ankam, war es bereits zu spät«, sagte er und nahm ihre Hand.

»Hansen erzählte mir irgendwas von einem anderen Mann.« Er lachte auf. »Ich wusste gleich, dass das nicht stimmen konnte. Also habe ich nachgeforscht.«

»Du wusstest also, dass sie tot war?«, fragte Lea mit einem Kratzen in der Stimme.

Ihr Vater nickte, senkte den Blick. »Aber ich konnte es dir nicht sagen. Ich musste den Schein wahren. Weder eine Beerdigung noch sonst irgendwas durfte Hansen an meiner Loyalität zweifeln lassen.«

Lea schluckte – ihre Kehle schmerzte. »Aber was ist passiert?«

Ihr Vater blickte in die Ferne.

»Ich hatte mit meiner Forschung beinahe den Schatz gefunden – das wusste deine Mutter. Es fehlte nicht mehr viel. Deine Mutter dachte wohl, mit dem Schatz könnte sie Hansen im Notfall erpressen. Doch …« Er seufzte. »Sie hatte sich wohl verschätzt. Ich habe es in Hansens Augen gesehen, dass er mich anlügt. Und da Fenris nach ein paar Bier immer die Muskeln spielen lässt, hat er überall davon getönt. Ein paar Scheinchen später und ich wusste es auch: Sie war tot. Erschossen worden von Agnar Hansen.«

»Es tut mir leid«, murmelte Kris.

Ihr Vater verzog die Lippen. »In dem Moment habe ich mir geschworen, dass ich den Kerl zu Fall bringe. Also habe ich meine Suche nach dem Schatz beendet und die Spur verschleiert, damit Hansen ihn nicht findet. Dann habe ich Kontakt zu Interpol aufgenommen. Ich wusste, dass Hansen mit historischen Schätzen aus anderen Ländern hehlt, um Geld zu machen. Dazu die Jagd mit den Treibnetzen … Er hat so viel Dreck am Stecken, dass Interpol nur allzu froh über mein Auftauchen war.«

»Aber du hattest keine Beweise!«, sagte Lea, als sie die Geschichte im Kopf weiterspann.

»Nein, deswegen musste ich bleiben. Ich habe so getan, als ob ich für ihn forschte, aber gleichzeitig nach handfesten Beweisen gesucht. Habe ihm immer irgendeinen Hinweis aufgetischt, der nur wieder ins Leere führte. Dazu ein paar unwichtige Funde für seine Sammlung … Es hat gereicht, um ihn eine lange Zeit ruhigzustellen. Doch irgendwann wurde Hansen stutzig, und da kamst du ins Spiel«, erzählte er und suchte Leas Blick. »Mit deiner Hilfe wollte er die letzten Rätsel lösen – und du hast es natürlich geschafft.« Er lächelte. »Ich wusste, dass du das hinbekommst, mein Schatz.«

»Hast du mir deswegen die Hinweise hinterlassen?«, fragte Lea.

»Ich wusste, dass ich dich nicht ewig mit irgendwelchen Geschichten abspeisen kann. Ich dachte nur, dass ich Hansen schneller das Handwerk lege. Aber zur Not brauchte ich einen Plan B – deswegen die Hinweise für dich«, sagte ihr Vater und sah zur Insel.

»Falls du stirbst, bevor …«, nuschelte Lea, als die verstand. Sie sah auf ihre Hand, wo immer noch der Siegelring ruhte. »Nur damit das klar ist: Kris hat den Ring gefunden!«

»Lea!«, mischte der sich ein.

Lea hustete, griff sich wieder an den Hals, als könnte sie ihn stützen. »Nein, so war es!« Niemand anderer hatte den Schatz so sehr verdient wie Kris. »Auch wenn es nur der Ring ist.«

Ihr Vater nickte.

»Der Rest muss auf der Reise von Olav und Judith verloren gegangen sein. Wer weiß, wo sich die ganzen Diamanten und Rubine des englischen Königs verstecken. Wahrscheinlich werden wir sie nie finden. Aber allein der Ring wird Millionen wert sein.«

»Dann sind es Kris' Millionen«, krächzte Lea. »Und Papa, es tut mir leid. Deine ganzen Nachrichten, alles, was du gesagt hast … Du hast mich gewarnt. Hätte ich gewusst …« Ein Kloß setzte sich in Leas Hals fest, dass sie schluchzte.

Ihr Vater nahm sie in den Arm und drückte sie fest an sich. »Es war meine Schuld. Ich hätte dich einweihen sollen, sobald du alt genug dafür warst. Aber … ich war ein Feigling.«

Lea schüttelte den Kopf. »Nein, du bist mein Superheld.«

Kris wandte sich ein Stück ab, sah in die andere Richtung.

»Ich hätte deine Mutter nicht gehen lassen sollen!« Eine Träne rann über seine Wange. Ihr Vater nahm die Hornbrille ab und wischte sich über das Gesicht. »Wenigstens dich konnte ich retten.«

Lea legte den Kopf an seine Schulter, als der Hubschrauber davon donnerte. »Mit der kompletten norwegischen Garde, wie es scheint. Aber, wie konntet ihr uns hier finden?«

Ihr Vater blinzelte. »Du hast mich angerufen. Wir haben das Signal des Telefons verfolgt und als die Männer die Peilung hatten, wusste ich gleich, wo ihr seid. Aber eigentlich solltest du deinem Freund danken. Er hat das geschafft, was ich jahrelang nicht vollbracht habe.« Er stand auf und hielt Kris die Hand hin. »Wie war noch mal Ihr Name?«

Kris drehte sich um. »Kris Fjell.« Er schlug ein und lächelte. »Und ich liebe ihre Tochter.«

Hitze stieg Lea in die Wangen, während sie schmunzelte. Sie sah zu Kris und formte mit den Lippen ein ›Ich dich auch‹.

»Das hoffe ich für Sie, so wie Sie meine Tochter gerade angefasst haben. Ansonsten muss ich vielleicht …«, erwiderte ihr Vater und wedelte mit der Waffe, die er immer noch in der Hand hielt.

Kris ging dennoch auf Lea zu und küsste ihren Scheitel. »Ich bleibe, wo sie ist.«

Lea lächelte. »Und sie gibt dich auch nicht mehr her«, erwiderte sie, während sie ihn zu sich zog und einen Kuss auf die Lippen drückte.

»So was will ich nicht sehen«, nuschelte ihr Vater zu sich selbst und ging davon. »Wo bleiben die Sanitäter?«, brüllte er übers Plateau.

Auch wenn Leas Körper schmerzte, war ihr Inneres wie reingewaschen. Keine einzige Frage wirbelte noch in ihr herum. Nur das seltsame Gefühl von Liebe flackerte in ihrem Herzen, das sie zuvor nicht gekannt hatte.

Kapitel 55

NORWEGEN, KRIS' HÜTTE

Das Hämmern von Handwerkern ratterte durch die Luft. Lea sah sich um. Die neue Lachszuchtanlage, die Kris mit Lars geplant hatte, nahm Tag für Tag mehr Gestalt an. Große Becken standen auf planierten Ebenen; Wasserleitungen führten in ein großes Filterbecken, von wo sich weitere Rohre bis hinunter in den Fjord schlängelten.

»Lars hat angerufen: Du hast den Job im Fjordcenter«, rief Kris zu ihr herüber, während er den Hang hinaufkletterte.

»Ehrlich?«

Kris nickte. »Jap. Du sollst dich auf viele Stunden im Archiv einstellen.«

Lea sah zur alten Lachsanlage am Fjord.

»Es war eine gute Idee von dir, Hansens Archiv an das Fjordcenter anzuschließen.«

»Hmm. Solange du bei mir bleiben kannst …« Er ging den letzten Schritt zu ihr und küsste sie auf die Schläfe, bevor er sich zur neuen Anlage umdrehte. »Nicht mehr lange und die ersten Lachse können ihr neues Zuhause beziehen.«

Lea lächelte. »Ich würde sagen, du hast den Finderlohn gut angelegt.«

»Das ist dein Verdienst.«

»Hm.« Lea nickte zur Anlage, wo Jørgen gerade große Lettern in Lilablau auf den Tank malte. »Deswegen der Name?«

»Gefällt er dir nicht?« Kris schmunzelte.

»Lilalaks?«, fragte Lea und lachte.

»Den Namen habe ich schon im Kopf, seit deine Mutter hier begraben wurde«, sagte er und zuckte mit den Schultern. »Ich konnte ihre Worte nie vergessen, weißt du?«

Lea griff nach ihrer Herzkette. »Ich wünschte, sie könnte das sehen«, murmelte sie und seufzte. »Sie hätte es geliebt.«

Ihr Blick ging in die Weite, wo das dunkle Grün der Berge im Fjord zerging und bis zum Blau des Meeres führte.

Die Farben erinnerten Lea an die Geschichten, die sie vor langer Zeit im Baumhaus gelauscht hatte. Über den Troll, der in den Bergen lebte. Die Legende vom Königswal, der so groß wie eine Insel war. Doch vor allem dachte sie beim Anblick an ihre Mutter, deren Leben die beste Geschichte geschrieben hatte. Von einem Schatz, der nicht gefunden werden sollte. Von einer Liebe, die bis in die Ewigkeit verweilte. Und von einer Suche, die Lea genau zu diesem Moment geführt hatte.

Zu Kris – ihr Berg im Sturm.

»Wenigstens hat Thomas jetzt Gewissheit, was mit deiner Mutter geschehen ist«, erwiderte Kris und streichelte über ihren Rücken.

Lea sah auf. »Thomas?«

»Hmm.« Kris schmunzelte. »Er hat auf das Du bestanden. Sagte, du Arschloch geht flüssiger über die Lippen als Sie Arschloch.«

»Ehrlich?« Lea lachte. »Das hat er gesagt? Dann musst du ja Eindruck hinterlassen haben.«

Kris nickte. »Er hat sich wohl noch nicht an den Gedanken gewöhnt, dass seine erwachsene Tochter jetzt flügge wird.«

»Nein, das wird er auch nie«, säuselte Lea und klopfte ihm auf die Schulter. »Gewöhn dich schon mal an viele böse Blicke und das ein oder andere Arschloch.«

»Wenn's mehr nicht ist.« Er griff ihre Hand noch fester und zog sie zu sich. Mit einem Ruck hob er sie auf seine Hüfte, dass Lea lachte. »Hauptsache, ich muss keine Schätze mehr jagen.«

Lea legte ihre Arme um seinen Hals. »Keinen Schatz, aber vielleicht …«

»Nein, vergiss es.« Er legte sie ins Gras, hielt ihren Körper unter seinem gefangen. »Jetzt wird nur noch Liebe gemacht«, flüsterte er, als er ihr ganz nah kam.

Sie lächelte, während sie ihm die Haare aus dem Gesicht strich. »Jetzt? Hier im Gras?«

»Immer und überall«, nuschelte er, während er ihren Hals küsste. Sein Bart kitzelte ihre Haut. »Für immer.«

Lea schloss die Augen, floss unter seinen Berührungen dahin. Der Duft von Kiefern ließ sie atmen. Alles fiel von ihr ab, während sie endgültig ankam.

Sie war da, wo sie hingehörte. Hier nach Norwegen – dort, wo sie gefunden hatte, was sie suchte.

ENDE

ÜBER DIE AUTORIN

Juna Honigmond ist das Liebesroman-Pseudonym der Redakteurin Sandra Effert. Unter dem Motto »Blumen im Kopf« schreibt sie Geschichten über starke Frauen, die auf ihre persönlichen Herausforderungen stoßen. Liebe, Spannung und Abenteuer webt sie zu tiefgängigen Erzählungen, die immer die Natur im Blick haben.

Bereits als Kind fand die Autorin ihre Liebe zur Natur – zwischen Bienenkästen und Bachlauf. Nach ihrem Studium der Geowissenschaften lebt sie heute im nördlichen Ruhrgebiet. Auf ihren Reisen quer durch die Welt findet sie die Inspiration, die sie für ihre Geschichten braucht.

»Blumen im Kopf« steht für die Vielfalt der Fantasie. Für Sandra steht fest: Geschichten sollten erzählt werden. Daher veröffentlicht sie aktuell mit ihrem Know-how als Lektorin, Texterin und Schreibberatung ihre Geschichten im Self-Publishing.

DAS FLÜSTERN DER KORALLEN

*Sie floh bis ans Ende der Welt, um zu vergessen,
aber dann …*

Als Umweltschützerin arbeitet Hanna in Australien für den Erhalt der Eukalyptusbäume. Selbst vor Waldbränden schreckt sie nicht zurück – alles würde sie tun, nur nicht ins Wasser gehen. Doch als Hanna für den Schutz des Meeres nach Norden geschickt wird, erwachen schmerzhafte Erinnerungen in ihr. Immer wieder lodern Bilder der Vergangenheit vor ihrem inneren Auge auf. Und als wäre das nicht genug, soll ausgerechnet Felix sie auf der Reise entlang der Küste begleiten. Für ihn gibt es nichts Schöneres, als durch die Brandung zu surfen – und bringt Hanna damit zur Weißglut.

Können sie trotzdem die Pläne des Umweltministers stoppen? Oder werden die Ängste Hanna einholen?

ISBN: 978-3-8187-1114-6

**Jetzt QR-Code scannen und direkt
bei Amazon bestellen:**

Das FLÜSTERN der KORALLEN
IN UNSEREN HERZEN
JUNA HONIGMOND

ISBN 978-3-8197-5407-4
00005
9 783819 754074
www.epubli.com